Fritz Peter Heßberger

<u>Die Parallelwelt</u>

Roman

Umschlagphoto: Veste Otzberg
F.P. Heßberger, Privatarchiv

Der Autor:

Fritz Peter Heßberger, Jahrgang 1952, geboren in Großwelzheim, heute Karlstein am Main, studierte Physik an der Technischen Hochschule Darmstadt; 1985 Promotion zum Dr. rer. nat.; von 1979 bis zum Eintritt in den Ruhestand 2018 als wissenschaftlicher Angestellter in einer Großforschungsanlage tätig.

Bibliographische Information der Deutschen Nationalbibliothek:
Die Deutsche Nationalbibliothek verzeichnet diese Publikation in der   Deutschen Nationalbibliographie; detaillierte bibliographische Daten sind im Internet über http://dnb.d-nb.de abrufbar

ISBN 978-3-7557-3089-7

Inhalt

Vorwort

Der nachfolgende Bericht gibt in Form einer Erzählung meine Erlebnisse zwischen dem 4. Oktober und dem 18. November 2015 wieder. Es war die Zeit, in der ich offiziell als 'verschwunden' galt, ich mich aber, meiner Überzeugung nach, in einer Parallelwelt aufhielt, die unserer Welt und unserer Zeit sehr ähnelte. Es war ein angenehmer Aufenthalt, an den ich mich gerne erinnere und ich bedauere es fast, daß ich nach sechs Wochen wieder in 'unsere Welt' zurückkehrte.

Die physikalischen Umstände des Übergangs zwischen den beiden Welten sind mir bis heute unklar. Ich weiß nur, daß sie offensichtlich mit einem 'Nebelfeld' in Zusammenhang standen. Um ehrlich zu sein, ich bin heute (bei der Niederschrift dieses Vorwortes) gar nicht mehr sicher, ob es sich bei diesem 'Nebelfeld' tatsächlich um die Naturerscheinung, die wir als 'Nebel' bezeichnen, handelte. Im Gegenteil, ich bezweifele es.

Eine physikalische Theorie, welche die Existenz einer solchen 'Parallelwelt' vorhersagt, gibt es in unserer Welt nicht. Ich habe mich in den Monaten bevor ich mich endgültig zur Publikation des Berichtes entschloß, mit einigen Kollegen unterhalten. Sie alle vertraten die Ansicht, daß die Postulierung der Existenz einer derartigen Parallelwelt völlig absurd ist. Und sie hatten auch kein Interesse an einer weiteren Diskussion über dieses Thema. Sie meinten, ich solle mich darüber lieber mit Esoterikern oder Science – Fiction – Autoren unterhalten als mit Naturwissenschaftlern. Ich hatte auch keine andere Reaktion erwartet, denn, um ehrlich zu sein, es ist heutzutage selbst in den Naturwissenschaften so, daß man gewissen Dogmen folgt und alles, was im Gegensatz dazu steht, ohne sachliche Begründung ablehnt.

Aus diesem Grund hatte ich auch nach meiner Rückkehr meine Erlebnisse verschwiegen und eine mögliche 'Entführung' vorgetäuscht. Denn ich befürchtete, als geistig verwirrt eingestuft und in eine psychiatrische Klinik eingewiesen zu werden. Heute, mehr als sechs Jahre nach diesen Ereignissen, hege ich derartige Befürchtungen nicht mehr, hegte sie, ehrlich gesagt, bereits zwei Jahre nach den Erlebissen nicht mehr. Daß ich dennoch mit der Veröffentlichung meines Berichtes so lange gewartet habe, hatte juristische Gründe. Immerhin stellten meine damaligen Aussagen vor der Polizei den Tatbestand einer uneidlichen Falschaussage dar, konnten mir sogar, obwohl ich keine Strafanzeige erstattete, als Vortäuschung einer

Straftat ausgelegt werden. Diese Tatbestände sind mittlerweile verjährt, wie mir mein Anwalt versicherte, so daß mir keine rechtlichen Konsequenzen mehr drohen.

Ich kann daher über die damaligen Ereignisse offen und nach bestem Wissen und Gewissen berichten.

1. Wanderung am Otzberg

Ich hatte an jenem Sonntag in der Firma noch einige Angelegenheiten zu erledigen. Daher fuhr ich am Vormittag nach Darmstadt. Die Arbeit nahm etwa zwei Stunden in Anspruch. Der Tag war sonnig und warm, ich beschloß deshalb noch einige Stunden wandern zu gehen. Ich wollte nicht allzu weit fahren, begab mich nach Nieder-Klingen, stellte dort mein Auto ab und lief in Richtung Veste Otzberg, von da aus weiter zum Bahnhof Wiebelsbach - Heubach. Ich kannte ihn aus meiner Kindheit von den Besuchen bei meinen Großeltern in Reinheim. Hier endete die Bahnlinie aus Hanau und wir mußten in den aus Erbach kommenden Zug nach Darmstadt umsteigen. Das war oft mit längeren Wartezeiten verbunden und so verbrachte ich viele Stunden dort. Der Bahnhof lag damals außerhalb der Ortschaft Wiebelsbach mitten im Feld. Heubach liegt noch einige Kilometer weiter entfernt. Er kam mir damals sehr abgelegen vor; ich fand diesen kleinen, eigentlich etwas trostlos wirkenden Bahnhof dennoch faszinierend, näher erklären kann ich das heute nicht. Seitdem ich ein Auto besitze, nutze ich die Bahn nicht mehr zu Fahrten nach Reinheim. Das heißt, ich habe den Bahnhof seit etwa vierzig Jahren nicht mehr gesehen, war daher schon seit längerem begierig diesen Ort wieder einmal aufzusuchen um zu erfahren wie es heute dort aussieht.

Der kleine Dorfbahnhof hatte sich stark verändert, war mittlerweile zu einer modernen 'Umsteigestation' wie man sie überall findet, ausgebaut worden. Kurz gesagt, er hatte seinen urtümlichen Charakter völlig verloren. Das Dorf war mittlerweile auch so nahe an den Bahnhof herangerückt, daß er mir gar nicht mehr abgelegen erschien. Ich hielt mich nicht lange, machte einige Photoaufnahmen, wanderte dann weiter, nahm mir vor über Lengfeld nach Nieder-Klingen zurückzulaufen.

Unterwegs zog plötzlich Nebel auf, der rasch so dicht wurde, daß ich keine zehn Meter weit sehen konnte. Der Weg war aber noch zu erkennen und da ich außerdem eine Karte besaß und völlig sicher war, mich auf der richtigen Strecke zu befinden, schritt ich langsam weiter. So rasch wie der Nebel aufgezogen war verschwand er auch wieder. Nach etwa einer halben Stunde herrschte erneut herrlicher Sonnenschein. Die Wegstrecke vom Bahnhof nach Lengfeld beträgt ungefähr fünf Kilometer, was einer Gehzeit von einer guten Stunde entspricht; unter Berücksichtigung, daß ich

9

während des Nebels etwas langsamer gelaufen war, vielleicht eine Viertelstunde mehr. Ich wunderte mich daher, daß ich Lengfeld nirgends entdecken konnte. Der Ort schien verschwunden. Das konnte irgendwie nicht mit rechten Dingen zugehen. In der Ferne erblickte ich gelegentlich einige Fahrzeuge. Dort mußte also eine Straße verlaufen und ich beschloß, diese Richtung einzuschlagen, in der Hoffnung eine Kreuzung zu erreichen und dort ein Hinweisschild zu entdecken. Nach einigen Minuten gelangte ich zur Straße. Die Verwunderung über das verschwundene Lengfeld hatte mich bisher so sehr in Anspruch genommen, daß ich mich gar nicht anderweitig umgeschaut hatte. Das holte ich jetzt nach. Im Süden lag, wie erwartet, der Otzberg mit der Veste. Die Landschaft, die Form des Berges waren die gleiche, auch lag links von der Veste ein kleines Dorf, doch das Aussehen der Burg verwirrte mich etwas, ohne daß ich zunächst sagen konnte, was es war. Ich hatte am Nachmittag schon einige Photoaufnahmen gemacht, holte jetzt meine Kamera aus der Tasche und schaute mir die Bilder an. Ungläubig blickte ich abwechselnd auf den kleinen Kamerabildschirm und die Veste. Es bestand kein Zweifel, der runde, dicke Bergfried war deutlich höher, vielleicht fünf bis zehn Meter, als der Turm auf dem Photo. Er konnte doch unmöglich innerhalb einer Stunde gewachsen sein ! Mir wurde unheimlich zumute. Ich ging die Straße ein Stück in Richtung Westen, erreichte bald eine Einmündung, an der auch Schilder mit Entfernungshinweisen standen. Auffällig war allerdings, daß die Ortsnamen in dunkelblauer Schrift auf hellblauem Grund geschrieben waren. Üblicherweise stehen sie ja in schwarzer Schrift auf gelbem Grund. Ich las ‚Darmundium 20 km', darunter in kleiner Schrift ‚Rigisheim 4 km', und auf dem nach rechts zeigenden Wegweiser ‚Harzheim 3 km'. Die Ortsnamen sagten mir auf Anhieb gar nichts, aber die Entfernungen waren in Kilometern angegeben, nicht in Meilen oder sonstigen Längenmaßen. Ich überlegte; wenn nun hinter dem 'km' die gleiche Länge steckte wie hinter einem gewöhnlichen Kilometer, so entsprachen die angegebenen Entfernungen etwa denen nach Darmstadt, Reinheim und Habitzheim. Aber warum sollten diese Orte plötzlich andere Namen haben ? Als ich kurz nach Mittag in Darmstadt losgefahren war, hieß es doch noch so. Ich fand keine Erklärung. Und warum handelte es sich nur um eine Einmündung, nicht um eine Kreuzung ? Warum führte die aus Harzheim oder auch Habitzheim kommende Straße nicht nach Nieder-Klingen weiter ? Mir lief ein Schauder über den Rücken. Wenn alles so anders war, gab es Nieder-

10

Klingen überhaupt noch ? Gab es noch mein Auto ? Der Ort konnte maximal zwei Kilometer entfernt sein und lag westlich der Veste. Ich ging also die Straße weiter in Richtung Westen. Nach etwa einem Kilometer erreichte ich die Einmündung einer aus Süden heranführenden Straße. Auf dem Wegweiser stand: 'Klinga 1 km'. Es wunderte mich nicht, daß der Ort nun auch anders hieß, die Entfernungsangabe paßte aber. Mir fiel nun ein weiterer Umstand auf: die Entfernungsschilder waren zwar anders als gewohnt, aber die Verkehrsschilder für 'Vorfahrtstraße' und 'Vorfahrt gewähren' sahen so aus wie ich sie kannte. Ich schlug nun den Weg Richtung Klinga ein. Ein paar Autos passierten mich, die meisten waren mir unbekannte Typen. Die Nummernschilder ähnelten den unsrigen, schwarze Schrift auf weißem Grund, aber die Kennzeichen selbst waren anders.
Ich schritt tüchtig voran, erreichte den Ortsrand nach etwa zwanzig Minuten. 'Markt Klinga', war auf dem Ortsschild zu lesen, schwarze Schrift auf blau umrahmten weißen Feld. Ich wunderte mich schon nicht mehr darüber. Ansonsten wirkte der Ort vertraut; die Häuser sahen den unsrigen sehr ähnlich, nach etwa zweihundert Metern erblickte ich ein Autohaus; 'Ihr Händler für italienische Autos vor Ort' war auf dem Schaufenster zu lesen, auf dem Hof standen unter anderen auch ein paar gelb-grüne Fahrzeuge herum, die man auch bei 'uns' sah.

2. Margarethe

Ich sollte vielleicht anmerken, daß ich im folgenden zur Unterscheidung dieser irgendwie fremden Welt und meiner gewohnten Welt, letztere als 'unsere Welt' charakterisiere.

Ich lief weiter in Richtung Kirche; ich traf zunächst nur wenige Menschen; sie sahen nicht ungewöhnlich aus, etwas flapsig ausgedrückt, wie ganz normale Deutsche, wie man sie täglich auf der Straße antrifft; auffällig war nur, daß alle recht gut angezogen waren, im 'Sonntagsstaat', wie man es früher zu nennen pflegte. Die Frauen trugen fast ausschließlich Kleider.

Die Kirche stand am Rande eines größeren Platzes, dem Marktplatz vermutlich, der von malerischen, sehr gepflegten Fachwerkhäusern umgeben war. Ihr schräg gegenüber befand sich das Rathaus, auch ein Fachwerkbau. So hatte ich das Zentrum Nieder-Klingens nicht in Erinnerung. Einige dieser Häuser beherbergten Lokale; davor standen Tische und Stühle, die recht gut besetzt waren. Ich verspürte Lust auf einen Espresso und ein Stück Kuchen, vergaß mein Auto, ließ mich auf einem freien Platz eines Lokals namens 'Zum Otzberg – Cafe und Eisdiele' nieder. Eine junge Kellnerin kam herbei, musterte mich erst einmal etwas skeptisch, fragte dann nach meinen Wünschen. Sie sprach ganz normales Deutsch.

Ich genoß den Espresso, den Kuchen und den warmen Spätnachmittag, vergaß in dieser vertraut wirkenden Umgebung beinahe alle Merkwürdigkeiten. Ich ließ mir Zeit. Erst nach etwa einer halben Stunde winkte ich der Kellnerin um zu bezahlen.

„Macht zwei – zwanzig", sagte sie.

„Das ist extrem billig", dachte ich und reichte ihr einen Fünf-Euro-Schein. Sie sah die Banknote etwas merkwürdig an.

„Entschuldigt bitte", sagte sie schließlich, „Ihr habt mir falsches Geld gegeben. Das kann ich nicht annehmen."

„Wieso falsches Geld ? Das habe ich aus einem Bankautomaten bekommen. Das ist gewiß kein Falschgeld."

„Ich habe auch gar nicht gesagt, daß es Falschgeld ist", entgegnete sie etwas unwirsch, „das ist irgend ein ausländisches Zahlungsmittel, das ich hier nicht annehmen kann. Ich weiß auch gar nicht, wieviel diese Banknote wert ist."

„Das verstehe ich nicht. Das ist doch ganz normales Geld."

„Nein", sagte sie bestimmt, „seht doch selbst. Da steht 'Euro' drauf, wir nehmen hier nur 'Taler'."

„Ich habe aber kein anderes Geld."

„Dann muß ich den Chef holen."

Sie verschwand.

„Mist", sagte ich zu mir selbst, „alles ist hier merkwürdig; das fehlende Lengfeld, die Höhe des Bergfrieds der Veste, die Hinweisschilder; da hätte ich bedenken müssen, daß mein Geld hier nicht unbedingt etwas gilt."

Was sollte ich nun tun?

Der Chef erschien.

„Tut mir leid", meinte er", er schaute mich aber nicht so an als täte es ihm wirklich leid, „wenn Ihr nicht bezahlen könnt, dann muß ich die Polizei rufen."

„Muß das sein, wegen eines Espressos und eines Stück Kuchens? Ich könnte Ihnen mein Taschenmesser als Pfand geben; echte Schweizer Qualität, fast noch neu; das ist sicherlich mehr wert als zwei Taler zwanzig."

Ich kramte das Taschenmesser aus meinem Rucksack hervor. Der Chef betrachtete es mißtrauisch.

„Mach keine Umstände, Egon, ich bezahle für den Herrn", mischte sich eine Frau, die am Nebentisch saß, nun ein, „hier hast du drei Taler."

Sie gab dem Chef das Geld. Der murrte etwas, schien aber letztlich zufrieden und verschwand.

„Darf ich mich zu Euch setzen?" meinte sie, an mich gewandt.

„Gerne", antwortete ich, „und vielen, vielen Dank, daß Sie für mich bezahlt haben. Sie haben mich aus einer sehr unangenehmen Situation gerettet."

Die Frau mochte etwa Mitte fünfzig sein, war recht hübsch, einigermaßen schlank, hatte blondes, mittellanges, lockiges Haar. Sie trug ein geblümtes Kleid, eine helle Strickjacke darüber.

„Nehmt es Euch nicht so zu Herzen. Es mag peinlich sein, aber es passiert eben manchmal, daß man das falsche Geld hat wenn man ins Ausland reist. Ihr seid doch Amerikaner?"

„Nein", antwortete ich, „wie kommen Sie darauf?"

„Na, wegen Eurer Kleidung. Ihr tragt eine Hose aus Jeansstoff. Das ist doch typisch für Amerikaner. Bei uns zieht man solche Hosen nur zu Arbeiten auf dem Bau oder auf dem Feld an, aber niemals sonntags, wenn man in ein Cafe geht."

Ich blickte sie entgeistert an. Sie bemerkte das.

13

„Verzeiht, aber ich wollte Euch nicht beleidigen oder maßregeln."
Irgend etwas stimmte hier nicht. Wo war ich denn gelandet ? Daß man
sonntags 'ordentlich' angezogen herumlief, das war früher einmal so
gewesen. Da hatte ich oft Krach mit meiner Mutter. Aber das lag mehr als
vierzig Jahre zurück. Um keinen Fauxpas zu begehen erwiderte ich.
„Ich war heute wandern. Und wenn man so durch die Wälder streift und
sich auch einmal auf einen Baumstumpf setzt oder ins Gras, es ist ja recht
warm heute, dann zieht man keine gute Hose an, eine Jeanshose ist da
praktischer."
„Das sehe ich ein", antwortete die Frau, schaute mich dabei merkwürdig
an, „Ihr seid wandern gegangen ? Aber eine Hose aus Jeansstoff zum
Wandern ? Da trägt man doch üblicherweise Wanderkleidung, eine Knie-
bundhose aus Manchester-Stoff."
„Ja, ich hatte heute vormittag in der Firma zu tun, fuhr dann von Darmstadt
aus hierher, habe mein Auto in der Nähe des Friedhofs abgestellt, bin über
die Veste zum Bahnhof Wiebelsbach – Heubach gelaufen, dann zurück,
habe hier noch kurz eine Rast eingelegt und will anschließend nach Hause
fahren. Und ich wollte in der Firma nicht unbedingt mit einer Kniebund-
hose herumlaufen. Eine Hose aus Jeansstoff ist unauffälliger, gerade für
Arbeiten im Labor oder am Experimentierplatz geeigneter, wo man leicht
schmutzig werden kann."
Ich hatte das absichtlich so gesagt um ihr ein Stichwort zu geben. Die Frau
wirkte vernünftig und intelligent und von ihr konnte ich sicher Näheres
über diese Merkwürdigkeiten hier erfahren.
Sie schaute mich noch seltsamer an.
„Darmstadt, wo liegt das ? Und wie kommt Ihr auf diesen Doppelnamen
Wiebelsbach – Heubach. Die Bahnstation heißt auch nicht Wiebelsbach
sondern Wiblesbach. Ihr sagtet auch, Ihr seid heute vormittag in der Firma
gewesen, warum habt Ihr dann nur ausländisches Geld dabei ? Seid Ihr erst
gestern abend aus dem Urlaub zurückgekommen und habt aus Versehen
jetzt nur Geld aus dem Urlaubsland im Portemonnaie ? Das kann passieren,
nehmt das nicht tragisch."
Sie hatte wohl dem Gespräch mit der Kellnerin, aus welchen Gründen auch
immer, von Anfang an aufmerksam zugehört, denn sie fuhr fort.
„Euro ? Was ist das für eine Währung ? Wo gilt die denn ? Ich habe noch
nie davon gehört."
Was sollte ich sagen ?

14

„Nein, ich nehme es nicht tragisch", meinte ich und stützte den Kopf auf die Hände, „aber hier ist alles so merkwürdig, manchmal denke ich, ich träume. Halten Sie mich jetzt nicht für geistig verwirrt, ich zweifele ja selbst schon an meinem Verstand. Aber als ich heute nachmittag hier ankam, da hieß der Ort Nieder-Klingen und sah auch ganz anders aus."
Sie blickte mich mit großen Augen an. Ich holte meine Kamera aus der Phototasche, schaltete den Wiedergabemodus ein.
„Ich phantasiere bestimmt nicht. Das Photo von der Veste habe ich vor drei Stunden aufgenommen. Der Turm ist viel niedriger als jetzt. Der kann doch nicht in ein paar Stunden um fünf oder zehn Meter gewachsen sein."
Sie schaute sich das Photo genau an.
„So genau habe ich das jetzt nicht im Kopf. Wenn man die Veste jeden Tag sieht, achtet man nicht mehr so darauf. Aber merkwürdig sieht sie schon aus. Was habt Ihr da eigentlich für eine Kamera ? Das ist doch ein japanisches Fabrikat. Sündhaft teuer."
„Eigentlich nicht", wandte ich ein, „die haben mir meine Kinder letztes Jahr zu Weihnachten geschenkt."
„Die hat doch mindestens zweitausend Taler gekostet. Das ist doch ein Spitzenmodell, ich habe so eine Digitalkamera noch nie gesehen."
Ihr Erstaunen war ihr deutlich anzusehen.
„Mögt Ihr noch einen Kaffee. Ich bezahle auch."
„Ja, gerne."
Sie bestellte.
„Ihr habt mich jetzt wirklich neugierig gemacht. Ihr redet wirr daher, macht aber den Eindruck, daß Ihr gar nicht wirr im Kopf seid, sondern verwundert, daß alles für Euch so verwirrend ist. Das irritiert mich. Wie kommt Ihr darauf, daß der Ort hier vor ein paar Stunden Nieder-Klingen hieß ? Der heißt seit Jahrhunderten Klinga. Und der Bergfried der Veste war schon immer so hoch. Und wo liegt dieses Darmstadt eigentlich ? Den Namen habe ich noch nie gehört."
„Wissen Sie, ich habe da vorne auf der Landstraße ein Schild gesehen; da stand drauf 'Darmundium 20 km'; Darmstadt liegt etwa so weit weg von hier, auch in der gleichen Richtung. Wie groß ist dieses Darmundium eigentlich ?"
„Es hat so etwa sechzigtausend Einwohner."
Ich schüttelte den Kopf.
„Darmstadt ist mehr als doppelt so groß. Ich verstehe das nicht. Die Land -

15

schaft sieht noch genau so aus, man spricht hier normales Deutsch, es gibt hier auch noch diesen Autohändler, der italienische Fabrikate verkauft, aber der Ort sieht anders aus, heißt anders, Sie haben hier anderes Geld. Was ist eigentlich los? Was ist in den letzten Stunden geschehen?"

„Jetzt verstehe ich gar nichts mehr. Was soll denn passiert sein? Nichts ist passiert. Es war ein warmer, sonniger Nachmittag."

„Kein Nebel?"

„Es muß mit dem Nebel zu tun haben", dachte ich jetzt, „irgendwie muß er mich in eine andere Zeit oder Welt versetzt haben."

„Was für ein Nebel?" fragte sie erstaunt, „hier gab es keinen Nebel. Wie kommt Ihr darauf?"

Was immer die Frau von mir halten mochte, jetzt kam es auch nicht mehr darauf an, ich rückte mit der Sprache raus.

„Ich bin unterwegs in eine Nebelwand geraten. Nachdem sie sich verzogen hatte, war alles anders. Verstehen Sie jetzt, warum ich leicht verwirrt bin?" Die Frau starrte mich wortlos an. Sie schien nachzudenken.

„Verzeihen Sie die Frage", unterbrach ich das Schweigen, „welches Datum haben Sie heute."

„Heute ist Sonntag, der 4. Oktober 2015; und jetzt ist es kurz vor siebzehn Uhr."

„Und gestern war Feiertag?"

„Nein, was für ein Feiertag sollte gestern gewesen sein?"

Ich blickte die Frau leicht verzweifelt an.

„Das Datum stimmt. Auf meiner Uhr ist es lediglich eine Stunde später."

Das vorher ernst wirkende Gesicht der Frau hatte sich aufgehellt. Sie lächelte mich an. Es wirkte so, als ahnte sie ein Geheimnis.

„Ich habe den Eindruck Ihr braucht Hilfe."

„Das sicher auch", erwiderte ich, „ich sitze hier in einer halb vertrauten, halb fremden Welt, habe kein gültiges Geld, ich vermute, mein Auto existiert auch nicht mehr; es wird Abend und ich weiß nicht, wo ich unterkommen kann."

„Macht Euch kein Sorgen, ich helfe Euch. Ihr könnt mit zu mir kommen."

Ich blickte sie an.

„Wirklich? Ich bin doch ein Fremder und wirke etwas wirr im Kopf. Bin ich Ihnen nicht unheimlich? Haben Sie denn gar keine Angst vor mir?"

„Wißt Ihr, es gibt bei uns ein Gebot der Gastfreundschaft, ein Gebot, anderen zu helfen, die in Not sind. Und was Euch betrifft, Ihr seid

16

keinesfalls geistesgestört. Ich glaube auch nicht, daß Ihr mich ermorden wollt. Es ist ein unbestimmtes Gefühl, aber ich traue Euch. Ich habe mich noch gar nicht vorgestellt. Ich heiße Margarethe."

„Und ich heiße Fritz."

„Ich will nicht unhöflich sein, aber hättet Ihr etwas dagegen wenn wir uns 'Duzen' ? Ihr habt mich sowieso so komisch angeredet, in der dritten Person Plural."

„Das bin ich so gewohnt; ich habe nichts dagegen, wenn wir 'Du' zueinander sagen."

„Wir sollten aber jetzt aufbrechen. Ich wollte mir auch den Bergfried nochmals anschauen, bevor es dunkel wird."

„Und ich wollte auch noch nach dem Auto schauen. Es liegt auf dem Weg."

„Was hast du für ein Auto ?"

„Es ist ein roter Kleinwagen."

Ich nannte auch die Marke. Sie schaute mich skeptisch an.

„Nie gehört."

Sie bezahlte. Wir brachen auf, liefen in Richtung Veste bis wir eine gute Sicht hatten."

„Zeig mir nochmal das Bild", bat sie, betrachtete es dann genau, „das ist zwar eine andere Perspektive, aber ohne Zweifel, der Turm ist auf dem Bild deutlich niedriger."

Wir liefen zurück in den Ort, das Auto fanden wir natürlich nicht, suchten auch nicht lange danach.

Dann begaben wir uns zu ihr. Sie bewohnte das Obergeschoß eines zweistöckigen Hauses. In der unteren Etage wohnten ihr Bruder und seine Frau.

„Ich zeige dir erst einmal die Wohnung. Ich bin wirklich neugierig zu erfahren, ob sie so eingerichtet ist, wie du es gewohnt bist."

Anschließend nahmen wir im Wohnzimmer Platz.

„Du hast doch sicher Hunger. Ich bringe etwas zum Abendbrot. Ich kann leider nicht viel aufbieten, Wurst, Käse, Tomaten, Brot. Wir nehmen abends keine großen Mahlzeiten ein. Trinkst du Wein ?"

Ich bejahte. Während wir aßen, begann sie zu fragen.

„Welchen Eindruck hast du von der Wohnung ? Ist sie dir eher fremd oder eher vertraut ?"

„Ich bin zuhause zwar ein bißchen anders eingerichtet, aber alles ist ähnlich, auch Badezimmer, Toilette, Kücheneinrichtung, ein Herd mit vier Kochplatten und Backofen, Spülmaschine, Kühlschrank, Mikrowellenofen;

in deinem Arbeitszimmer steht etwas, was wie ein Computer aussieht und hier im Wohnzimmer hast du einen Fernsehapparat, auch mit Flachbildschirm; alles wie gewohnt. Habt ihr auch Handys ?"

„Mit Computer meinst du sicher meine elektronische Büromaschine. Die sind sehr praktisch. Man kann fast alles mit ihnen machen, schreiben, Rechnungen durchführen, Zeichnungen anfertigen, Photos bearbeiten, sogar Filme anschauen und Musik hören. Man kann sie sogar an das Informationsnetz anschließen und dann Nachrichten empfangen, alles mögliche bestellen, Zahlungen durchführen, auch mit anderen kommunizieren. Kennst du das auch ? Aber was sind Handys ?"

„Ja, das gibt bei uns alles auch. Wir nennen diese Geräte Computer, weil sie sich so im Laufe der Zeit aus Rechenmaschinen entwickelt haben. Und wir haben da meistens englische Namen wegen der Dominanz der Amerikaner. Und Handys sind so kleine Telefone, die man mit sich herumtragen kann. Mittlerweile kann man mit den Dingern auch schon fast das gleiche machen wie mit Computern. Ich habe aber nur ein einfaches Gerät zum telefonieren und um Nachrichten zu schreiben."

Ich kramte mein Handy hervor.

„So sieht das aus. Aber es funktioniert hier nicht; siehst du, auf der Anzeige steht 'kein Netz'. Es würde mir ohnehin nicht viel nutzen, weil die Batterie bald leer ist."

„So, Handys nennt ihr die; komischer Name, bei uns heißen sie einfach Taschentelefone. Ich habe auch nur ein gewöhnliches zum telefonieren. Es liegt meistens irgendwo herum, weil ich es kaum nutze. Aber viele sind da ganz verrückt damit, telefonieren ständig, schreiben Nachrichten, hören Musik damit, sogar beim Autofahren. Ich mache das nicht. Ich bin ein bißchen altmodisch. Ich habe auch nur einen einfachen Kochherd mit Heizplatten. Diese modernen Induktionsherde mit Kochfeldern mag ich nicht. Aber lassen wir das jetzt. Vielleicht sollten wir ein bißchen über uns erzählen. Oder ist dir das nicht recht ?"

„Ich habe keine Geheimnisse."

Ich berichtete über meine privaten Verhältnisse, meinen Beruf, meine Arbeit und sie erzählte dann von sich. Sie war Lehrerin am Gymnasium in Autmundisstadt, das so etwa acht Kilometer entfernt lag, unterrichtete Hispanisch, Neustrisch und Geschichte. Sie war nie verheiratet gewesen, hatte keine Kinder.

„Warum ich nie geheiratet habe ? Ich habe einfach bisher nicht den passen-

18

den Mann gefunden. Ich suchte einen Lebenskameraden, einen, mit dem ich auf gleicher Augenhöhe verkehren kann. Verstehst du, was ich meine ?"
Ich nickte.
„Ich denke schon."
„Aber solche Männer waren eher selten als ich jung war und abbekommen habe ich keinen. Weißt du, es war in unserer Gesellschaft Jahrhunderte lang so, daß die Männer dominierten, im Staat, im Handwerk, später dann in der Industrie, im Handel, beim Militär sowieso und auch in der Familie. Ein Mann hatte stark zu sein, durfte nach außen hin keine Gefühle zeigen; es galt als eine ziemliche Schande für einen Mann in der Öffentlichkeit zu weinen; er mußte vielmehr tatendurstig, tapfer, selbstbewußt, selbständig, rational und so weiter sein. Frauen dagegen hatten sich unterzuordnen, sollten im öffentlichen Leben nicht in Erscheinung treten, hatten sich vielmehr um den Haushalt zu kümmern und die Kinder zu betreuen. Sie galten als gefühlsbetont, Schutz suchend, wenig selbständig, wenig selbstbewußt, und sie wurden auch in diesem Sinne erzogen. Sie erhielten in der Regel auch eine geringere Schulbildung.Vor einigen Jahrzehnten begann man dann die Gleichberechtigung zu propagieren. Das bedeutete, Frauen sollten in der Gesellschaft die gleiche Stellung erhalten wie die Männer, auch in Führungspositionen in Staat und Wirtschaft aufsteigen können und man begann, Mädchen Eigenschaften anzuerziehen, die vorher als typisch männlich galten. Das war an und für sich nicht schlecht. Aber gleichzeitig verwarf man die typisch männlichen Eigenschaften bei Männern, machte sie schlecht und begann, den Knaben Verhaltensmuster anzuerziehen, die bislang als typisch weiblich galten. Das war absurd, wurde aber einige Jahrzehnte so gehandhabt. Mittlerweile ist man allerdings wieder davon abgekommen. Aber in meiner Jugend war das so. Denn das Ergebnis dieser Erziehung waren Weichlinge, die im Beruf zwar einiges leisten konnten, aber Frauen gegenüber kein Selbstbewußtsein hatten, sich in Haushaltsarbeiten und Kinderbetreuung einbinden ließen, sich den Frauen unterwarfen. Vielen Frauen gefiel es einen Diener zu haben, der aufs Wort folgte. Aber ich konnte mit solchen Typen nichts anfangen; ihre ständigen Fragen, ob sie etwas tun dürften und was, ob es mir recht sei, was sie täten, das alles ging mir auf die Nerven. Und die wenigen echten Männer wollten keine selbstbewußten Frauen, suchten sich kleine Dummchen oder schlossen sich zu Männerbünden mit meist gleichgeschlechtlichen Umgang zusammen. Da blieb ich lieber allein."

Sie nahm einen kräftigen Schluck Wein.

„Jetzt habe ich aber viel geredet, hoffentlich hältst du das nicht alles für Unsinn. Aber ich muß doch noch einmal auf unsere Unterhaltung von heute nachmittag zurückkommen. Da sind mir noch zwei Sachen aufgefallen, die ich nicht ganz verstehe. Das eine hatte ich schon angesprochen. Du hast mich immer in der dritten Person Plural angeredet und sagtest dann, das sei bei euch so üblich. Wieso eigentlich ? Die normale persönliche Anrede ist doch 'du' oder 'Ihr'.“

„Das hat sich bei uns so seit etwa zweihundertfünfzig Jahren, etwa in der Zeit vom 'Alten Fritz' so nach und nach eingebürgert und wird heute ausschließlich benutzt. Das hat wahrscheinlich auch damit zu tun, daß es damals üblich war andere, insbesondere rangniedere Personen mit 'er' anzureden, zum Beispiel zu fragen, 'was will er ?' anstatt 'was willst du ?'. Deine Anredeformen 'Ihr' und 'Euch' dagegen gelten bei uns als veraltet und werden im täglichen Umgang nicht mehr benutzt.“

„Und wer ist der 'Alte Fritz' ?“

„Das weißt du nicht ? Das war Friedrich II., auch Friedrich der Große genannt.“

Sie runzelte die Stirn.

„Kaiser Friedrich II., der Staufer, der Mongolenbezwinger, der das Reich vor den Mongolen gerettet hat ? Der herrschte doch im dreizehnten Jahrhundert. Das ist doch viel länger her als zweihundertfünfzig Jahre.“

„Den meine ich auch gar nicht; der war doch der Enkel Kaiser Friedrichs I., auch Barbarossa, genannt; der hat auch gar nicht den Beinamen 'der Große', hat auch nie gegen die Mongolen gekämpft, sondern lebte die meiste Zeit in Italien. Nein, ich meine den König von Preußen.“

Margarethe blickte mich irritiert an.

„Wieso König von Preußen ? Preußen ist ein Reichsgau im Nordosten am baltischen Meer. Es war früher einmal ein Herzogtum. Einen König hatte es nie. Aber den Namen 'Barbarossa' kennst du ?“

„Ja sicher, der gilt bei uns als der populärste mittelalterliche Kaiser. Er ertrank auf dem dritten Kreuzzug; das war 1190. Stimmt's ?“

„Komisch; das kenne ich auch so, fast so. Er hatte ja als Alemannenherzog gar keinen Anspruch auf den Thron, aber der fränkische und burgundische Adel unterstützte seine Wahl, da sie nicht den Herzog von Bayern und Sachsen, Heinrich den Löwen, auf dem Thron haben wollten. Der war ihnen zu mächtig. Nach drei Jahren Krieg siegte Friedrich schließlich. Aber in einem Punkt irrst du dich; er ertrank nicht, sondern fiel 1191 in der Schlacht bei Akkon."

Ich hatte diesen Geschichtsablauf nicht so in Erinnerung, schwieg aber. Es gab schon genügend unklare Punkte.

„Aber von einem König von Preußen habe ich noch nie gehört. Ich unterrichte Geschichte, sollte das doch wissen. Aber da ist noch etwas; du nanntest die Sprache, die wir sprechen 'Deutsch'. Ich sage bewußt wir; wir sprechen ja ohne Zweifel die gleiche Sprache. Was ist das für eine Bezeichnung?"

„Ja, und wie nennt ihr die Sprache?"

„Bei uns heißt sie 'Austrasisch', nach dem Reichsteil 'Austrasien', in dem wir leben."

„Die Bezeichnung 'deutsch' geht auf Ludwig den Deutschen zurück, einem Enkel Karls des Großen, der bei der Teilung des Fränkischen Reiches die Osthälfte erhielt. Karl der Kahle erhielt den Westen, Lothar die Mitte."

Mir fiel nun ein, daß in der Zeit vor Karl dem Großen die ostfränkischen Gebiete als 'Austrasien' oder auch 'Austrien' bezeichnet wurden und die westfränkischen als 'Neustrien'. Später dann, nach der Reichsteilung unter den Enkeln Karls des Großen verschwanden diese Bezeichnungen. Und Margarethe war Lehrerin unterrichtete Neustrisch.

„Du weißt auch von Kaiser Karl dem Großen. Aber was sagst du da über die Teilung des Reiches unter den Enkeln? Das Reich erbte nur ein Enkel, Lothar. Die anderen starben im Kampf um die Krone. Und das fränkische Reich wurde nie geteilt."

Das verstand ich wiederum nicht. Ich wollte auch nicht mit ihr zu streiten beginnen. Sie hatte ja auch schon etwas intensiv dem Wein zugesprochen. Sie war Geschichtslehrerin, sollte Bescheid wissen. Ich war mir meiner Sache aber auch sicher. Sollten wir beide recht haben und es verschiedene Historien geben? Eigentlich unvorstellbar.

Wir schwiegen eine Weile, tranken Wein. Ich hatte den Eindruck, daß Margarethe mit sich rang, nicht so recht wußte, ob sie ein gewisses Thema ansprechen sollte, sich vielleicht auch nicht so recht traute. Aber der Wein hatte wohl die Zunge gelöst und so nahm sie das Gespräch wieder auf.

„Glaubst du eigentlich an Übersinnliches?" fragte sie schließlich.

„Eher nicht", antwortete ich.

„Weißt du, es gibt hier etliche Gruppierungen, die sich mit solchen Fragen beschäftigen. Viele sind Esoteriker oder Spirituisten. Aber es gibt auch

21

Gruppen, die sich auf wissenschaftlicher Basis mit unerklärlichen Phänomenen auseinandersetzen. Ich gehöre solch einem Kreis an, er nennt sich 'Trans-Ratio'. Versteh das nicht falsch, aber wir gehören nicht zu den Leuten, die unerklärlich erscheinende Phänomene als das Wirken Außerirdischer, himmlischer Mächte oder materieloser Geisterkräfte oder sonst etwas interpretieren, sondern wir versuchen für all das erst einmal natürliche Erklärungen zu finden und vor allen Dingen zunächst solche Berichte kritisch zu überprüfen. Oft faseln sich da auch Verrückte etwas zusammen. Entschuldige, ich meine jetzt nicht dich. Aber alles an dir ist merkwürdig. Ich habe es schon an deinem Verhalten im Cafe und gegenüber der Kellnerin bemerkt, bevor ich dich angesprochen habe. Und das hat mich interessiert und ich wurde neugierig. Mir fällt da ein, worüber Robert Liepner, ein Kollege, der Mathematik und Physik unterrichtet, öfter spricht. Er geht davon aus, daß es Parallelwelten gibt, beruft sich da auf eine Leichtensteinsche – Theorie. Ich kann ihn morgen früh anrufen, wenn du nichts dagegen hast, er kann dir genau erklären, was er meint. Ich sage wahrscheinlich zuviel falsch. Nur eines will ich noch loswerden, eine Geschichte, die er mir vor etwa zehn Jahren erzählt hat. Ich habe das alles nicht mehr so richtig in Erinnerung, aber es kam auch der Begriff 'deutsch' vor. Es ging dabei um seinen Onkel Karl und geschah einige Jahre vor Roberts Geburt. Der Onkel wohnte damals in Darmundium, verschwand einmal für einige Wochen, wurde dann völlig verwirrt an der Landstraße in der Nähe der Abzweigung nach Harzheim aufgegriffen. Er berichtete, er sei in einer Stadt in einem Deutschen Reich gewesen. Den Namen der Stadt habe ich vergessen, aber Robert kann ihn dir sicher nennen. Er erzählte von einem großen Krieg und von einem Fliegerangriff, durch den die ganze Stadt in Brand gesetzt worden sei. Er redete ständig davon, hatte ununterbrochen Angst vor Flugzeugen und schließlich mußten sie ihn in eine Irrenanstalt einliefern. Dort ist er dann auch gestorben."
„Und wie lange ist das her?"
Sie überlegte kurz.
„Ich weiß nicht genau; Robert ist fast Mitte sechzig, geht in eineinhalb Jahren in Rente. Und es war einige Jahre vor seiner Geburt; also vielleicht siebzig Jahre."
Siebzig Jahre? Das deutete auf den Zweiten Weltkrieg hin. Darmundium – Darmstadt? Hatte Onkel Karl vielleicht den Bombenangriff auf Darmstadt miterlebt?

22

Ich hielt es für wenig zweckvoll auch noch damit anzufangen. Wir hatten beide schon einiges getrunken. Robert konnte mir da sicher auch präzisere Auskunft geben. Margarethe bemerkte mein Schweigen.

„Ich denke, du bist auch müde. Lassen wir es für heute gut sein und gehen schlafen."

Sie hatte mir beim Wohnungsrundgang kurz nach der Ankunft das Gästezimmer gezeigt und es mir zur Verfügung gestellt. Ich begab mich nun zu Bett, lag lange wach, dachte nach, so gut es noch ging. Parallelwelten ? Wie kann man so etwas verstehen ? Konnte es so etwas überhaupt geben ? Eher unvorstellbar. Wir hatten über viele Dinge gesprochen, aber nichts ausführlich diskutiert, mehr oder weniger ins Blaue geredet, ohne Konzept. Mir fiel ihr Satz ein 'das Fränkische Reich wurde nie geteilt'. Lag hierin der Schlüssel ? Existierte tatsächlich eine Parallelwelt, die eine ähnliche, aber in vielerlei Hinsicht doch eine andere Entwicklung genommen hatte, weil es keinen Vertrag von Verdun gab und Lothar alleiniger Nachfolger Ludwigs des Frommen wurde ? Das könnte manches erklären, die gleiche Sprache, aber ein unterschiedlicher Name, der sogar vernünftig erschien, die unterschiedlichen Ortsnamen, die unterschiedlichen Farben der Verkehrsschilder, die unterschiedliche Höhe des Bergfrieds der Veste, das nicht existierende Lengfeld. Die Geschichte des Reiches hatte wohl einen anderen Verlauf genommen, ein preußisches Königreich nie gegeben, der 'Alte Fritz', wenn er je gelebt, war vielleicht nur Markgraf von Ansbach gewesen. Während ich so nachdachte fiel mir das heutige Datum ein, der 4. Oktober. Als Ludwig der Fromme regierte galt noch der Julianische Kalender. Er wurde so um 1600, das genaue Datum fiel mir nicht ein, durch den heute gültigen Gregorianischen Kalender ersetzt. Dadurch entfielen einige Tage. Waren es zehn oder fünfzehn ? Die genaue Zahl wußte ich nicht. Daß sie aber hier das gleiche Datum hatten, bedeutete doch, daß sie auch eine entsprechende Reform durchführten und die gleiche Zahl von Tagen übersprangen. Damit mußte die Reform ihres Kalenders auch etwa zur gleichen Zeit und auch mit den gleichen Beweggründen erfolgt sein, ansonsten hätten sie ja mehr oder weniger Tage ausfallen lassen müssen. Das alles war verwirrend, aber auch interessant. Und es gab hier wohl auch Menschen, mit denen man vernünftig reden konnte. Ich würde sicherlich in den nächsten Tagen viel erfahren. Lange nach Mitternacht schlief ich dann ein.

23

3. Besuch bei Robert

Ich erwachte gegen neun Uhr. Margarethe hatte bereits das Frühstück vorbereitet.

„Du mußt nicht zur Schule ?"

„Nein", antwortete sie, „wir haben jetzt Herbstferien. Ich bin noch eine Woche zuhause. Ich habe Robert schon angerufen. Er ist auf dich gespannt. Er hatte bereits etwas anderes vor, aber deine Geschichte hat ihn so fasziniert, daß er alle seine Pläne umwarf. Er erwartet uns heute kurz nach Mittag."

Wir frühstückten.

„Ich möchte dich noch schnell meinem Bruder vorstellen, bevor er ins Amt geht. Er soll wissen, wer da noch im Haus ist."

Wir gingen die Treppe hinunter in dessen Wohnung.

„Guten Morgen, Johann, ich wollte dir kurz Fritz vorstellen. Er ist ein früherer Kollege aus Gmunda und für ein paar Tage zu Besuch gekommen. Ich kenne ihn seit über zwanzig Jahren. Entschuldige, daß ich dir nicht eher etwas gesagt habe, aber der Besuch hat sich kurzfristig ergeben."

Johann war ein schmächtiger Mann, ich schätzte ihn auf Ende fünfzig.

„Guten Tag, Herr …, wie heißt Ihr ?"

„Mein Name ist Fritz Heßberger."

Er reichte mir die Hand.

„Angenehm, ich heiße Johann Bachschneider. Ich wünsche Euch einen schönen Aufenthalt."

„Vielen Dank."

Wir gingen dann zurück in Margarethes Wohnung.

„Er redet im allgemeinen nicht viel, hat ja auch bei meiner Schwägerin nicht viel zu sagen. Sie beherrscht ihn vollkommen und er ist der typische Diener. Er arbeitet in der Kommunalverwaltung als Sachbearbeiter. Montags geht er immer recht spät ins Amt. Helene, seine Frau, meine Schwägerin, ist gestern mit einer Freundin für eine Woche nach Mallorca geflogen."

Sie grinste.

„Der jungen Männer wegen. Du verstehst ? Johann hat das zu akzeptieren, ihm bleibt auch keine andere Wahl. Ich muß aber noch einiges erledigen bevor wir zu Robert fahren. Ich hoffe, es macht dir nichts aus, alleine hier

in der Wohnung zu bleiben."
„Nicht im geringsten."
„Du kannst ja inzwischen fernsehen oder lesen. Mein Bücherschrank steht im Arbeitszimmer."
Ich schaute mich ein bißchen um, entdeckte eine Bibel, nahm sie aus dem Schrank heraus, schlug sie auf, las 'Die Heilige Schrift. Nach der Übersetzung von Doktor Martin Luther'. Den gab es also auch in dieser Welt. Fast alle der anderen Autoren waren mir unbekannt, von Goethe und Schiller fand ich nichts, allerdings einige Werke von Hermann Hesse, darunter auch 'Das Glasperlenspiel'.

Kurz nach zwölf Uhr fuhren wir zu Robert. Margarethe besaß ein kleines Auto. Ich wunderte mich etwas über den Namen.
„Das ist die Abkürzung für 'Chattische Motorenwerke'", erklärte sie mir. Unsere Marken gab es hier nicht, dafür sicher aber noch einige andere.
Robert wohnte in Autmundisstadt, das meiner Einschätzung nach 'Groß Umstadt' sein mußte. Robert erwartete uns bereits.
„Du bist also der Außerirdische. Dafür siehst du aber ziemlich normal aus !" sagte er lachend zur Begrüßung, „verzeiht mir die flapsige Anrede, aber ich hoffe, Ihr habt nicht dagegen, daß wir uns duzen, das wirkt vertrauter. Und wir sollten doch offen miteinander reden, auch wenn es wirr oder verrückt klingt. Wir sind schließlich unter uns. Und etwas verschweigen hilft keinem."
„Das geht in Ordnung", meinte ich, „ich heiße Fritz."
„Und ich heiße Robert."
Er führte uns auf die Terrasse, bot uns Platz an, fragte, was wir trinken möchten. Er holte dann eine Flasche Mineralwasser. Es war sonnig und warm.
„Wie war das mit deinem Onkel ?" fragte ich ohne Umschweife.
„Du fällst aber gleich mit der Tür ins Haus. Soll ich nicht erst von meiner Theorie erzählen ?"
„Theoretisieren können wir auch noch später. Aber ich habe bei der Geschichte deines Onkels so einen Verdacht. Aber bevor ich etwas sage, möchte ich die Details kennen. Ich will ja keinen Unsinn reden."
„Na schön", lautete die Antwort.
Robert erhob sich, ging ins Haus, kam kurze Zeit später mit einem kleinen Heft in der Hand zurück.

„Das sind Aufzeichnungen meines Vaters, er war damals fünfzehn. Onkel Karl war sein ältester Bruder. Der war damals vierundzwanzig."

„Entschuldige, wenn ich unterbreche. Wann war genau damals?" wandte ich ein.

Robert blätterte in dem Heft.

„Ich muß nachschauen."

Nach kurzer Zeit fuhr er fort.

„Also, Karl muß so Anfang September 1944 verschwunden sein. Das genaue Datum weiß man nicht. Nachbarn informierten seinen Vater, meinen Großvater, etwa um den 10. September. Da muß er aber schon einige Tage verschwunden gewesen sein. Gefunden hat man ihn dann an der nach Rigisheim führenden Landstraße unweit der Abzweigung nach Harzheim. Das heißt, eine Polizeistreife hat ihn dort aufgegriffen. Aber von vorne. Karl wohnte damals in Darmundium, arbeitete im Finanzamt. Wie gesagt, er war etwa drei Wochen verschwunden, redete danach nur wirres Zeug. Mein Vater hat damals versucht, etwas Ordnung in das Geschwätz zu bringen. Ob er allerdings alles richtig aufgezeichnet hat, weiß ich natürlich nicht. Also, Karl berichtete, daß er an einem Sonntag vormittag im Park spazieren ging. Plötzlich sei ein dichter Nebel aufgezogen. Das ist nicht ungewöhnlich in dieser Jahreszeit, da ziehen öfters Nebelschwaden vom Rhein her. Nachdem sich der Nebel verzogen hatte, sah der Park allerdings völlig anders aus. Er ging zum Eingang zurück und befand sich in einer fremden Stadt. Ein großer, freier Platz lag vor ihm; links war ein Theater, rechts ein Museum, auf der gegenüber liegenden Straßenseite stand ein großes Schloß. Er ging weiter in Richtung Zentrum und erreichte nach zweihundert bis dreihundert Metern einen anderen großen, freien Platz, in dessen Zentrum eine riesige Säule mit einer Statue oben stand. Dort sprach ihn ein Polizist, der eine völlig unbekannte Uniform trug, an und verlangte seinen Ausweis. Er gab ihn dem Polizisten; der schaute ihn an, sagte dann, der Ausweis gelte hier nicht und nahm ihn mit zur Wache. Dort fragten sie ihn aus. Er konnte aber keine befriedigende Antwort geben und so steckten sie ihn in eine Arrestzelle. Nach zwei Tagen ließ man ihn frei und brachte ihn in ein großes Werk, in dem Eisenbahnwaggons und Lokomotiven repariert wurden. Dort mußte er Hilfsarbeiten leisten. Unterkunft erhielt er in einer Baracke neben der Werkshalle. Ein freundlicher Kollege namens Otto, mit dem er ein bißchen in Kontakt kam und dem er seine Geschichte erzählte, riet ihm, er solle ja den Mund halten. Er könne froh sein, daß

Krieg sei und jede Arbeitskraft für den Endsieg gebraucht werde, sonst wäre er als Irrer sicher schon in der Gaskammer gelandet. Von Otto erfuhr er auch, daß er sich im Großdeutschen Reich, in einer Stadt namens Darmstadt befände. Und das Reich befinde sich im Westen und Süden im Krieg mit Amerika und England, und im Osten mit der Sowjet-Union, Rußland und den Bolschewisten. Der Führer hätte aber versprochen, daß wir den Endsieg erringen werden und er, Otto, hätte vollstes Vertrauen in den Führer. Nach einigen Tagen wurde Darmstadt nachts von Bombenflugzeugen angegriffen. Nach einer halben Stunde brannte die ganze Stadt. Wie durch ein Wunder habe er sich aber in Sicherheit bringen können und sei unverletzt geblieben. Er habe jedoch dann ständig furchtbare Angst gehabt, daß die Bombenflugzeuge zurückkommen würden. Er mußte in den nächsten Tagen bei Aufräumarbeiten helfen und es sei ihm aufgefallen, daß das große Monument unbeschädigt geblieben war, alle Häuser ringsum aber in Trümmern lagen. Die Angst blieb allerdings, er brach oft in Tränen aus und konnte kaum arbeiten. Der Führer seiner Arbeitseinheit hatte Mitleid mit ihm und veranlaßte, daß er aufs Land geschickt wurde um bei der Ernte zu helfen, da er in der Stadt nicht zu gebrauchen war. Er kam in ein Dorf namens Lengfeld, half dort ein paar Tage bei der Kartoffelernte. Und dann, eines Nachts, wachte er auf weil er fror und stellte fest, daß er mitten im Feld lag. Er stand auf, irrte umher, gelangte schließlich an eine Straße; dort blieb er stehen, wartete in der Hoffnung, daß ein Auto vorbeikommen und ihn mitnehmen würde. Nach langer Zeit griff ihn dort eine Polizeistreife auf. Der Rest ist schnell berichtet: Karl erzählte seine Geschichte überall herum, niemand glaubte ihm, man hielt ihn bald für geistig verwirrt. Und da sich sein Zustand auch nach Wochen nicht besserte, lieferte man ihn in eine Irrenanstalt ein, wo er zwei Jahre später starb."

Robert machte eine kleine Pause, fuhr dann fort.

„Ich sollte vielleicht noch erwähnen, daß wir uns damals tatsächlich im Krieg befanden, aber nicht in Europa, sondern in Ostasien. Es war hauptsächlich ein Krieg zwischen Amerika und Japan. Aber zu Beginn des Krieges, etwa zweieinhalb Jahre vor der Geschichte mit Onkel Karl, hatten die Japaner auch unsere Kolonie in Indochina angegriffen. Onkel Karl leistete zu der Zeit seinen Wehrdienst ab und war dort stationiert. Er nahm an den Kämpfen teil, wurde verwundet und kam dann in die Heimat zurück. Er erlebte auch einen Luftangriff der Japaner auf Saigon. Man nahm daher an, daß er dort im Krieg einen seelischen Schaden erlitten habe und das, was er jetzt erzählte, aus den damaligen Erlebnissen zusammen-phantasierte. Was hältst du davon ? Du hast doch auch Margarethe gegenüber den Begriff 'Deutsch' erwähnt."

Ich blickte Robert an.

„Soll ich dir aus meiner Welt erzählen ? Dein Onkel hatte vielleicht durch die Erlebnisse einen psychischen Schaden abbekommen, aber phantasiert hat er nicht. Und irre war er auch nicht."

„Was ?" fragte Robert erstaunt.

„Ich will es kurz machen, nicht die komplette Geschichte im Detail erzählen, sonst sitzen wir in drei Tagen noch hier. In meiner Welt gab es damals tatsächlich ein Großdeutsches Reich. Es wurde von einem Diktator regiert, der den Titel 'Führer' trug und es befand sich in dieser Zeit, also 1944, tatsächlich im Krieg mit Amerika, England und der Sowjet-Union. Der Krieg dauerte bereits einige Jahre an, hatte 1939 begonnen. Eines hatte dein Onkel allerdings mißverstanden. Rußland wurde damals von einer üblen Bande, die sich Bolschewiki, bei uns hießen sie Bolschwisten, regiert und der Staat hieß offiziell Sowjet-Union. Es waren also keine drei, sondern nur ein Kriegsgegner im Osten. Man nannte den Krieg später den Zweiten Weltkrieg, da er auch in Ostasien zwischen Japan, Amerika, England und China tobte. Darmstadt gab es auch, es lag ungefähr dort, wo Darmundium liegt, war allerdings größer. Darmstadt war früher Residenz-stadt der Großherzöge von Hessen gewesen und das Schloß in der Stadt war die ehemalige großherzogliche Residenz. Die hohe Säule mit der Statue gab es auch, es war das Monument des ersten Großherzogs, Ludwig I., und hieß im Volksmund der 'Lange Ludwig'. In der ersten September-hälfte 1944, das genaue Datum weiß ich nicht auswendig, wurde Darmstadt von einem englischen Bombergeschwader angegriffen und in Brand gesetzt. Die Innenstadt wurde fast vollkommen zerstört. Der 'Lange Ludwig' blieb aber erhalten. Ich habe das auf Photos gesehen, ich habe es ja nicht miterlebt, es war einige Jahre vor meiner Geburt. Und den Ort Lengfeld gab es auch, er lag ungefähr dort, wo man Karl gefunden hatte."

Robert blickte mich groß an. Ich lächelte.

„Ich phantasiere nicht. Ich habe sogar einen Beweis."

Ich zog meine Landkarte aus dem Rucksack, entfaltete sie.

„Es ist nur eine Wanderkarte, deswegen ist nicht alles drauf. Aber es genügt wohl."

Ich deutete auf die Karte.

„Also hier ist der Otzberg, links daneben ist Nieder-Klingen, das ihr 'Klinga' nennt, dort am linken Rand ist Darmstadt. Und Autmundisstadt müßte wohl das Groß Umstadt auf meiner Karte sein und hier ist Lengfeld."

„Es gab einmal einen Ort namens Lengfeld", warf nun Margarethe ein, „der wurde aber Anfang des sechzehnten Jahrhundert zerstört und nicht wieder aufgebaut. Das Dorf war wie auch die Feste Otzberg im Besitz des Pfalzgrafen Philipp vom Rhein. Kaiser Ludwig IV. verhängte damals wegen Landfriedensbruch die Reichsacht über Philipp und beauftragte den Grafen Wilhelm von Katzenelnbogen mit der Durchführung. Wilhelm zog mit einem großen Heer heran, plünderte alle rheingräfischen Dörfer in der Umgebung des Otzbergs und Autmundisstadts und brannte sie nieder. Einige Dörfer, darunter Lengfeld, Hippenheim und Wachenbach wurden nicht wieder aufgebaut."

Robert drehte die Karte um. Er fuhr mit dem Finger die blaue Linie entlang.

„Das müßte der Main sein; ach ja, es steht ja auch hier, dort unten müßte Ascafaburg liegen, wohl das Aschaffenburg auf der Karte, dort oben ist Hanau, das heißt auf der Karte genau so und oben am linken Rand ist Francinfort, das heißt bei euch Frankfurt. Das ist ja der helle Wahnsinn ! Wo hast du die Karte her ?"

„Die habe ich im Frühjahr in Aschaffenburg gekauft."

Margarethe hatte sich auch über die Karte gebeugt.

„Ach, schaut mal. Da ist Seligenstadt. Dort habe ich mein Refendariat gemacht ! Es gibt da übrigens eine schöne Geschichte zur Namensgebung."

„Ich weiß", sagte ich, „Karl der Große hatte einen Schreiber namens Einhard und der war in seine Tochter Emma verliebt und sie in ihn. Und da der Kaiser mit der Verbindung nicht einverstanden war, flohen sie und lebten dann in einem Wald in einer Hütte. Nach einigen Jahren war der Kaiser in der Gegend auf Jagd, erblickte irgendwann eine weiße Hirschkuh, verfolgte sie, konnte sie aber nicht erlegen und sie verschwand schließlich. Da merkte er erst, daß er sein Gefolge verloren und sich verirrt hatte. Er ritt so dahin auf der Suche nach dem rechten Weg und kam als es dämmerte an eine einsame Hütte. Es war die Hütte, in der Emma und Einhard lebten. Und er bat um ein Nachtlager. Emma erkannte ihren Vater, er aber nicht seine Tochter. Sie bereitete ihm dann seine Lieblingsspeise zum Abendessen und als er sie dann kostete, fiel es ihm wie Schuppen von den Augen, er erkannte seine Tochter und soll ausgerufen haben 'Selig sei die Statt genannt,

29

an der ich meine Tochter wiederfand !' Das ist natürlich nur eine Legende."
„Abgesehen von den Namen, die bei uns Imma und Eginhard lauten, kenne
ich die Geschichte genau so. Das kann doch kein Zufall sein !" meinte
Margarethe.
„Nein, mit Sicherheit nicht", entgegnete Robert, „laß mich kurz nach-
denken. Ich brauche jetzt erst einmal einen Whisky. Mögt ihr auch einen ?"
Ich bejahte, Margarethe lehnte ab. Er ging ins Haus, kam kurze Zeit später
mit einer Flasche und zwei Gläsern zurück, schenkte dann großzügig ein.
„Also", begann er schließlich, „es gibt Geschichten, die du und wir praktisch identisch kennen; und dann gibt es Geschichten, die du anders kennst
als wir, dann gibt es Personen, die wir überhaupt nicht kennen, diesen
'Alten Fritz' zum Beispiel, Margarethe hat mir das heute morgen am Telefon erzählt. Und dann sprechen wir die gleiche Sprache, nennen sie aber
anders und unser Lebensstil scheint wohl auf dem gleichen technischen
Niveau zu liegen, wenn ich das einmal so ausdrücken darf. Es stimmt doch;
nichts was wir hier haben ist dir völlig unbekannt und du hast auch nicht
den Eindruck, daß bei uns alles rückständiger ist als bei euch. Und was die
Landkarte betrifft, da sind wir uns doch einig, daß wir von der gleichen
Gegend sprechen, wenn auch Dörfer und Städte teilweise unterschiedliche
Namen haben und auch unterschiedliche Größe. Aber die Flüsse, der Rhein
und der Main verlaufen genau so, zumindest so weit die Karte reicht.
Vermutlich leben wir auch in verschiedenen Staaten. Darüber haben wir
noch gar nicht gesprochen. Wie heißt denn das Land aus dem du kommst ?
Großdeutsches Reich ?"
„Nein, das war einmal. Ich werde es irgendwann später erzählen, ist eine
längere Geschichte. Der heutige offizielle Name unseres Landes lautet
'Bundesrepublik Deutschland' und die Hauptstadt heißt Berlin. Hier ist
übrigens mein Ausweis."
Ich holte ihn aus dem Portemonnaie und zeigte ihn Margarethe und Robert.
Robert schaute ihn genau an.
„Da steht kleingedruckt 'Republique Federale d'Allemagne'. Allemagne, so
nennen die Neustrier Austrasien; wir mögen den Namen nicht, wir sind
Franken, keine Alemannen; die leben weiter südlich."
„Berlin ist eure Hauptstadt", warf Margarethe jetzt ein, „ich war schon
einmal dort. Das ist doch nur ein kleiner Stadtteil von Cölln, der Hauptstadt
des Reichgaus Brandenburg."
„Ja, und wie nennt ihr euer Land, also dieses Land und wie heißt eure

30

Hauptstadt ?" fragte ich jetzt.

Margarethe antwortete.

„Unser Staat heißt offiziell 'Fränkisches Reich' und die Hauptstadt heißt Metz; es untergliedert sich in drei teilweise autonome Reichsländer: Neustrien im Westen, mit der Hauptstadt Paris; Austrasien im Osten, mit der Hauptstadt Maynce; und Burgund im Südosten, mit der Hauptstadt Geneva. Wir befinden uns hier in Austrasien, wie du sicher schon mitbekommen hast. Kennst du unsere Hauptstädte ?"

„In Maynce, höchstwahrscheinlich unser Mainz, es liegt ja auch an der Mündung des Mains und Paris war ich schon öfter; Geneva ist wohl unser 'Genf', da war ich auch schon. Metz kenne ich nur von der Durchfahrt mit der Bahn auf dem Weg nach Paris."

„Noch eine Frage", sagte jetzt Robert, „ohne zu sehr ins Detail zu gehen. Diese Bundesrepublik Deutschland scheint doch irgendwie Austrasien zu entsprechen und Neustrien und Burgund scheinen wohl eigene Staaten zu sein. Wie heißen die bei Euch ?"

„Grob gesagt, Neustrien und Burgund bilden einen Staat, den wir Frankreich nennen, mit der Hauptstadt Paris. Geneva gehört allerdings nicht dazu, es liegt in einem kleinen, eigenen Staat, der sich Schweiz nennt. Es gibt übrigens auf dem Gebiet eures Fränkischen Reiches noch mehr so kleine Staaten, die sich irgendwann abgespalten haben."

Wir schwiegen eine Weile; Robert und ich genossen einen großen Schluck Whisky. Die Gläser leerten sich, Robert schenkte nach.

„Mir scheint", setzte er dann das Gespräch fort, „mir scheint, wir haben bis zu einem gewissen Zeitpunkt die gleiche Geschichte gehabt; wir könnten jetzt anfangen über die Zeit vor Gründung des Fränkisches Reiches zu reden. Hast du schon mal etwas von Caesar und dem Gallischen Krieg gehört."

„Sicher, Caesars 'De Bello Gallico' war Pflichtlektüre im Lateinunterricht in der Schule."

„Das sieht so aus als hätten wir da die gleiche Erfahrung", sagte jetzt Margarethe, „ich denke, eine Diskussion hierüber können wir auf später verschieben."

„Nun gut", warf ich jetzt ein, „aber irgendwann hat sich eine Trennung ergeben und unsere Welten, wenn ich das einmal so sagen darf, haben sich unterschiedlich entwickelt, nicht sehr unterschiedlich, denn sonst hätten wir unterschiedliche Sprachen und unterschiedliche 'technische Standards'. Und die Trennung muß irgendwann in der ersten Hälfte des neunten Jahrhunderts geschehen sein. Margarethe erwähnte gestern abend, das Fränkische Reich sei nie geteilt worden. In unserer Geschichte teilten sich 843 im Vertrag von Verdun die Söhne Ludwigs des Frommen, Karl der Kahle, Lothar und Ludwig der Deutsche nach einigen kriegerischen Auseinandersetzungen das Reich. Wie sieht das in eurer Geschichte aus ?"

„Ich habe das heute morgen nochmals nachgelesen", meinte Margarethe, „nach dem Tode Ludwigs des Frommen im Jahre 840 brach zwischen seinen Söhnen, bei uns heißen sie Karl von Neustrien, Lothar von Burgund und Ludwig von Austrasien, ein Bruderkrieg aus. Karl und Ludwig verbündeten sich gegen Lothar, fielen aber 841 in der Schlacht von Fontenoy. Lothar wurde dann Alleinherrscher."

„Den Bruderkrieg gibt es auch in unserer Geschichte", ergänzte ich nun, „und auch die Schlacht Fontenoy. Aber in unserer Geschichte siegten Karl und Ludwig, aber keiner von den dreien starb. Und zwei Jahre später teilten sie dann das Reich."

4. Die Leichtensteinsche Theorie

Robert nahm einen tüchtigen Schluck Whisky, goß sich sogar noch einmal nach.

„Parallelwelten. Die Leichtensteinsche Theorie ! Wenn wir das beweisen könnten ! Das wäre **die** wissenschaftliche Sensation !"

„Leichtensteinsche Theorie, nie davon gehört", sagte ich nun, „Parallel-welten ? Was meinst du damit ? Was ist das ?"

„Margarethe sagte mir am Morgen am Telefon du seist Physiker; dann kann ich es ja kurz machen. Und du hast wirklich noch nichts von der Leichtensteinschen Theorie gehört ?"

„Nein, in unserer Physik gibt es sie nicht."

„Dann seid ihr eben etwas zurück. Markus Leichtenstein war Theoretiker an der Universität in Francinfort und hat vor knapp sechzig Jahren eine Theorie des Universums verfaßt."

Ich verzog das Gesicht, Robert merkte das.

„Francinforter oder Frankfurter, wie ihr die Stadt nennt, Theoretiker haben bei euch wohl kein großes Ansehen ? Wie dem auch sei; Leichtenstein ging davon aus, daß die Welt mindestens fünf räumliche Dimensionen habe. Wir Menschen können, bekanntlicherweise, aber nur drei Dimensionen erfas-sen. Er stellte nun die These auf, unser dreidimensionales Universum sei nur ein Unterraum eines mindestens fünfdimensionalen Vektorraums, den er als 'Welt' bezeichnete. Es habe ferner die Eigenschaft sich mittels einer fünften elementaren Wechselwirkung, die er Universalkraft nannte, selbst zu reproduzieren. Die hierzu nötige Energie und Masse entnehme es der dunklen Materie der fünften Dimension. Er konnte sogar nachweisen, daß in einer fünfdimensionalen Welt alle Erhaltungssätze erfüllt sind. Die beiden Universen trennten sich dann in der fünften Dimension. Es gab natürlich viele, die das Ganze als Unsinn abtaten, aber so richtig widerlegen konnte die Theorie niemand."

Ich runzelte die Stirn.

„Diese Reproduktion oder Selbstkopie, in welchem Zeitraum sollte die erfolgen ? Ich meine, der Kopiervorgang, hat der nicht Auswirkung auf das primäre Universum ? Er muß doch irgendwie Auswirkung auf die Naturvorgänge haben ?"

Robert schaute mich an, grinste.

„Ich hätte von dir jetzt erst einmal eine andere Frage erwartet, nämlich warum ich von einer fünften Dimension rede und nicht von der vierten Dimension, was doch näherliegend wäre."

„Ehrlich gesagt, ich verstehe nicht viel von Kosmologie, ich las aber einmal, ein Mathematiker habe nachgewiesen, nur Universen mit ungeradzahliger Dimension seien stabil. Leichtenstein kam wohl auch zu diesem Ergebnis. Aber wie ist das jetzt mit dem Kopiervorgang?"

„Das war genau das Problem für Leichtenstein, der anfängliche Schwachpunkt seiner Theorie. Ich komme gleich darauf zurück. Legt man den Zeitpunkt der, sagen wir, letzten Trennung in eine ferne Vergangenheit, so gibt es kein Problem. Man könnte zum Beispiel das plötzliche Aussterben der Saurier damit erklären. Aber seinen Rechnungen zufolge fand die letzte Trennung vor etwa tausend Jahren statt. Und wenn sie sich langsam vollzogen hatte, mußte es zwangsläufig entsprechende Aufzeichnungen in Europa, Arabien, Indien oder China geben. Die gibt es aber nicht. Er postulierte daher einen spontanen Ablauf, innerhalb von Millisekunden, den niemand bemerkte, ähnlich einer Blitzentladung. Das mag ein bißchen seltsam klingen, aber es bewirkte, daß viele Leichtenstein als Wissenschaftler ernst nahmen. Er hätte ja auch behaupten können, die letzte Trennung habe vor einer Million Jahren, als es noch keine Menschen gab, stattgefunden. Er berechnete auch die Häufigkeit solcher Reproduktionen und kam auf einen Vorgang pro etwa zehn Millionen Jahre, was für kosmische Verhältnisse gar nicht so selten ist. Das Ganze wäre sicherlich ein rein akademisches Thema geblieben, wenn seiner Theorie nach, wie schon erwähnt, die letzte Trennung nicht vor etwa tausend Jahren stattgefunden hätte. Das erregte großes Aussehen, es bedeutete schließlich nichts anderes als daß es eine Parallelwelt geben müsse, die unserer Welt sehr ähnlich ist. Du verstehst, was ich meine?"

„Sicher; das heißt doch nichts anderes, daß diese Welt bis vor tausend Jahren die gleiche Geschichte hatte wie eure und sich dann unabhängig von ihr weiterentwickelte. Tausend Jahre sind keine besonders lange Zeit, insbesondere nicht für Mutationen. Das bedeutet, daß beide Welten von genetisch gleichen Lebewesen bevölkert sind. Aber auch kulturelle und zivilisatorische Entwicklungen zeigen langfristige Tendenzen. Vor tausend Jahren gab es das Christentum, den Islam, den Buddhismus; in Europa entwickelten sich Staaten auf der Basis antiker römischer oder griechischer Zivilisationen, in Asien auf der Basis alter indischer oder chinesischer

Traditionen. Betrachtet man diese Langfristigkeiten so kann man erwarten, daß beide Welten sich innerhalb dieser recht kurzen kosmischen Zeitspanne sehr ähnlich entwickelt haben und daher heute noch recht ähnlich sind. Der Punkt ist nur, die beiden Universen sind in der fünften Dimension getrennt und es gibt keine Kommunikation zwischen ihnen. Das heißt, sie wissen nichts voneinander."

„Die Geschichte ist noch nicht zu Ende", fuhr Robert fort, „so zehn Jahre später publizierte ein anderer Theoretiker, Horst Stöckelmann, seine Tunneltheorie. Wenn es dich beruhigt, er kam nicht aus Francinfort, sondern auch Giezzem."

Das beruhigte mich nicht, denn der Ort klang so ähnlich wie 'Gießen'.

„Stöckelmann erklärte, ähnlich wie in der Quantentheorie, wo es eine gewisse Wahrscheinlichkeit gibt einen Potentialwall zu durchtunneln, gebe es auch in der Kosmologie eine Wahrscheinlichkeit, durch die fünfte Dimension hindurch zwischen dreidimensionalen Kosmen zu tunneln. Er berechnete für einen Menschen eine Tunnelwahrscheinlichkeit von etwa eins zu zehn Milliarden pro Jahr, wobei Tunnelung zwischen zwei identischen Raum – Zeit – Punkten bevorzugt sei. Als ich das erste Mal, es war während meiner Studienzeit in Reginsburg, darüber las, mußte ich an meinen Onkel Karl denken. Vermutlich war ihm das zugestoßen. Er war damals allerdings schon lange tot. Einige Zeit später hörte ich dann von Trans-Ratio und trat der Organisation bei."

Er goß sich noch einen Whisky ein, mir auch.

„Aber", gab ich zu bedenken, „dein Onkel Karl kam nach etwa drei Wochen zurück; wenn jetzt die Tunnelwahrscheinlichkeit für einen Menschen ein zehnmilliardstel pro Jahr ist, ist das doch völlig unwahrscheinlich, es sei denn, es gibt eine Rückkopplung zwischen dem Tunneln in der einen und in der anderen Richtung."

„Daran habe ich auch gedacht, ich halte es für möglich, aber die Stöckelmannsche Theorie macht darüber keine Aussage. Aber weißt du, wir sind ernsthafte Wissenschaftler, keine Spinner. Wir sind auch nicht auf Sensationen aus, wie es die meisten heute sind, für die nur Publikationen in sogenannten hochrangigen wissenschaftlichen Zeitschriften zählen, sondern wir suchen nach wirklichen, harten Beweisen. Wir haben viele Spuren und Hinweise, daß es solche Tunnelungen wirklich gibt, aber bisher nichts, was wirklich überzeugend ist. Es ist doch so, seien wir einmal ehrlich; die meisten Menschen sind zu dumm um zu verstehen, was abläuft, wenn ihnen so etwas zustößt. Sie reden dann nur wirres Zeug, mit dem wenig anzufangen ist. Wir haben einige Fälle dokumentiert; die Involvierten landeten immer im Irrenhaus. Und das was sie berichteten, konnte auch zusammenphantasiert sein, etwas wirklich beweiskräftiges war bisher nicht dabei. Und jetzt bist du aufgetaucht."

„Aber was kann ich da tun ? Welche Beweise habe ich denn ? Alles was ich sage, kann gelogen sein und Karte und Ausweis können gefälscht sein."

„Das ist wahr", meinte Robert, „das wird schwierig, aber ..."

„Moment mal", unterbrach ihn Margarethe, „aber was ist mit dem Material ? Die Karte besteht aus Papier und hat einen Kunststoffüberzug. Ich bin kein Chemiker. Aber wer sagt denn, daß die Zusammensetzung des Papiers und der Kunststoffe, die bei euch verwendet werden, die gleiche ist wie bei uns. Selbst kleine Unterschiede können bei der Analyse festgestellt werden. Hinzu kommen noch die Druckfarben. Auch die können eine andere Zusammensetzung haben."

„Das ist richtig. Und das geht noch weiter", fügte Robert hinzu, „deine Brille, deine Uhr, der Photoapparat, deine Kleidung; das alles stammt aus einer anderen Welt. Und wie gesagt, auch wenn dort alles ähnlich ist, ist es doch sicher nicht exakt gleich. Das heißt, die chemische Zusammensetzung der Materialien ist wahrscheinlich anders. Das läßt sich feststellen. Wenn es sich nur um ein Material handelt, dann kann man das natürlich auch fälschen. Aber bei so vielen Komponenten ! Da wird es schwierig zu argumentieren, daß alles gefälscht ist."

„Du meinst also, genau so, wie man durch physikalische und chemische Analysen bei alten Münzen anhand der Verunreinigungen feststellen kann, aus welchem Bergwerk das zur Prägung verwendete Silber stammt, kann man anhand der Textilien, Kunststoffe und Zusammensetzung der Metalle feststellen, daß meine Sachen nicht aus eurer Welt stammen."

„Exakt. Und über Trans-Ratio haben wir natürlich auch Verbindung zu den entsprechendn Fachleuten."

„Und wo soll ich bleiben, wenn ich alles abgebe ?" warf ich jetzt ein, „ich habe kein Geld, keinen Job und kann mich auf Dauer doch auch nicht von Margarethe aushalten lassen."

„Wenn du sonst keine Sorgen hast", unterbrach mich Robert, „Mann, wir können Bücher schreiben, du kannst Vorträge halten, im Fernsehen auf-treten. Das bringt viel Geld. Und außerdem: deine Sachen sind ein Ver-mögen wert. Die mußt du natürlich nicht umsonst abgeben. Zeig mir doch einmal deine Kamera."

Ich holte sie aus der Tasche, gab sie ihm. Er schaute sie genau an. Ich erklärte ihm die verschiedenen Funktionen, auch wie man das Objektiv abnehmen kann.

„Eine digitale Spiegelreflexkamera. Das ist bei uns erst im Kommen; die gibt es bisher nur in recht einfacher Qualität, ohne hohe Auflösung."

Er inspizierte sie noch genauer.

„Diese Marke gibt es bei uns auch. Aber ob die so eine Kamera in unserer Welt herstellen ? Das läßt sich einfach überprüfen. Da steht 'Fabrique en Thailande'. Wo ist den das ? Die Marke ist doch japanisch."

„Ja, schon. Aber die lassen in Thailand produzieren. Ach so, du kennst Thailand nicht. Früher hieß es Siam. Vielleicht sagt dir der Name etwas ?"

„Siam ? Ja, natürlich. Aber das ist doch auch schon wieder ein Beweis. Wer käme hier auf die Idee, Siam als Thailand zu bezeichnen ? Zeige mir mal die Batterie und den Speicher."

Ich zeigte es ihm.

„Alles auf Englisch. Wieso ? Und was bedeutet 16 GB ?"

„Das ist die Speicherkapazität, bedeutet 16 Gigabyte."

„Bei uns heißt das DAE, Digital-Äquivalent."

„Eigentlich schade, daß ihr damit nichts anfangen könnt. Ich habe vor kurzem einige Reisen gemacht und die Photos sind noch auf der Speicherkarte. Aber ihr könnt sie sicher nicht lesen."

„Keine Sorge, wir haben auch unsere Spezialisten, die kriegen das hin. Überläßt du mir die Kamera ? Allein dafür bekommst du von Trans-Ratio mindestens zehntausend Taler. Ich gebe dir schon mal zweitausend als Anzahlung. Kauf dir auch neue Kleidung und überlaß uns deine Sachen zur Analyse."

„Nicht so schnell. Die Kleider gebe ich dir gern, die Wanderkarte auch. Mit der Kamera ist das so eine Sache. Vielleicht tunnele ich irgendwann zurück. Bei deinem Onkel war das nach drei Wochen der Fall. Und dann möchte ich natürlich auch einige Beweise haben, daß ich in eurer Welt war. Photos wären da ganz gut."

„Solche Details lassen sich leicht regeln", meinte Robert, „für uns ist es wichtig, erst einmal die Speicherkarte zu kopieren. Ich fahre mal schnell zur Bank und hole Geld."

Alles stürzte irgendwie auf mich ein. Ich sagte nur 'ja', wäre am liebsten aber weggelaufen.

37

„Beruhige dich", meinte Margarethe liebevoll, „du kannst erst einmal bei mir wohnen; ich fahre dich dann auch ins Zentrum zum Kleiderkauf. Und von Robert kannst du ruhig Geld nehmen; er hat einige populärwissenschaftliche Bücher zu den Parallelwelten geschrieben und damit viel verdient. Er kann es sich leisten."

5. Gespräch beim Abendessen

Robert kam zurück, gab mir allerdings dreitausend Taler. Dann verabschiedeten wir uns, fuhren zunächst in die Stadt, kauften ein, kehrten anschließend zu Robert zurück, lieferten die alten Kleider ab. Es war mittlerweile Abend geworden.

„Heute lade ich dich zum Essen ein", sagte ich zu Margarethe, „kennst du ein gutes Lokal ?"

Sie kannte eines. Während wir auf die Kellnerin warteten, fragte ich.

„Eines möchte ich noch schnell wissen. Robert sagte, daß Tunnelung zwischen zwei identischen Raum – Zeit - Punkten bevorzugt wird. Du erinnerst dich sicher; ich hatte dich gestern nach dem Datum gefragt. Tag, Monat und Jahr stimmten, aber nach meiner Uhr war es eine Stunde später."

„Vielleicht habt ihr eine andere Zeitzone", entgegnete Margarethe, „wir haben hier Greenwich – Zeit plus eine Stunde, von April bis September aber Sommerzeit, das heißt Greenwich – Zeit plus zwei Stunden."

„Wenn alles so einfach wäre", entgegnete ich, „wir haben die gleiche Zeitzone, die Sommerzeit geht aber bis Ende Oktober."

Die Kellnerin erschien, brachte die Speisekarte, fragte nach den Getränkewünschen. Als sie kurz darauf die Getränke brachte, bestellten wir das Essen. Während wir nun warteten, nahm ich das Gespräch wieder auf.

„Wir haben heute soviel über Geschichte und Parallelwelten geredet, reden wir jetzt ein bißchen über uns. Wie lebt man so als Frau in eurer Welt ?"

„Und wie als Mann in eurer ? "

Sie wartete kurz, fuhr dann fort.

„Wie man sich als Frau in unserer Gesellschaft fühlt ? Eigentlich ganz wohl, zumindest empfinde ich das so. Manche sehen das anders. Die sagen auch, ältere Frauen, die keine Kinder haben und auch nicht verheiratet sind, seien psychisch gestört, launisch und mit sich und der Welt unzufrieden. Mache ich einen derartigen Eindruck ?"

„Auf mich nicht; aber ich bin ja auch nicht von dieser Welt, habe keine Ahnung, was hier als normal gilt. Aber solche Sprüche kursieren auch in unserer Welt. Da gibt es viele, die ihre eigenen Neurosen anderen anhängen."

„Es sieht also so aus, daß zwar die Welten verschieden sind, die Menschen aber im Grunde die gleichen. Um auf deine Frage zurückzukommen. Es gab in unserem Land, ich habe das ja gestern abend schon erwähnt, über Jahrhunderte ein festes Rollenverhalten bei den Geschlechtern. Vor knapp hundert Jahren begann man das aufzubrechen und zu überwinden. Gleichberechtigung wurde dann zum Schlagwort. Aber man schoß eben über das Ziel hinaus. Man begnügte sich nicht, Frauen zu fördern, sondern man begann alles, was als männliches Attribut galt zu verteufeln, während man alles, was als weibliches Attribut galt, vergötterte. Dies führte zwar zu einer Hebung des weiblichen Selbstbewußtseins, aber nicht zur Hebung der Qualifikation, denn durchaus sinnvolle 'männliche' Attribute, die zur Führung eines Staates oder eines Unternehmens notwendig sind, wurden nicht gefördert. Es ist eben ein Unterschied, ob sich jemand aufgrund von Führungsstärke beziehungsweise fachlicher Kompetenz durchsetzt oder aufgrund hysterischen Geschreis oder Eingeschnapptseins und Trotzens, wenn andere widersprechen. Ich will damit nicht sagen, daß so ein Verhalten für Frauen typisch ist, aber es wurde zur Masche und wirkte, da man Männern andererseits das Selbstbewußtsein genommen hatte, sie in der Überzahl zu Weicheiern degenerierten, die sich nicht mehr getrauten zu widersprechen, sondern nur noch kuschten. Hinzu kam dann, gerade in der Anfangszeit als die Männer noch dominierten, daß viele Frauen sexuelle Beziehungen zu Männern in Führungspositionen suchten und diese dann eiskalt ausnutzten um Karriere zu machen. Dies führte schließlich zur Zickenherrschaft, wie man das nannte. Es bedeutete aber auch, daß Frauen, die intelligent, tüchtig und fähig waren, der Weg nach oben versperrt war. Dies zog schwerwiegende Konsequenzen nach sich. Nicht nur, daß in Staat und Wirtschaft unfähige Leute die Führung inne hatten, die von einem Ring noch unfähigeren Speichelleckern umgeben waren, es führte auch verbreitet zur Auflösung der Ehe und der Familie, auch sank die Geburtenrate und schließlich begann auch die Bevölkerung zu schrumpfen. Die Krise wurde immer deutlicher, sie zeigte sich in der Schwäche im Krieg gegen die Japaner; Indochina ging verloren, konnte dann nur mit Hilfe der Amerikaner für ein paar Jahre wiedergewonnen werden, bis die Kolonialherrschaft zehn Jahre später endgültig zusammenbrach; ähnliches spielte sich in den anderen Kolonien ab; das in zweihundert Jahren aufgebaute Kolonialreich zerfiel bis auf kleine Reste innerhalb weniger Jahre. Parallel dazu sank auch die Leistungsfähigkeit unserer Industrie, wir gerieten immer mehr gegenüber den Amerikanern, den wieder aufstrebenden Japanern und auch den Engländern ins Hintertreffen. Unsere Industriegüter waren schließlich nur noch zweite Wahl. Das führte zu Arbeitslosigkeit und zu inneren Unruhen. Daß sich in dieser Zeit psychische Krankheiten im Land ausbreiteten und die Selbstmordrate stieg, brauche ich wohl nicht extra zu erwähnen. Dagegen formierte sich schließlich Widerstand. Die übrig gebliebenen Männer, also die, die noch wirkliche Männer waren und die tüchtigen Frauen taten sich zusammen, gründeten eine neue Partei, die trotz massiver Anfeindungen von Seiten der etablierten politischen und wirtschaftlichen Führungsschicht sowie Presse und Rundfunk rasch an Bedeutung im Staat gewann. Ich habe das als Jugendliche miterlebt; man spürte den frischen Wind im Land, die Überwindung des geistigen Muffs der Sprachregelungen, nach der man nur noch bestimmte Ausdrücke verwenden durfte, da man sonst die Gefühle anderer, meist irgendwelcher Randgruppen oder Minderheiten verletzte. Auf der anderen Seite wurde gutes Benehmen als veraltet angesehen und so wuchs eine Generation von Flegeln heran."

Sie hatte sich etwas ereifert, war ganz außer Atem gekommen, mußte erst einmal einen tüchtigen Schluck Wein trinken.

Die Kellnerin servierte das Essen. Wir genossen es fast schweigend, wechselten dabei nur ein paar Worte über die Qualität der Speisen. Es schmeckte hervorragend. Nachdem wir das Mahl beendet hatten, setzte Margarethe ihren Bericht fort.

„Hinzu kam natürlich, daß es den Unfähigen offensichtlich bewußt wurde, daß sie unfähig waren und diese Erkenntnis schlug in Haß auf das eigene Volk und die eigene Kultur um."

Ich schaute sie skeptisch an.

„Das verstehe ich jetzt nicht so richtig."

Sie lächelte.

„Also, es ist doch so: wir sind ein großes Volk, das bedeutendste Leistungen auf den Gebieten der Naturwissenschaften, der Technik und der Medizin vorweisen kann. Auch brachten wir zahlreiche bedeutende Philosophen, Schriftsteller und Komponisten hervor. Aber diese neue Führungsschicht, die sich gebildet hatte, bestand fast ausschließlich aus Luschen, von denen sich keiner in irgendeinem Beruf bewährt hatte, bevor er in die Politik ging. Und da sie selbst nichts zustande gebracht, nichts zum Fortschritt von Wissenschaft und Kultur beigetragen hatten, waren sie natürlich neidisch auf die Leistungen unserer Vorfahren und unternahmen alles um diese in ein schlechtes Licht zu rücken, um diese zu verunglimpfen. Man machte sie auch verantwortlich für das Elend, das sich in den meisten der

41

ehemaligen Kolonien zunehmend ausbreitete. Aber in der Tat war es doch so, daß nach der überstürzten Aufgabe der Kolonien die Länder ohne eine geistige Führungsschicht, welche in der Lage war sie ordentlich zu regieren, zurückblieb. So zerfielen rasch die mühsam über mehrere Jahrzehnte hinweg aufgebauten gesellschaftlichen und wirtschaftlichen Strukturen, sowie die Infrastruktur. Und so versanken die Länder in Chaos. Hinzu kam, daß in jener Zeit, also vor etwa sechzig Jahren, sich der Morritzmus gerade in den wirtschaftlich wenig entwickelten Gegenden ausbreitete."

Ich schaute sie verwundert an.

„Morritzmus ? Was ist den das ?"

„Das ist eine Lehre aus dem neunzehnten Jahrhundert. Sie geht auf einen politischen Hetzer namens Karl-Max Morritz zurück, den viele sogar als Philosophen bezeichnen. Die Lehre besagte, daß alle Macht im Staat den Werktätigen, den Travaillisten wie er sie nannte, zustehe. Und er rief sie zu einer Revolution auf, um die Herrschaft des Bürgertums und des Adels zu zerschlagen und eine neue Gesellschaft aufzubauen, in der es kein Eigentum, insbesondere an Produktionsmitteln und kein Landbesitz mehr gibt. In Amerika und in Europa schlugen die Revolutionsversuche fehl, in Rußland kam es zu einem langen und blutigen Bürgerkrieg und zu einer Herrschaft der Choroschisten, wie sie sich dort nannten. Sie brach vor etwa vierzig Jahren zusammen, nachdem sie das Land ins Chaos und Elend gestürzt hatten und eine gewaltige Hungersnot herrschte. Man spricht von zehn Millionen Hungertoten. Lediglich in China konnte sich die Herrschaft der 'Vollstrecker des Volkswillens' durchsetzen. Aber auch dort herrschten jahrzehntelang Elend und Chaos. Erst als nach dem Tode des Führers Guts est Amo, eine Gruppe tüchtiger Männer unter der Führung Bin Gulks die Macht übernahm und Reformen einleitete, bessert sich die Lage dort. Und heute ist China ein blühendes Land."

Sie nahm einen Schluck Wein.

„Ich bin vielleicht jetzt ein bißchen ins Schwafeln geraten, aber ich denke der Morritzmus hat schon einige gute Seiten, wenn man auf die völlige Zerstörung der bestehenden Ordnung verzichtet und nicht versucht, mit den alten Menschen eine neue Gesellschaft, einen neuen Staat, ja, eine neue Welt zu errichten, sondern auf dem Vorhandenen aufbaut. Im Fränkischen Reich war so ein Umsturz gar nicht nötig. Deshalb sind sie hier ja auch gescheitert. In den ehemaligen Kolonien aber, wo es keine gesellschaftliche Führungsschicht gab, bildeten die Morritzisten eine festgefügte Gruppe, die

eine klare Struktur besaß. Und in den Unzufriedenen aus den Schichten, die über ein bißchen Wohlstand verfügten und auch eine Bildung besaßen, welche über dem Landesdurchschnitt lag, fanden sie eine Anhängerschaft. Es kam zu Aufständen und Bürgerkriegen; teilweise übernahmen die Morritzisten die Macht, teilweise scheiterten sie, aber in allen ehemaligen Kolonien führte dies zu einer allgemeinen Verelendung. Viele Menschen veranlaßten diese Zustände in der Hoffnung auf eine bessere Zukunft ins Fränkische Reich zu kommen. Die damals Herrschenden hießen sie sogar willkommen, propagierten die Zuwanderung sogar als eine Bereicherung unserer Gesellschaft. Sie sahen in ihrer Versorgung auch eine Wiedergutmachung des in der Kolonialzeit begangenen Unrechts und der Ausbeutung der Völker. Tatsächlich war es aber so, daß viele der ins Land gekommen Analphabeten waren, keine berufliche Qualifikation besaßen und zahlreiche auch gar nicht daran interessiert waren, durch Arbeit ihren Lebensunterhalt zu verdienen oder sich ganz allgemein in die Gesellschaft einzuordnen. So bildeten sie bald eine gesellschaftliche Unterschicht mit einer hohen Kriminalitätsrate. Es kam zu Auseinandersetzungen und zu Exzessen, für die natürlich ausschließlich die Franken verantwortlich gemacht wurden, denn die Einwanderer galten ja offiziell als unterdrückte und diskriminierte Menschen, als Opfer rassistischen Denkens. Das ging so weit, daß man versuchte alles als rassistisch zu erklären, selbst unsere Kultur, mit der wir angeblich nur unsere Überlegenheit demonstrieren und unseren Herrschaftsanspruch über die anderen Völker begründen wollten. Und es hieß, wir wollten sie den Einwanderern nur aufdrängen um sie zu unterdrücken und zu entwurzeln. Damit wurde auch die hohe Kriminalität begründet. Freies und selbständiges Denken galt in jener Zeit als verpönt, ja sogar fast schon als kriminell. Das vergiftete natürlich das gesellschaftliche Klima nachhaltig. Aber was ereifere ich mich. Es fanden sich schließlich genügend beherzte Frauen und Männer zusammen, welche eine neue Partei gründeten, mit dem Ziel, diesen Zuständen ein Ende zu bereiten. Ich schloß mich ihnen an."
Sie nahm einen Schluck Wein. Ich nutzte die Pause zu einer Bemerkung.
„Das seid ihr uns ein paar Jahrzehnte voraus, bei uns kommt das erst jetzt so richtig in Gang, man nennt das, natürlich, amerikanisch 'political correctness', weil es, wie alles Schlechte, aus Amerika zu uns herüber geschwappt ist."
„Unter dem Einfluß der neuen Partei setzte ein Umdenkprozeß ein", fuhr

43

sie dann fort, „und sie gelangte auch bald an die Regierung. Das Erziehungswesen wurde von Grund auf reformiert, die Familie wieder als Keimzelle der Gesellschaft propagiert, Eigenschaften wie Fleiß, Tüchtigkeit, Ehrlichkeit, Zuverlässigkeit, Anstand, höfliches Benehmen wieder als Tugenden deklariert. Man erkannte auch an, daß Männer und Frauen von Natur aus durchaus nicht gleich sind, daß es geschlechtsspezifische Unterschiede gibt, die man nicht leugnen, sondern bei richtigem Einsatz als durchaus positive Eigenschaften sehen konnte. Man machte daraus aber keine Staatsdoktrin, da diese Verhaltensmuster von Individuum zu Individuum sehr stark variieren, man verzichtete daher sogenannte 'typische' Eigenschaften zu definieren, überließ es den Einzelnen wie sie damit umgehen. So schaffte man auch die Beziehungsdefinitionen ab, die sogar festlegten, wie sich die Partner innerhalb einer Beziehung einander gegenüber zu verhalten hatten und überließ es den Menschen wieder selbst, ihre Beziehungen zueinander zu gestalten, wobei es natürlich schon einen familienpolitischen Rahmen gab. Und so entkrampfte sich das teilweise feindliche Verhältnis zwischen den Geschlechtern allmählich. Und heutzutage pflegen Frauen und Männer ein ungezwungenes Verhältnis zu einander, man muß nicht mehr auf jedes Wort achten um nicht gleich der sexuellen Belästigung bezichtigt zu werden. Tatsächlich sind wirkliche sexuelle Belästigungen sehr selten, einfach, weil das Verhältnis zwischen den Geschlechtern von gegenseitiger Achtung getragen wird. Die Einwanderer stellte man vor die Wahl, sich entweder in die Gesellschaft einzuordnen, was man durch zahlreiche Maßnahmen wie Hebung des Bildungsniveaus unterstützte oder das Land zu verlassen. Und es gelang in der Tat, ein normales, unverkrampftes Verhältnis zwischen den Franken und den Einwanderern herzustellen. Heute spricht niemand mehr von Rassismus und Diskriminierung. Und flapsische Bemerkungen, wie sie immer vorkommen, nimmt man nicht ernst."

Ich erzählte dann noch einige Zeit von den Zuständen in unserer Welt und sie meinte schließlich nur, sie würde es verstehen, daß ich keine Sehsucht danach habe in diese Welt zurückzukehren.

Es war schon nach zehn Uhr als ich schließlich zahlte und wir das Lokal verließen.

„Ich habe schon ein bißchen zuviel getrunken, möchte nicht mehr selbst fahren. Um halb elf fährt der letzte Omnibus. Die Zeit reicht noch. Es ist nicht weit bis zur Haltestelle am Bahnhof."

6. Beim Bürgermeister von Autmundisstadt

Am nächsten Morgen, kurz nach zehn Uhr rief Robert an, verlangte mich am Telefon.

„Es ist ein bißchen eine unangenehme Sache, aber vermutlich nicht groß problematisch", begann er.

Ich wußte auf Anhieb nicht worauf er hinauswollte, fragte daher.

„Worum geht es eigentlich ?"

„Nun, wir wollen mit deiner Geschichte ja an die Öffentlichkeit treten, deine Sachen untersuchen lassen und so erfahren viele, daß du hier bist. Das heißt, du mußt dich bei den Behörden melden, ansonsten bist du illegal in unserem Land."

„Das begreife ich, aber was soll ich denen sagen, etwa, daß ich ein Außerweltlicher bin. Dann sperren sie mich gleich in die Psychiatrie. Mit meinem Ausweis können sie nichts anfangen. Die fühlen sich doch veralbert, wenn ich ihn vorzeige. Und als afghanischer Flüchtling kann ich mich nicht ausgeben. Das glaubt mir keiner."

„Das weiß ich, das weiß ich ja", entgegnete Robert, „deshalb habe ich gestern abend auch noch mit Adrian Crisberq gesprochen. Der ist unser Direktor; er steht Trans-Ratio positiv gegenüber, auch wenn er kein Mitglied ist. Aber Crisberq ist Mitglied des Stadtrates; er ist mit unserem Bürgermeister gut befreundet. Und er kann sicher etwas für dich tun. Crisberq rief mich gerade an; wir haben gleich heute einen Termin beim Bürgermeister bekommen, um zwei Uhr nachmittags. Komm daher bitte etwa eine Viertelstunde vorher zu mir."

Ich fuhr zusammen mit Margarethe mit dem Omnibus nach Autmundisstadt, da sie ja noch ihr Auto abholen mußte. Ich lief zu Robert, fuhr dann mit ihm zum Rathaus; wir kamen fünf vor zwei an, nahmen im Vorzimmer des Bürgermeisters Platz. Die Sekretärin bot uns Kaffee an. Crisberq gesellte sich kurze Zeit später zu uns. Er war mittelgroß, kräftig, etwa Anfang fünfzig. Ich stellte mich vor.

„So sieht also ein Außerirdischer aus ?" meinte er lachend.

„Noch schlimmer", entgegnete ich, „ein Außerweltlicher."

Kurz nach zwei Uhr wurden wir in das Amtszimmer des Bürgermeisters gebeten. Er saß an seinem Schreibtisch. Davor saß ein Uniformierter, mit dem sich der Bürgermeister offensichtlich schon eine Weile unterhalten hatte. Er erhob sich, grüßte kurz, bat uns, am Besuchertisch Platz zu nehmen. Er und der Uniformierte gesellten sich dann zu uns. Ich stellte mich vor. Er nannte dann seinen Namen, Manfred Stellbacher, wies anschließend auf den Uniformierten.

„Und dieser Herr ist Polizeioberrat Friedrich Mechtold, der Chef der hießigen Polizeidienststelle."

Nachdem wir uns gesetzt und die Sekretärin Kaffee gebracht und allen eingeschenkt hatte, begann er.

„Also, meine Herren, dies ist wirklich die abenteuerlichste Geschichte, die ich je gehört habe und merkwürdigste Angelegenheit mit der ich mich je befassen mußte. Und wenn sich Herr Crisberq nicht so vehement für Euch eingesetzt hätte, hätte ich das Ganze der Polizei überlassen. Trotzdem, die Angelegenheit kommt mir verdächtig vor, deshalb habe ich auch Herrn Polizeioberrat Mechtold hinzugezogen, aber Seid versichert, wenn Eure Geschichte wahr ist, werde ich für Euch tun, was in meinen Kräften liegt. Ihr behauptet also Ihr kämt aus einer Parallelwelt ?"

„Vielen Dank, Herr Bürgermeister, für die Zeit, die Sie für mich opfern und für Ihre Bereitschaft sich für mich zu verwenden", antwortete ich, „aber ich möchte präzise sein. Ich geriet vorgestern nachmittag während einer Wanderung in eine Nebelbank. Und nachdem sich der Nebel verzogen hatte, befand ich mich hier, also in Ihrer Welt. Die Sache ist kompliziert und ich habe vollstes Verständnis, wenn man mich für geistig verwirrt hält. Aber es ist so: ich befand mich in der gleichen Gegend, in der gleichen Landschaft, sah die Veste Otzberg vor, baulich allerdings leicht anders als ich sie kannte, die Dörfer und Städte hießen aber anders, einige scheinen überhaupt nicht zu existieren, vielleicht gibt es dafür andere, das weiß ich noch nicht. Die Menschen hier sprechen auch die gleiche Sprache, nennen sie aber anders. Kurz gesagt, die Welt hier ähnelt der aus der ich komme, aber sie ist nicht die gleiche. Ich habe auch die verschiedensten Papiere bei mir, die ich Ihnen gerne zur Untersuchung zur Verfügung stelle."

„Die können aber alle gefälscht sein", wandte der Polizeioberrat ein.

„Da haben Sie natürlich völlig recht", erwiderte ich, „deswegen stelle ich Ihnen ja auch alles, was ich habe zur Untersuchung zur Verfügung. Ein Punkt ist doch, man kann natürlich Dokumente fälschen. Aber das Material aus dem sie bestehen, muß dann aus dieser Welt stammen. Wenn ich nun wirklich aus einer anderen Welt komme, dann es ist doch wahrscheinlich, daß meine Dokumente aus Materialien bestehen, die hier nicht bekannt

46

sind, vielleicht ähnlich den hier verwendeten, aber nicht exakt gleich. Und das läßt sich durch physikalische und chemische Analysen feststellen. Ich habe meinen Personalausweis, meinen Führerschein, meinen Kraftfahrzeugschein, meine Krankenversicherungskarte, meine Bankkarte, Bargeld und noch vieles mehr, was sich in meiner Brieftasche oder meinem Portemonnaie befindet. Das stelle ich Ihnen alles gerne zur Verfügung. Ich bitte aber darum, mir diese Sachen zeitnah zurückzugeben, da ich jederzeit auch wieder in meine Welt zurückkehren kann und dann nicht ohne diese Dokumente dastehen möchte. Und in meinem Rucksack befinden sich noch mein Taschenmesser, mein Kompaß und eine leere Getränkeflasche. Außerdem besitze ich noch eine Wander- oder Fahrradkarte. Das kann doch nicht alles gefälscht sein. Wer treibt denn solch einen Aufwand um sich einen Scherz zu erlauben ?"

Der Bürgermeister lächelte.

„Ihr verschweigt eines, Parallelwelten, das ist ein sehr beliebtes Thema. Für eine solche Sensation lohnt sich einiger Aufwand."

„Wir sollten uns jetzt nicht in solche Diskussionen verzetteln", mischte sich jetzt Crisberq ein, „im Moment ist es doch so, daß Herr Dr. Heßberger nun einmal hier ist und seinen Aufenthalt legalisieren möchte, da er offensichtlich keine gültigen Ausweispapiere besitzt."

„Möchtet Ihr Asyl beantragen ?" fragte jetzt der Bürgermeister.

„Was soll ich mit Asyl ? Ich habe zwar das letzte Mal eine rechte Partei gewählt und ihr auch eine Spende überwiesen, aber das ist im Moment bei uns noch nicht strafbar. Ich werde also nicht politisch verfolgt. Und aus meiner Welt betrachtet, komme ich ja auch gar nicht aus einem anderen Staat, mein Wohnort liegt etwa dreißig Kilometer von hier entfernt."

Ich zog meinen Ausweis aus dem Portemonnaie und die Karte aus der Jackentasche.

„Hier, bitte, als Wohnort ist Karlstein am Main angegeben und das liegt auf meiner Karte hier."

Ich entfaltete die Karte und zeigte auf den Ort.

„Und wenn Sie auch eine Karte der Gegend hier haben, dann können wir vergleichen."

Der Polizeioberrat blickte die Karte intensiver an als der Bürgermeister, fragte, ob er sie kurz in die Hand nehmen dürfe. Er zog sie dann näher zu sich hin, drehte sie um, betrachtete sie intensiv.

„Hervorragende Arbeit, Maßstab 1:70000", meinte er nach einer Weile,

„der Main scheint exakt eingezeichnet, die Gersprenz auch. Aber aus den Ortsnamen werde ich nicht schlau. Teilweise gibt es die Orte, heißen aber zum Teil anders, teilweise gibt es sie nicht. Und die orange eingezeichneten Linien, was bedeuten die eigentlich ?"

„Das sind Autobahnen, Fernverkehrsstraßen, auf denen nur Kraftfahrzeuge zugelassen sind und für die es auch bestimmte Mindestgeschwindigkeiten gibt. Die normalen Straßen sind gelb eingezeichnet."

„Also Motorfernwege; die verlaufen hier aber anders als auf der Karte eingezeichnet; schaut Euch das einmal an, Herr Stellbacher", meinte der Polizeioberrat jetzt, „also ich kann mir nicht vorstellen, daß man so etwas auch noch fälscht."

Ich zog meinen Führerschein heraus.

„Also, so sah ich mit achtzehn aus."

Das Photo bewirkte allgemeines Schmunzeln.

Der Polizeioberrat nahm ihn in die Hand, betrachtete den Stempel.

„Landratsamt Alzenau/Ufr., Bayern. Was ist ein Landratsamt ? Ein Alzenau kenne ich. Das liegt im Reichsgau Mainfranken. Aber was bedeutet 'Ufr,' ? Und was soll 'Bayern' ?"

„Also, Alzenau war damals, 1971, noch unsere Kreisstadt. Und das Landratsamt ist die Kreisverwaltung. 'Ufr.' bedeutet Unterfranken. Und Bayern ist das Bundesland, in dem Alzenau liegt, und zwar exakt im bayerischen Regierungsbezirk Unterfranken."

Ich zeigte auf die Karte.

„Hier liegt es."

„Ja, das ist Alzenau im Reichgau Mainfranken. Der Reichsgau Bayern liegt viel weiter im Süden."

„Ich verstehe gar nichts mehr", warf der Bürgermeister ein.

Ich blieb ruhig.

„Also, in meiner Welt liegt die Gegend, in der wir uns hier befinden in einen Staat, der Bundesrepublik Deutschland heißt. Dieser Staat besteht aus sechzehn Bundesländern, eines davon heißt 'Freistaat Bayern'. Und Bayern besteht aus sieben Regierungsbezirken, einer davon heißt Unterfranken. Wir befinden uns hier allerdings nicht mehr in Bayern, sondern in Hessen."

Der Polizeioberrat hatte sich unterdessen Führerschein noch genauer angeschaut.

„Auf der Vorderseite ganz unten steht etwas kleingedruckt. Das ist wohl die Adresse der Firma, die den Vordruck dieses Dokuments hergestellt hat.

Sie befindet sich offensichtlich in einem München. Wo liegt eigentlich diese Stadt ?"
Jetzt war ich perplex.
„Ja, aber München ist die Hauptstadt von Bayern, die drittgrößte Stadt in der Bundesrepublik Deutschland."
„Die Hauptstadt des Reichgaus Bayern ist Reginsburg. Ein München kenne ich nicht", meinte nun der Bürgermeister.
„Wir auch nicht", pflichteten ihm die anderen drei bei. Crisberq blickte mich dabei völlig irritiert an.
„Also entweder Ihr seid verrückt oder wir", meinte der Bürgermeister schließlich.
„Keiner ist verrückt; jeder hat recht, was seine Welt betrifft."
„Also doch Parallelwelt ?" fragte der Bürgermeister vorsichtig.
„Offenbar ja; sieht jedenfalls ganz so aus", fügte Crisberq hinzu.
„Und was machen wir jetzt mit Euch ?"
Der Bürgermeister wandte sich mir zu. Ich zuckte mit den Schultern.
„Ich brauche eigentlich nur ein Papier, auf dem steht, daß ich mich hier legal aufhalte, um nicht gleich bei der ersten Polizeikontrolle verhaftet zu werden. Mit meinem Ausweis hier kann keiner etwas anfangen."
„Wenn nichts gegen Euch vorliegt, könnten wir Euch als staatenlosen Ausländer führen. Das muß die Kreisverwaltung entscheiden", meinte dann der Bürgermeister, „allerdings müßte dann jemand für Euch bürgen, also jemand für Euren Lebensunterhalt aufkommen oder auch für Krankheits-kosten."
„Das kann ich mit Trans-Ratio abklären. Wir könnten ihm einen Berater-vertrag geben", schlug nun Robert vor.
„Zur Eurer Überprüfung brauchen wir Eure Fingerabdrücke und eine Blutprobe für die Genanalyse", meinte nun der Polizeioberrat, "Ihr könnt gleich mit auf die Dienststelle kommen."
„Ja, natürlich, ich komme mit."
„Du kannst dann mit dem Omnibus zurück nach Klinga fahren. Eine Haltestelle befindet sich am Bahnhof", rief mir Robert noch schnell bevor wir uns verabschiedeten.
„Ich habe ja in meinem Leben schon mit vielen Menschen zu tun gehabt, aber Ihr seid der merkwürdigste", erklärte mir der Polizeioberrat dann auf der Fahrt im Auto, „was treibt Ihr eigentlich für ein Spiel."
„Es wäre schön, wenn es ein Spiel wäre. Leider ist es bitterer Ernst."

Auf der Polizeistation nahm man dann meine Personalien auf, Geburtsdatum und Geburtsort wurden achselzuckend akzeptiert; unter Staatsangehörigkeit wurde 'staatenlos' eingetragen; als gegenwärtigen Wohnsitz gab ich Margarethes Adresse an. Anschließend wurde ich photographiert, man nahm meine Fingerabdrücke auf, ein Polizeisanitäter entnahm eine Blutprobe. Dann bedeutete man mir zu warten. Nach etwa einer halben Stunde erhielt ich eine mit meinem Photo versehene Bescheinigung, auf der angegeben war, daß ich bei der Polizeistation Autmundisstadt registriert sei und ich die Genehmigung habe, mich im Umkreis von fünfzig Kilometern um Autmundisstadt frei zu bewegen.

Ich begab mich dann zum Bahnhof, machte einige Umwege, ließ mich auch kurz in einem Straßencafe nieder, trank einen doppelten Espresso. Ich trug nun die landesübliche Kleidung, niemand beachtete mich sonderlich, niemand hielt mich offenbar für einen Fremden. Meine Situation kam mir so unwirklich vor, alles wirkte fremd und zugleich vertraut, wie ein Traum. Ich mag mich mit dieser Ausdrucksweise oft wiederholen. Aber ich befand mich in solch einer Situation, vergaß dieses Umfeld manchmal für ein paar Stunden, aber dann wurde es mir stets wieder gegenwärtig.

Kurz nach sechs Uhr fuhr ich zurück nach Klinga. Margarethe erwartete mich schon.

„Wie liefs ?" fragte sie.

„Meinem Gefühl nach nicht so schlecht. Keiner versteht so recht, was geschehen ist, aber sie scheinen offen zu sein und hören mich an. Für geistesgestört hält mich wohl niemand, eher für einen Scharlatan. Aber da sind sie sich auch nicht so sicher."

Margarethe bereitete nun das Abendessen zu. Anschließend saßen wir im Wohnzimmer beisammen, unterhielten uns. Irgendwann fiel mir eine Begebenheit des Nachmittags ein und ich sprach Margarethe darauf an.

„Du hattest am Sonntag erwähnt, Barbarossa und Heinrich der Löwe hätten um den Kaiserthron gekämpft. Wie war das genau ?"

„So ganz genau im Detail weiß ich das nicht auswendig. Aber sie führten drei Jahre Krieg miteinander. Heinrich fiel in der Entscheidungsschlacht bei Forchheim. Das war 1159. Friedrich wurde ein Jahr später zum König gewählt und 1165 vom Papst zum Kaiser gekrönt. Warum fragst du ?"

„Weißt du, in meiner Welt heißt die drittgrößte Stadt in Deutschland München; ist auch die Hauptstadt Bayerns."

„München ? Nie gehört."

50

„Merkwürdig", sagte ich, „nach unserer Überlieferung wurde die Stadt 1158 von Heinrich dem Löwen als Marktflecken und Isarübergang gegründet. In eurer Welt starb er erst ein Jahr später. Die Stadt müßte demnach existieren."

„Das klingt zwar plausibel", meinte Margarethe, „aber führten die beiden in eurer Welt auch einen Krieg um die Krone ?"

„Nein, Friedrich wurde auch bereits 1152 König und wenige Jahre später vom Papst zum Kaiser gekrönt. Das muß so um 1155 gewesen sein. Das genaue Datum weiß ich nicht."

„Siehst du, das ist doch ein Unterschied. In unserer Welt führte Heinrich der Löwe 1158 Krieg um die Krone, dachte wahrscheinlich gar nicht daran den Marktflecken zu gründen. Vielleicht tat er es auch, aber der Ort blieb unbedeutend, da er bereits ein Jahr später starb."

„Da fällt mir ein", bemerkte ich nun, „du sagtest am Sonntag abend, Barbarossa fiel 1191 auf dem Dritten Kreuzzug in der Schlacht bei Akkon. Ich kenne das anders: in unserer Welt ertrank er bereits auf dem Weg ins Heilige Land bei einem Bad im Fluß Saleph. Das war 1190. Akkon hat er nicht erreicht."

„Da siehst du es, die gleichen Personen in beiden Welten, aber unterschiedliche Schicksale", sie stutzte kurz, „aber waren es auch wirklich die gleichen Menschen oder hatten sie nur den gleichen Namen und führten die gleichen Funktionen aus. Du sagtest Friedrich wurde 1152 König, da war er aber noch sehr jung, gerade zweiundzwanzig Jahre alt."

Ich schüttelte den Kopf.

„Nein, unser Barbarossa war etwa zehn Jahre älter."

„Da siehst du es. Namensgleichheit bedeutet nicht Personengleichheit. Gleiche geschichtliche Ereignisse in eurer und in unserer Welt können also also durchaus mit Personen gleichen Namens verbunden sein, aber es müssen nicht unbedingt die gleichen Menschen gewesen sein. Interessant. Das gilt natürlich erst für die Zeit nach der Trennung der Welten."

„Das ist irgendwie beruhigend, denn ich möchte einmal meinen Heimatort besuchen. Und es wäre mir schon etwas peinlich, wenn ich mir dort selbst begegnen würde."

Margarethe lachte.

„Dann würde der andere vielleicht sagen 'ich wußte gar nicht, daß ich einen Zwillingsbruder habe'."

„Irgendwann werde ich hinfahren. Mal sehen, was passiert. Aber eines möchte ich doch noch wissen, nämlich, ob es in eurer Welt München gibt. Vielleicht ist es nur ein kleiner Ort. Du hast doch sicher eine Landkarte ?"

Margarethe erhob sich, lief in ihr Arbeitszimmer, kehrte kurz darauf zurück. Sie breitete die Karte aus.

Ich studierte sie.

„Hier ist Freising. Das ist ja bei euch eine größere Stadt."

„Es ist ja auch das Zentrum eines Erzbistums."

„München liegt einige Kilometer südlich."

Ich fuhr mit dem Finger isaraufwärts.

„Hier steht Monacirum. Das könnte es sein."

„Das interessiert mich jetzt. Schauen wir mal im Informationsnetz nach."

Wir gingen in ihr Arbeitszimmer, setzten uns an ihre 'elektronische Büromaschine'. Sie tippte den Namen ein und im Nu fanden wir das Gesuchte.

„Hier haben wir es doch: 1158 nahe einer von Heinrich dem Löwen erbauten Isarbrücke gegründet, zählt heute 3720 Einwohner. Ein völlig bedeutungsloses Kaff. Kein Wunder, daß ich es nicht kenne."

Wir nahmen wieder im Wohnzimmer Platz, unterhielten uns eine Weile beim Wein, legten uns dann schlafen.

7. Besuch in Ascafaburg

Der Gedanke, nun eine Welt zu erleben, die unserer sehr ähnlich, aber in allen Details doch grundverschieden war, faszinierte mich schon. Bisher hatte ich allerdings nur kleinere Orte in der Umgebung Klingas kennengelernt, die ich nicht sehr gut kannte.

Der Freitag versprach ein herrlicher, sonniger, warmer Tag zu werden.

„Ich kenne deine Neugier", meinte Margarethe beim Frühstück, „was hältst du von einem Ausflug nach Ascafaburg ?"

Ich lächelte.

„Du kennst meine Gedanken."

Kurz nach neun Uhr brachen wir auf, fuhren über Autmundisstadt nach Babenhausen, wo wir auf die Reichsstraße R87 gelangten, welche Darmundium mit Ascafaburg verband. Ich war mir natürlich im Klaren darüber, daß ich nicht alles so vorfinden würde, wie ich es gewohnt war. Das betraf die Größe und das Aussehen der Ortschaften, die Ausdehnung und Lage der Gewerbebetriebe, die Ausdehnung der Wälder und der Ackerflächen. Und wenn auch die geschichtliche Entwicklung, was Zivilisation und Technik betraf, ähnlich verlaufen war, so gab es doch andere Herrschaften, andere Kriege, Unterschiede in der Besiedlung und der Bevölkerungsentwicklung.

Ich begann daher erst in der Nähe der Stadt nach wesentlichen Unterschieden Ausschau zu halten.

Als erstes fiel mir auf, daß der Park Schönbusch fehlte, während das Schloß Johannisburg auf den ersten Blick aussah wie gewohnt. Der mächtige rote Sandsteinbau war schon von weitem zu erkennen.

Wir stellten das Auto in einer Seitenstraße in der Nähe des Schlosses ab. Wir stiegen aus. Ich blickte mich etwas unsicher um.

„Was hast du ?" fragte Margarethe.

„Na ja", entgegnete ich, „ich versuche mich zurechtzufinden. Aber das ist gar nicht so einfach. Es wirkt alles vertraut und fremd gleichzeitig."

„Ich verstehe; schau dich um, wir haben Zeit bis zum Abend."

Wir begaben uns zum Schloßplatz, der gleichzeitig auch als Marktplatz diente. Die moderne Stadtbibliothek und die Stadthalle fehlten, statt dessen wurde der Markplatz nach Norden hin von einer Reihe drei- bis viergeschossiger Häuser begrenzt, in deren Erdgeschosse sich kleine Läden be-

53

fanden. Sie ähnelten denen, welche ich aus meiner Jugendzeit kannte. Diese waren so um die Mitte der 1970ger Jahre abgerissen worden um einem Parkhaus und der Stadthalle Platz zu machen. Die Jesuitenkirche auf der gegenüberliegenden Seite war vorhanden, sie diente auch als Kunsthalle.

Westlich des Schlosses erstreckte sich eine Anlage, es fehlte allerdings das markante Pompejanum. Wir spazierten dann über den Dalberg, der allerdings in Ascafaburg nicht diese Bezeichnung trug, sondern Hillmberg hieß, in Richtung Zentrum. Ich will jetzt nicht in allen Einzelheiten alle Unterschiede aufzählen, die mir auffielen, das würde langweilig werden. Die Stadt hatte sich im Detail anders entwickelt und es hatte auch nicht die gewaltigen Zerstörungen des Zweiten Weltkrieges gegeben.

Mir fiel auch ein anderer Menschenschlag auf, der sich auf den Straßen zeigte. Es gab kaum Araber, Türken, Russen, dagegen erstaunlich viele Südasiaten und auch Afrikaner.

Und im allgemeinen waren die Menschen ordentlicher gekleidet als ich es von meinen Stadtrundgängen gewohnt war. Die meisten Frauen trugen Kleider, die Männer üblicherweise einen Sakko, viele sogar eine Krawatte, kaum jemand lief in T-Shirts oder gar in Jogginghosen herum. Ich bemerkte dies so nebenbei zu Margarethe und sie sagte dann prompt:

„Nach Ende der Kolonialzeit sind zahlreiche Menschen aus den Kolonien ins Reich gekommen, aus unterschiedlichsten Gründen. Meist waren es jedoch Leute, welche mit den Kolonialherren zusammengearbeitet hatten und nun Repressionen fürchteten. Sie verfügten durchweg über eine gute Ausbildung, manche besaßen auch ein kleines Vermögen. Sie waren unsere Lebensweise gewohnt und es fiel ihnen nicht schwer sich in unsere Gesellschaft einzufügen. Das unterschied sie deutlich von den später ins Land gekommenen. Aber es ist seltsam, die Indochinesen haben sich vornehmlich in Austrasien niedergelassen, die Afrikaner vornehmlich in Neustrien. Und was die Kleidung betrifft, man zieht sich eben ordentlich an, wenn man sich in der Öffentlichkeit zeigt. Das ist doch ein Zeichen von gesittetem Verhalten."

„Gibt es Gründe warum die Indochinesen vornehmlich nach Austrasien gekommen sind die Afrikaner nach Neustrien ?"

Margarethe schüttelte den Kopf.

„Vermutlich. Ich weiß aber nicht welche, es hat sich bisher auch niemand so richtig dafür interessiert."

Sie lächelte süffisant.

„Nun ja, man sagt so die Austrasier seien disziplinierter und fleißiger als die Neustrier. Und vielleicht denken die Indochinesen, daß sie eher hierher passen."

Entsprechend gab es auch keine Dönerbuden, nur ein paar Pizzerien, dafür zahlreiche südasiatische Lokale.

Die Stadt wirkte sehr sauber, kein Müll auf den Straßen. Das lag wahrscheinlich auch daran, daß es keinen Straßenverkauf von Speisen und Getränken gab. Wer etwas essen oder trinken wollte, nahm in einen der Straßenlokale Platz. Ich wunderte mich darüber. Margarethe schüttelte den Kopf.

„Im Gehen essen und trinken? Das ist unschicklich. Und sich dazu auf eine Bank zu setzen, das macht man nur in Parks in hierfür ausgewiesenen Bereichen oder auch in der freien Natur, beim Wandern in Wald und Feld, aber doch nicht mitten in der Innenstadt, in der Fußgängerzone."

Nachdem wir mehr als vier Stunden durch die Stadt gewandert waren und zahlreiche Kirchen besichtgt hatten, ließen wir uns bereits etwas müde auf der Außenterrasse eines Cafes nieder.

„Und wie war dein Eindruck?" fragte Margarethe während wir die Torte genossen.

„Ach, sehr nett. Ich habe mich in Aschaffenburg immer wohl gefühlt, bin oft am Abend oder am Wochenende in die Stadt gekommen, nicht um einzukaufen, sondern einfach nur um spazierenzugehen und, etwas seltsam ausgedrückt, die Atmosphäre zu genießen. Es fehlt eben nur eines, zum Beispiel das Pompejanum."

„Pompejanum, was ist das?"

„Das Wort 'Pompeij' sagt dir doch sicher etwas?"

„Ja, natürlich, das war der römische Villenort, welcher durch den Ausbruch des Ätnas verschüttet wurde. Das war im Jahre 79, wenn ich mich recht erinnere."

„Ja genau; diese Stadt galt lange als verschollen und wurde vor etwas mehr als zweihundertfünfzig Jahren wiederentdeckt. Man begann dann mit Ausgrabungen, recht intensiv in der Zeit als Italien von den Franzosen unter ihrem Kaiser Napoleon beherrscht wurde. Das erzähle ich dir später einmal im Detail. Und man erlebte große Überraschungen."

„Ich weiß, in unserer Welt gab es zwar keinen Kaiser Napoleon, aber Pompeij wurde trotzdem ausgegraben. Vieles an Geräten und Einrichtungsgegenständen, auch Mosaikfußböden war erhalten geblieben. Das führte zu reichen archäologischen Funden und zu einem großen Interesse an der antiken Zivilisation."

„Das war bei uns genauso und daher ließ der bayerische König Ludwig I. hier, hoch über dem Main, einen Bau im Stil einer römischen Villa errichten, eigentlich als Zierat. Heute wird das Gebäude als Museum genutzt."

Margarethe zuckte mit den Schultern.

„In unserer Welt gab es keine bayerischen Könige und Ascafaburg gehörte auch nie zum Herzogtum Bayern, auch nicht zum späteren Reichsgau Bayern. Daher wurde dieses Pompejanum auch nie errichtet."

Ich schwieg eine Weile, bestellte zwischendurch noch einen doppelten Espresso.

8. Kaiser Karl VI. von Burgund

„Ich muß immer wieder auf die Geschichte zurückkommen. In unserer Welt gehörte Aschaffenburg oder Ascafaburg vom zehnten Jahrhundert bis zum Ende des alten Reiches zum Territorium der Mainzer Erzbischöfe, die auch Jahrhunderte lang Kurfürsten waren. Sie ließen auch Anfang des siebzehnten Jahrhunderts das Schloß bauen und Ende des achtzehnten Jahrhunderts den Park Schönbusch anlegen. Das Schloß gibt es, den Park nicht. Ich frage mich, wieso ?"
„Vermutlich deshalb, weil es Ende des achtzehnten Jahrhunderts in unserer Welt keinen Mainzer Kurfürsten mehr gab."
„Wie ist das zu verstehen ?"
„In der Zeit der Religionskriege wäre das Fränkische Reich fast zerbrochen. Der längste und schlimmste dieser Kriege tobte in der ersten Hälfte des siebzehnten Jahrhunderts, von 1620 bis 1645. Die Lutherischen Fürsten kämpften gegen die Katholische Liga unter Führung des Kaisers. Der Krieg zog sich schon mehr als zwanzig Jahre hin, keine Partei konnte siegen, aber das Reich wurde verheert. Nach heutigen Schätzungen kam mehr als die Hälfte der Bevölkerung um. Anfang des Jahres 1642 starb der Herzog von Burgund, ein Getreuer des Kaisers. Sein Sohn Karl vertrat eine ganz andere Linie als sein Vater. Für ihn war der Glaube an Gott, modern gesprochen, eine persönliche Angelegenheit eines jeden Menschen, ebenso wie die Form, in der er ihn verehrte. Letzteres zu bestimmen war für ihn daher nicht Sache des Staates. Der junge Herzog von Burgund erließ daher bereits kurz nach seinem Regierungsantritt die 'Konvention von Geneva', in der die Religionsfreiheit verkündete wurde, deren Kernsatz lautete etwa 'jeder soll nach seiner Fasson selig werden'. Er fand Zulauf von Seiten der Bauern, der Bürger der Städte, eines Teils des niederen Adels und konnte schon bald ein großes Volksheer zusammenstellen und in zwei Jahren Krieg alle Parteien besiegen. Der Kaiser wurde entthront, und er ließ sich selbst, als Kaiser Karl VI., krönen. Um die Religionsfreiheit durchzusetzen entmachtete er die Kirche, die geistlichen Fürsten verloren ihre Territorien. Sie mußten sich fortan auf die Seelsorge beschränken. Um Frieden im Reich zu schaffen und den ewigen Fehden ein Ende zu bereiten, löste er die alten Herzogtümer, Fürstentümer, Grafschaften und so weiter auf; Adelige durften auch keine eigenen Truppen mehr unterhalten, statt dessen wurde

ein Reichsheer, das alleine dem Kaiser unterstand, geschaffen. Der Kaiser übte auch ansonsten die oberste Regierungsgewalt aus; ihm zur Seite stand der Erzkanzler, der gewisse Entscheidungsbefugnisse besaß, ansonsten im wesentlichen die Verwaltung des Reiches leitete. Karl begründete die Dynastie von Burgund, welche das Reich bis heute regiert. Er schuf auch die Einteilung in drei Reichsländer, die heute gewisse Autonomierechte besitzen, Neustrien, Austrasien und Burgund. Die oberste Regierungsgewalt in ihnen übten vom Kaiser eingesetzte Landvögte aus. Karl schuf auch Parlamente nach englischem Vorbild, ein Reichsparlament und je ein Landesparlament für Neustrien, Austrasien und Burgund, in denen Adel und Stadtbürgertum jeweils die gleiche Anzahl von Vertretern hatten. Auf diese Weise förderte er die Stellung des Bürgertums im Staat als Gegengewicht zum Adel. Das bewährte sich. Die Reichsländer wurden in Gaue unterteilt, die oberste Gewalt dort übten von den Parlamenten eingesetzte Gauvögte aus. Das war eine der wenigen wirklichen Entscheidungsbefugnisse der Parlamente, die ansonsten weitgehend nur beratende Funktionen ausübten. Sie konnten zwar keine Gesetze beschließen, aber Gesetze und Verordnungen der Landvögte und auch des Kaisers ablehnen. Hierzu war allerdings die Zustimmung von dreiviertel aller Parlamentsmitglieder notwendig, was sehr selten vorkam. Im Laufe der Zeit wurden die Befugnisse der Parlamente immer mehr erweitert, die heutige Struktur wurde vor etwa hundert Jahren festgelegt. Damals wurde auch das allgemeine Wahlrecht eingeführt. Vorher besaßen nur Männer das Wahlrecht, Adelige und Bürger, die über einen festgelegten Mindestbesitz verfügten. Es gab aber eine Ausnahmeregelung. Starb ein Wahlberechtigter und hinterließ keine oder unmündige Söhne, so durfte, falls er eine Witwe hinterließ, diese bis zu ihrem Tod, beziehungsweise bis zur Volljährigkeit des ältesten Sohnes an ihres verstorbenen Gatten statt das Wahlrecht ausüben."

„Karl VI. war ein sehr kluger und weitsichtiger Mann."

„Im heutigen Sprachgebrauch würde man sagen, er war ein Praktiker. Das Reich lag nach Ende des Krieges am Boden und die bis dahin fast uneingeschränkte, selbstsüchtig ausgeübte Herrschaft des Adels bot keine Aussicht auf eine Wiedergesundung. Er erließ übrigens noch zwei wichtige Verfügungen: zum ersten hob er die Leibeigenschaft auf. Damit ergab sich die Möglichkeit herrenloses Land in den verwüsteten Gebieten an landlose Bauern aus weniger betroffenen Gegenden zu vergeben. Zum zweiten verbot er auch die widerwärtigen Hexenverfolgungen, unter denen das Reich über Jahrhunderte gelitten hatte."

Sie nahm einen Schluck Kaffee.

„Es gibt da übrigens einige recht nette Geschichten über Karl VI. Ich habe ein Büchlein zuhause. Es ist sehr amüsant. Du kannst es gerne lesen."

Die Sonne begann bereits zu sinken, es wurde kühler.

„Wir sollten allmählich aufbrechen und zurück nach Klinga fahren, hier wird es langsam ungemütlich. Ich möchte aber vorher noch einige kleinere Einkäufe erledigen", meinte Margarethe schließlich.

Als wir einen Laden passierten, in dem Taschentelefone verkauft wurden, meinte ich so nebenbei.

„So ein Taschentelefon könnte ich gebrauchen. Ist die Beschaffung eine komplizierte Angelegenheit?"

Sie schüttelte den Kopf.

„Nicht, wenn du eines nimmst, für das du keinen Vertrag brauchst. Du mußt es nur kaufen, erhältst gleich eine Rufnummer und ein Guthaben. Wenn es aufgebraucht ist, dann kannst du es mittels einer Codiernummer wieder aufladen. Karten mit Codiernummern sind in fast jedem Geschäft erhältlich."

„Ich kenne das aus meiner Welt."

„Dann kommst du ja zurecht. Ich kaufe mir inzwischen ein Paar Schuhe, eine Bluse und einen Pulli. In einer Stunde können wir uns wieder treffen, in dem Cafe dort drüben."

Sie zeigte dabei auf die andere Straßenseite.

Ich grinste.

„Eine Stunde? Reicht das für deine Einkäufe?"

Sie blickte mich etwas verwirrt an, verstand meine Anspielung wohl nicht.

„Es muß, die Geschäfte schließen ja dann."

Die Beschaffung des Taschentelefons war wirklich nur eine Minutenangelegenheit. Ich schlenderte anschließend noch eine Weile durch die Innenstadt, schaute mir die Auslagen der vielen eher kleinen Geschäfte an, suchte schließlich einen Buchladen auf, kaufte mir ein Buch mit einer Auswahl von Werken des nach Margarethes Aussage bedeutendsten Literaten Austrasiens, begab mich dann in das Cafe, begann bei einem doppelten Espresso zu lesen.

„Es ist bereits kurz nach sieben Uhr. Bevor wir zurückfahren, könnten wir ja noch in einem der indochinesischen Lokale etwas essen", schlug ich vor als Margarethe erschien, „ich kenne da ein vietnamesisches Lokal in Mainz, eurem Maynce; es ist zwar ein Schnellimbiß in einem Einkaufszentrum, aber das Essen dort schmeckt hervorragend. Ich bin da immer zum Mittagessen hingegangen, wenn ich vormittags zu einer Besprechung nach Mainz mußte. Ich möchte nun auch mal wissen, wie es bei den Vietnamesen eurer Welt schmeckt."

Margarethe war einverstanden. Und ich wurde nicht enttäuscht, im Gegenteil; ich war begeistert. Es war schon zehn Uhr abends als wir in Klinga ankamen.

„Ich bin müde, möchte gleich schlafen gehen. Aber du kannst noch ein bißchen lesen, wenn du Lust hast. Ich hole dir das versprochene Büchlein."

Ich begab mich dann auch in mein Schlaftimmer, las noch bis weit nach Mitternacht beim Schein der Nachtischlampe.

Ich kann natürlich hier nicht den exakten Text wiedergeben, erzähle den Inhalt daher aus meiner Erinnerung nach:

Am Tage nach Mariä Himmelfahrt im Jahre des Herrn 1644 zog der Herzog von Burgund, der sich damals bereits 'Kaiser' nannte, aber zu jener Zeit nur von einem Teil der Reichsfürsten als solcher anerkannt wurde, am Vormittag mit seinem Heer in die Stadt Freiburg ein, um diese seiner Herrschaft zu unterstellen. Auf dem Marktplatz hatte sich eine große Menschenmenge versammelt um einem jener gräßlichen Schauspiele beizuwohnen, die aber in jenen Tagen den Menschen gefielen, wie einst auch die blutigen Gladiatorenkämpfe in Rom dem Volke gefallen hatten. Es sollten zwei der Hexerei überführte junge Frauen auf dem Scheiterhaufen verbrannt werden. Die ersten Flammen züngelten bereits hoch als der Herzog den Marktplatz erreichte. Kaum hatte er wahrgenommen, was im Gange war, so bahnte er sich gewaltsam einen Weg durch die Menge, sprang vom Pferd aus auf den brennenden Scheiterhaufen, schnitt die beiden los und brachte sie in Sicherheit. Dann fragte er, wieder im Sattel sitzend, zum Volk gewandt, mit fisterer Miene und lauter Stimme, was die beiden Frauen verbrochen hätten und wer diese Untat veranlaßt habe. Zwei Mönche traten hervor. Sie gaben sich als kurfürstliche Legaten zur Bekämpfung des Teufelswesen aus, das wie ein Gift die christliche Gemeinschaft zerfresse. Und sie sagten, er habe kein Recht sich in die

60

Gerichtsbarkeit der Stadt einzumischen und sie zu mißachten. Diese Frauen seien der Hexerei überführt worden und aus diesem Grunde angeklagt und vom Hohen Gericht der Stadt für schuldig befunden und zum Tode verurteilt worden.

„Ihr solltet wissen, daß durch meinen Kaiserlichen Erlaß vom 1. August 1643 Hexenprozesse und Hexenverbrennungen im gesamten Fränkischen Reich bei Todesstrafe verboten sind", entgegnete der Kaiser finster.

Die beiden Mönche erschraken sichtlich, faßten sich aber bald.

„Euer Kaiserlicher Erlaß gilt in dieser Stadt nicht; Ihr seid nichts weiter als ein Aufrührer und der Kurfürst erkennt Eure Kaiserwürde nicht an."

Der Herzog lächelte.

„Der Kurfürst wird den Lohn für seine Untreue noch erhalten. Merkt Euch eines, wo mein siegreiches Heer steht, gelten meine Erlasse. Aber gut", sein Gesichtsausdruck wurde freundlicher, „aufgrund welcher Beweise habt ihr sie der Hexerei überführt ?"

Die beiden Mönche brachten die üblichen Anschuldigungspunkte hervor: die Frauen seien gesehen worden, wie sie in der Walpurgisnacht nackt im Walde tanzten; die eine habe die Kuh des Bauern Remscheider verhext, so daß sie nun keine Milch mehr gebe, die andere habe die Frau des Bäckermeisters Hausmeier verhext, so daß sie eine Totgeburt erlitten habe. Und so weiter. Sie brachten noch mehrere, ähnliche Anklagepunkte hervor.

Der Herzog lächelte.

„Das sind primitive Anklagen wie sie im Reich üblich sind um mißliebige Nachbarn und Mitmenschen zu verleumden und zu verderben. Das sind keine Beweise."

„Oh doch", gab der eine Mönch zu bedenken, „die Herren Remscheider und Hausmeier sind ehrbare Bürger und außerdem haben die Frauen ihre Hexerei gestanden."

„Gestanden ? Einfach so ?" sprach der Herzog nun sichtlich erzürnt, „wer gesteht denn schon solch einen Unsinn freiwillig ?"

Er wandte sich an die beiden Frauen.

„Sie haben uns Gewalt angetan", sagte die eine.

Der Herzog blickte die Mönche scharf an.

„Nun ja, ein hochnotpeinliches Verhör war schon notwendig", verteidigte sich einer der beiden Mönche jetzt, „um die verstockten Weiber zum Reden zu bringen. Aber solche Verhöre stehen im Einklang mit den Reichsgesetzen und sie sind auch nicht in Euren 'Kaiserlichen Erlassen' untersagt."

„Solche Verhöre sind bei Hochverrat und Aufruhr angebracht und manchmal wertvoll", entgegnete ihm der Herzog finster, „aber nicht in solchen Fällen. Derartige Geständnisse sind nichts wert, wenn sie nicht zu eindeutigen Beweisen führen. Die Frauen sind frei. Werft dafür diese beiden Spitzbuben ins Feuer, sie sind gemeine Mörder und Henkersknechte."

„Dazu habt Ihr kein Recht", protestierte der andere Mönch.

„Ich bin der Kaiser!"

„Ein Thronräuber seid Ihr!"

Der Herzog wandte sich von ihnen ab.

„Bindet sie und werft sie ins Feuer", rief er seinen Kriegsknechten zu.

Zwei Bewaffnete traten nun heran und führten den Befehl aus. Die Mönche jammerten und flehten um Gnade als sie in den noch lodernden Scheiterhaufen geführt wurden. Doch der Herzog blieb unerbittlich.

Der Herzog wandte sich nun dem Volk zu.

„Der Glaube an böse Geister, Hexen und die Gewalt des Teufels heißt nichts anderes als daran zu zweifeln, daß Jesus Christus, unser Herr, die Mächte der Finsternis besiegt hat. Solcher Glaube wird vom Teufel ausgestreut und diejenigen, welche ihn verbreiten, sind Diener des Teufels. Und viele dieser Satansdiener haben sich die Kutten der Mönche, die Gewänder der Priester oder die Roben der Richter angezogen um uns zu verderben. Diese müssen wir von der Erde vertilgen."

„Was du hier sagst ist elender Frevel", schrie einer der Mönche.

„Gott sei mein Zeuge!" rief der Herzog, „wenn ich frevele, die beiden dem Feuer übergebenen unschuldig sind und mein Anspruch auf den Kaiserthron Anmaßung ist, so möge Gott augenblicklich die Flammen verlöschen lassen."

„Das ist Frevel, eine Versuchung Gottes", schrie nun der andere Mönch.

„Nein, es ist die Anrufung eines Gottesurteils!"

„Gott wird dich richten. Der Teufel wird dich holen", schrien nun beide wie aus einem Mund bevor sie im Feuer verschwanden.

Man hörte noch kurze Zeit ihr Winseln und ihr ganz unchristliches Fluchen. Dann verstummten sie, der Tod hatte sie gepackt.

„Geht an eure Arbeit zurück!" befahl er nun dem noch versammelten Volk, „ihr habt ein Schauspiel erwartet und auch eines bekommen, auch wenn es nicht so abgelaufen ist wie es angekündigt war. Seid zufrieden."

Das Volk zerstreute sich.

Der Herzog wandte sich nun den Frauen zu, die noch immer zitternd vor ihm standen.

„Seid ihr verletzt ?" fragte er sie.

„Nein Herr, von den Wunden, die man uns bei der Folterung zugefügt hat abgesehen. Aber die schmerzen nicht mehr, sind schon fast verheilt", antwortete die eine.

Sie war hübsch, von schlanker Gestalt, von mittlerem Wuchs, hatte dunkelblondes, lockiges Haar. Sie mochte etwa zwanzig Jahre alt sein.

„Herr, Gott möge es Euch danken, daß Ihr uns errettet habt. Wir sind ehrbare Jungfern, haben nichts böses getan", fügte nun die zweite hinzu.

Sie war ebenfalls hübsch und von schlanker Gestalt, etwas größer als die andere und hatte helles, wie Gold glänzendes, langes, glattes Haar.

„Der Bauer und der Bäckermeister haben uns beschuldigt, da wir ihnen nicht zu Willen sein wollten."

„Laßt die beiden holen !" befahl der Herzog.

Er stieg vom Pferd, ließ sich am Rande des Marktplatzes auf einer Decke nieder, welche ein Diener herbeischaffen mußte; er wies die Frauen an, sich zu ihm zu setzen, verlangte Speise und Trank für sich und die Frauen.

„Wer seid ihr, woher kommt ihr ?" fragte er sie dann.

„Ich heiße Katharina", begann die Goldhaarige, „ich bin einem kleinen Städtchen in den Vogesen aufgewachsen. Mein Vater war Schneidermeister. Eines Tages kam eine Horde Reiter in unser Städtchen, sie plünderten und branntes alles nieder. Ich konnte entkommen und gelangte auf vielen Umwegen nach Freiburg. Hier fand ich bei dem Bauern Remscheider eine Anstellung als Magd."

„Und ich heiße Agnes", erzählte dann die Dunkelblonde, „ich bin hier in der Stadt aufgewachsen. Mein Vater war Abdecker, das ist der niedrigste Stand im Bürgertum. Meine Mutter starb früh. Mein Vater wollte, daß ich es einmal besser habe, einen Mann von angesehenem Handwerksstand finde. Er scheute daher weder Mühe noch Kosten, mir eine gute Erziehung zukommen zu lassen; durch großzügige Gaben, erreichte er, daß mich der Schulmeister in die Schule aufnahm. Dort lernte ich lesen, schreiben und rechnen. Später, als der Schulmeister mir nichts mehr beibringen konnte, dingte er arme Studenten, die mich in Philosophie, Naturwissenschaften, Juristerei und Medizin unterrichteten. Ich lernte rasch und es machte mir Freude all dieses Wissen aufzunehmen. Auch die lateinische und neustrische Sprache habe ich erlernt. Nachdem mein Vater vor zwei Jahren gestorben war, gab mir der Bürgermeister eine Stellung in der Stadtschreiberei. Es war ungewöhnlich eine junge Frau dort aufzunehmen, aber der Bürgermeister vertrat es gegenüber den Räten mit der Ansicht, es sei besser mein Wissen zu nutzen als mich ins Armenhaus zu stecken, wo ich nur Kosten verursachen würde, denn keiner würde eine Magd nehmen, die lesen und schreiben kann, sich auf Philosophie versteht und so weiter. Und in der Stadtschreiberei könnte ich Nutzen bringen. Ich bekam allerdings nur ein kleines Kämmerchen zum Arbeiten, durfte nicht mit den Parteien verkehren, erhielt auch nur einen kargen Lohn. Aber zum Leben reichte es."

Der Bauer und der Bäcker wurden herbeigeführt.

„Ihr habt also die Frauen unrechtmäßig der Hexerei bezichtigt, weil sie euch nicht zu Willen waren ?"

Der Herzog blickte sie scharf an.

„Sagt die Wahrheit ! Nur das kann euch noch retten."

„Agnes ist schön und wohlgeformt", begann der Bäcker, „und sie ist von niederem Stand, Tochter eines Abdeckers. Es ist daher keine Schande, sie außerhalb des Ehestandes zu begehren. Und der Pfarrer erteilt dafür auch die Absolution."

„Und Katharina war meine Magd", fügte der Bauer hinzu, „sie kam mittellos an; niemand wußte wer sie war, woher sie kam; ich habe sie in mein Haus aufgenommen, ihr Obdach gewährt, ihr Kleidung, Speise und Trank gegeben. Da kann man doch eine kleine Gefälligkeit verlangen. Aber sie hat mir eine Ohrfeige gegeben als ich sie anrührte. Ist das Recht ? Sie hat ihren Wohltäter geschlagen, dieses undankbare Wesen."

„Das spielt hier keine Rolle", entgegnete der Herzog, „ihr wolltet ihren Tod, weil sie euch nicht zu Willen waren. Ihr hättet den Tod verdient. Aber ich will gnädig sein mit euch."

Er winkte zwei seiner Kriegsknechte herbei.

„Gebt jedem zwanzig Stockhiebe und legt sie dann bis Sonnenuntergang am Pranger in die Halseisen."

Der Befehl wurde umgehend ausgeführt.

Der Herzog entschloß sich die Stadt näher zu inspizieren und erst am nächsten Morgen weiterzureiten. Diener wurden ausgesandt um eine Unterkunft zu suchen. Er nahm dann in dem am besten wirkenden Gasthof Quartier. Die beiden Frauen erhielten auch Zimmer in diesem Haus.

„Ich werde euch als Dienerinnen mitnehmen", sagte er zu den Frauen am nächsten Morgen „hier seid ihr eueres Lebens nicht sicher."

In der Tat hatte der Herzog hatte Gefallen an Agnes gefunden. Die kluge, hübsche Frau faszinierte ihn. Er verliebte sich in sie. Es erschien ihm jedoch nicht ratsam sie auf seinem Kriegszug bei sich zu behalten und so schickte er Agnes mit einer starken Eskorte als Schutz nach Annecy, wo sein Lieblingsschloß stand. Katharina zog als ihre Zofe mit.

Nachdem Karl seine Feinde besiegt und seine Herrschaft endgültig etabliert hatte heirateten Agnes und er am Tage der Kaiserkrönung im Münster zu Straßburg. Beim Volk fand diese Hochzeit großen Beifall, bei den Reichs- fürsten jedoch stieß sie auf Ablehnung und Entsetzen: eine Abdeckertochter auf dem Kaiserthron !

Eher unwillig huldigten sie ihr. Sie empfanden es als Demütigung vor einer Frau niederer Abkunft das Haupt beugen zu müssen. Doch es blieb ihnen keine Wahl, wenn sie nicht noch den Rest an Macht verlieren wollten, den ihnen der Kaiser gelassen hatte. Dem Volk gegenüber erklärte Karl, Agnes und er hätten in Liebe zueinander gefunden und Liebe sei eine Gabe Gottes. Ihre Heirat sei daher Ausdruck göttlichen Willens. Das war zwar schön- geredet, aber das Volk glaubte es.

Agnes begnügte sich aber nicht damit einfach nur ein Zierat an der Seite des Kaisers zu sein, sondern bemühte sich zu versöhnen, die Gräben zuzuschütten, welche der lange, furchtbare Krieg aufgerissen hatte. Karl registrierte die Unternehmungen seiner Gemahlin mit Wohlwollen, unter- stützte sie wo er konnte, trat aber niemals hierbei in Erscheinung, so daß im Reich der Eindruck entstand, all das, was sie unternahm, sei allein von ihr veranlaßt und auch dem Kaiser gegenüber durchgesetzt worden. Dadurch stieg ihr Ansehen beim einfachen Volk, den Bürgern der Städte und dem niederen Adel noch mehr. Der hohe Adel dagegen sah all dies mit Mißver- gnügen. Anfangs gab es wohl noch Bestrebungen sich zusammenzu- schließen und den ungeliebten Kaiser und seine Gattin vom Thron zu stoßen. Doch bald mußten die Fürsten einsehen, daß eine Rebellion zum Scheitern verurteilt war und ihnen nicht nur Titel und ihren Besitz, sondern auch das Leben kosten werde.

Dieser Geschichte war eine handschriftliche Notiz hinzugefügt. Von wem sie stammte, war nicht auszumachen. Das Büchlein entstammte, wie das Impressum auswies, einer Auflage, die vor etwa sechzig Jahren gedruckt worden war. Margarethe hatte es vor einigen Jahren auf einem Bücherbasar auf der Veste Otzberg erstanden. Den Text lautete in etwa:

Doch war die Heirat auch Ausdruck der Politk des Kaisers. Er wußte selbst genau, daß sie eine Provokation des Adels darstellte, der nun einer Frau aus niederem Stande als Herrscherin huldigen mußte. Doch wollte der Kaiser damit auch seine Macht demonstrieren, daß er willens war, das Reich nach seinen Vorstellungen zu regieren, zu organisieren, zu modernisieren. Um dieses Ziel zu erreichen war er bereit mit alten Traditionen zu brechen und er forderte diese Brüche anzuerkennen. Er respektierte die Vorrechte des Adels nicht mehr wenn sie seinen Interessen zuwider liefen um sie schließlich völlig abzuschaffen.

Er fühlte sich immer stärker als Kaiser des Volkes, auf das er seine Legitimation stützte, da er die Interessen des Volkes (zumindest, was er dafür hielt) in den Mittelpunkt seiner Politik stellte und nicht die Interessen der bisher herrschenden Klasse. Daher lehnte er es auch ab, als Herrscher von Gottes Gnaden bezeichnet zu werden.

Seine Macht stützte er auf das Militär; da er dem Adel nicht traute, öffnete er auch den Zugang zu Offiziersrängen im allgemeinen und selbst zu Generalsrängen für Männer aus dem Volk, welche bisher das alleinige Vorrecht des Adels waren. Er wollte sich auf ein vom Adel geführtes Heer nicht verlassen, da er den Adel trotz aller Konflikte zwischen den einzelnen Familien als eine in sich geschlossene Gesellschaft sah, der er durchaus einen Staatsstreich zutraute, wenn er ihre Interessen und Vorrechte zu sehr beschnitt.

9. Begegnungen

Am Dienstag morgen erhielt ich einen Anruf von Polizeioberrat Mechtold. „Ihr seid mir irgendwie sympathisch", meine er, „deshalb rufe ich auch selbst an. Wir haben alles überprüfen lassen. Es liegt nichts gegen Euch vor. Ihr seid im Reich vollkommen unbekannt. Ihr wart nie beim Militär, habt an keiner Hochschule studiert, wart nie in einer staatlichen Behörde, einer öffentlichen Einrichtung oder einer größeren Firma beschäftigt. Und alle Eure Blutwerte liegen innerhalb der natürlichen Schwankungsbreiten. Was habt Ihr eigentlich all die Jahre gemacht ?"
„Ich war doch in einer anderen Welt", erklärte ich mit einem Lachen.
„Bald glaube ich es selbst. Wie dem auch sei. Ihre Unterlagen gehen nun an die Stadtverwaltung und die schicken sie dann mit ihren Ergänzungen an die Kreisverwaltung weiter. In vielleicht einer Woche erhaltet Ihr dann Euren Ausweis. Das hängt davon ab, wie schnell die dort arbeiten."

Gegen Mittag meldete sich Robert.
„Also, erste Neuigkeiten. Was deine Kamera betrifft. Die Japaner sind schnell. Jens, ein Freund, hat sie letzten Mittwoch morgen nach Frankinfort zur austrasischen Zentrale des Konzerns gebracht; ein leitender Angestellter dort ist Mitglied von Trans-Ratio. Vor zehn Minuten erhielt ich von ihm die Nachricht, daß die Firma ein solches Modell bisher nicht hergestellt hat, allerdings ein ähnliches entwickelt. Es wird aber vermutlich erst in etwa einem Jahr auf den Markt kommen. Aus Maynce kam heute die Nachricht, die Experten im Institut für Datenverschlüsselung an der Universität hätten die Datenstruktur auf der Speicherkarte verstanden. Es werde aber noch ein paar Tage dauern, bis sie diese umformatieren und die Photos darstellen können. Das wichtigste aber, wir sind heute abend für eine Fernsehsendung eingeladen. Wir sollen spätestens um 19:00 Uhr im Studio in Frankinfort sein."

Es handelte sich hierbei aber eher um eine 'regionale Sendung'. Neben einem Journalisten, Robert und mir waren noch eine Frau Professor Angelika Lenkarem aus Cassel und ein Professor Walter Weinert, der führende Physik – Theoretiker der Goldner - Universität Frankinfort anwesend. Lenkarem war eine strikte Gegnerin der Parallelwelt – Theorie,

67

Weinert ein vehementer Verfechter, sah mein Auftauchen als Sensation an, während Frau Lenkarem mich als Schwindler beschimpfte.

Um nicht völlig unvorbereitet zu sein hatte ich mir am Nachmittag die im Informationsnetz vorhandenen Biographien der beiden sorgfältig durchgelesen.

Ich fragte die Professorin natürlich, welche wissenschaftlich fundierten Argumente sie für ihre Vorwürfe mir gegenüber vorbringen könne. Sie antwortete darauf gar nicht, sondern begann zu zetern, wurde fast hysterisch, nannte die 'Trans-Ratio' – Organisation einen Kreis von rechtsextremistischen Verschwörungstheoretikern, welcher die Rücknahme der gesellschaftlich fortschrittlichen Gesetze durch die reaktionären Regierungen der letzten dreißig Jahre zum Schaden aller human gesinnter Menschen in diesem Lande nicht weit genug gingen. Sie strebten eine rückschrittliche, mittelalterliche Gesellschaftsordnung an. Hierzu würden sie zweifelhafte Kreaturen anheuern und sie als angebliche Menschen aus einer Parallelwelt öffentlich in den Medien präsentieren, welche dann die politischen und gesellschaftlichen Verhältnisse in ihrer Welt, die natürlich den Vorstellungen der 'Trans-Ratio' – Bewegung entsprechen, als die ideale Staatsform präsentierten. Damit wollten sie nichts anderes als Desinformation betreiben und die Gehirne der Menschen vergiften. Und im übrigen habe Professor Zagrabanow, der seinerzeit führende russische Physiktheoretiker diese Leichtensteinsche Theorie widerlegt. Kein vernünftiger Wissenschaftler glaubt heutzutage noch an sie, abgesehen von ein paar alten Spinnern.

Weinert verzog bei diesen Worten das Gesicht, brummte:

„Führender Physiktheoretiker ! Der war doch nur ein Dilettant, dessen Theorien niemals einen physikalischen Effekt auch nur annähernd beschrieben. Er war nichts weiter als ein choroschistischer Geistesvergifter. Aber in geistesverwandten Kreisen werden solche Typen verehrt, gelten als Genies. Eine Schande ist das !"

Ich gab mir alle Mühe sachlich zu bleiben, entgegnete ihr, dies sei ein mir gegenüber völlig haltloser Vorwurf, ich hätte schließlich bisher überhaupt keine politischen Lehren vertreten und hätte das auch nicht im Sinn. Im übrigen seien die gesellschaftlichen und politischen Lehren, die sie vertrete, soweit ich das nach Lektüre ihrer Kurzbiographie beurteilen könne, sehr ähnlich denen, welche in meiner Welt Realität seien und die ich nicht vertrete. Ich hätte daher überhaupt keinen Grund, Staat und Gesellschaft in meiner Welt als erstrebenswertes Ideal darzustellen.

Robert reagierte heftiger, ja schon fast ungehalten, nannte ihr Gegeifer eine unqualifizierte Beschimpfung intelligenter und selbständig denkender Menschen, welche die geistlosen, dümmlichen und abstrusen gesellschaftspoltischen Vorstellungen der Vertocaner, welche nichts anderes seien als der politische Zusammenschluß jener degenerierten Gesellschaftsschicht, die auf gut bezahlten Stellen im Staatsdienst sitzt, also bequem auf Staatskosten lebt, aber nichts zum Gemeinwohl beiträgt.

Wutentbrannt verließ Frau Lenkarem dann das Studio. Die Moderatorin entschuldigte sich bei den Zuschauern für den Eklat, setzte dann aber die Sendung fort. Und es konnte eine noch einigermaßen vernünftige Diskussion stattfinden.

Robert erklärte mit aller Deutlichkeit, die 'Trans-Ratio' – Organisation sei keine politische Bewegung, verfolge auch keine gesellschaftspolitischen Ziele, sondern sei ein Zusammenschluß gebildeter Menschen, welche sich mit unerklärlichen Phänomenen kritisch auseinandersetzten.

„Und ich verwehrte mich natürlich vehement gegen den Vorwurf eine gekaufte Kreatur zu sein", sagte dann.

„Mir ist mittlerweile bekannt geworden", fuhr ich fort, „daß es zahlreiche Verschwörungstheorien gibt, die behaupten, eine Gruppe einflußreicher Personen wolle die Weltherrschaft an sich reißen, nicht durch militärische Mittel, sondern durch Erzeugung dumpfer Ängste mittels der Verkündung falscher Lehren. Sie wollen damit die Gesellschaft zersetzen, ins Chaos stürzen um dann als Retter aufzutreten und an die Macht zu gelangen. Und hinter all dem stecke der amerikanische Multimilliardär Joe Sadurantora, der das Unternehmen großteils finanziere. Ähnliche Verschwörungstheorien gibt es auch in meiner Welt, aber dabei handelt es sich nur um Phantasiegebilde offenbar psychisch gestörter Wesen."

Der Journalist unterbrach mich.

„Was in Ihrer Welt abläuft weiß ich natürlich nicht. Aber es ist eine unbestreitbare Tatsache, daß in unserer Welt einzelne Personen oder auch Organisationen versuchen Einfluß auf die Medien zu nehmen um auf diese Art und Weise die öffentliche Meinung zu manipulieren."

„Das ist nun nichts Neues", entgegnete ich, „es ist wohl in allen Welten so, daß Regierungen, Parteien und auch Nichtregierungsorganisationen versuchen Einfluß auf die Medien zu nehmen um die öffentliche Meinung in ihren Sinn zu beeinflussen. Das kann auf unterschiedliche Arten geschehen.

69

Man kann zum Beispiel die eigenen Leute auf Stellen hieven, wo sie aufgrund ihrer Position, also ihrer Macht, Einfluß auf die Berichterstattung nehmen können. Man kann natürlich auch Journalisten, Redakteure oder wen auch immer durch finanzielle Zuwendungen veranlassen im Sinne der hinter den Zahlungen stehenden Personen oder Organistionen zu berichten. Aber damit habe ich nichts zu tun. Ich will mich auch gar nicht in die gesellschaftspolitischen Verhältnisse hier einmischen. Alle bisherigen wissenschaftlichen Untersuchngen haben ergeben, daß meine Kleidung und alle Gegenstände, die ich mit mir führte, aus Materialien bestehen, deren Zusammensetzung sich von der Zusammensetzung der hiesigen Materialien unterscheidet."

Der Journalist fragte nun, was ich konkret damit meine. Ich erkärte dann.

„Natürlich gibt es hier Textilien, Papier und Kunststoffe. Ihre chemische Zusammensetzung ist der meiner Kleidung und sonstigen Gegenstände, die ich bei mir führte, sehr ähnlich, aber nicht identisch mit ihr. Dies bedeutet aber, daß all diese Sachen nicht hier im Fränkischen Reich und auch nicht in irgend einem anderen Land auf dieser Erde hergestellt wurden. Und ich habe, was meine Kamera betrifft, von dem führenden japanischen Hersteller heute erfahren, daß ein technisch ähnlich anspruchsvolles Modell bei ihm in der Entwicklung ist, aber noch nicht hergestellt und vertrieben wird."

Die Moderatorin blickte mich skeptisch an.

„Das ist aber doch kein Beweis dafür, daß Ihr aus einer anderen Welt kommt. Das kann man doch alles entsprechend fälschen."

„Da haben Sie vollkommen recht", erwiderte ich, „das ist natürlich mit größerem Aufwand möglich. Aber glauben Sie etwa, Joe Sadurantora, den ich überhaupt nicht kenne, habe mir hierfür einige zig-Millionen Taler zur Verfügung gestellt ? Was hätte er damit erreichen wollen ? Beweisen, daß Parallelwelten existieren und ein Wechsel von einer in die andere Welt stattfinden kann ? Ich bin doch durch ein unerklärliches Phänomen hierher transferiert worden, ein gezieltes Hin- und Herpendeln zwischen verschiedenen Welten ist nicht möglich."

Der Journalist lächelte.

„Das behauptet Ihr, aber könnt Ihr das auch beweisen ? Genauso gut kann nun jemand behaupten, Wesen aus einer anderen Welt hätten Mittel gefunden in unsere Welt einzudringen und Ihr seid eine Art Kundschafter. Und wenn einer den Wechsel schafft, dann schaffen ihn auch Tausende.

Das läßt sich weiterspinnen und man kann behaupten, es drohe eine Invasion von Wesen aus einer anderen Welt, deren eigene Welt aus irgend einem Grund unbewohnbar wurde und die nun eine neue Heimat suchen. Was glaubt Ihr, welche Panik dann ausbrechen wird !"

Ich lächelte.

„Ich verstehe voll und ganz was Sie hier sagen. Aber bitte glauben Sie mir. Ich bin keine Vorhut aus einer Parallelwelt. Ich wurde durch ein unerklärliches Phänomen hierher verschlagen."

Die Moderatorin wollte nun genaueres darüber wissen. Ich antwortete, ich könne darüber nichts Näheres sagen, verwies auf Professor Weinert.

Der erklärte ausführlich und auch für Laien verständlich die wichtigsten Punkte der Leichtensteinschen Theorie, schloß dann mit den Worten.

„Trotz des ungeheuren Wissens, das wir in den letzten dreihundert Jahren angehäuft haben, verstehen wir das Wesen des Kosmos noch immer ungenügend. Daher sind die Berichte unseres Gastes aus der Parallwelt für die Wissenschaft ja so wertvoll für die weitere Entwicklung physikalischer Theorien."

Der Journalist lächelte etwas süffisant, meinte dann.

„Es gibt ja zahlreiche Berichte über das Auftauchen von Wesen aus angeblich anderen Welten oder auch Menschen, die für kurze Zeit in eine andere Welt transferiert wurden. Aber sie landeten alle in Irrenhäusern. Es ist daher ja wohl ein Glücksfall, daß nun zum ersten Mal ein Mann in unsere Welt transferiert wurde, der intelligent genug ist, das Phänomen der Parallelwelten zu erkennen und zu begreifen und in unserer Welt vernünftig zu reden und zu handeln."

Ich bedankte mich höflich für dieses Kompliment, fühlte mich allerdings nicht geehrt, da ich den ironischen Unterton in seinen Worten erkannt hatte.

Die Moderatorin fragte dann zum Abschluß, wie es mir hier in dieser Welt gefalle. Ich antwortete, die bisherigen Eindrücke seien sehr positiv und noch verspüre ich keinerlei Heimweh.

So endete nach dem Eklat zu Beginn die Sendung doch noch mit netten Worten.

Weinert lud uns anschließend zum Abendessen in ein vornehmes Restaurant an. Er war ein netter, umgänglicher, recht kräftiger Mann von fast achtzig Jahren.

„Ihr seid also Physiker. Auf welchem Gebiet arbeitet Ihr denn ?"

Ich nannte es ihm.

71

„Das ist ja hoch interessant. Der Kollege Mohrhuhn beschäftigt sich auch damit. Er ist allerdings Theoretiker. Er hat ausgerechnet, daß es bei einer Ordnungszahl von einhundertzwanzig sehr stabile Atomkerne geben soll, die Lebensdauern von mehreren Millionen Jahren haben. Welche Ordnungszahl hat denn das schwerste Element, das ihr in eurer Welt erzeugt habt ?"

„Gegenwärtig einhunderachtzehn."

Er schaute mich groß an.

„Wirklich ?"

„Ja ! Ich habe es zwar nicht selbst synthetisiert, weiß aber über seine Eigenschaften Bescheid."

„Das wird ihn interessieren. Wißt Ihr, seine Theorie ist umstritten, die meisten Theoretiker halten sie für Humbug. Sie glauben nicht, daß es solch schwere Atomkerne geben kann. Eine Gruppe aus Caen in Neustrien hat kürzlich über die Synthese eines Elementes mit der Ordnungszahl einhundertundvier berichtet. Das Ergebnis wird aber heftig angezweifelt. Ihr habt doch nichts dagegen, daß ich Mohrhuhn über Euch berichte ?"

Ich grinste.

„Nein, ganz im Gegenteil. Ich bin gespannt, was ich da über dieses Element zu hören bekomme. Wir nennen es übrigens Rutherfordium, nach dem aus Neuseeland stammenden Physiker Ernest Rutherford, einem der Pioniere auf dem Gebiet der Atomkernphysik. Ich habe einige der Isotope gründlich untersucht. Ich kann auf Anhieb sagen, ob die Ergebnisse richtig oder falsch sind."

Weinert lachte.

„Das wäre toll ! Und Ernest Rutherford kennt Ihr auch. Das müssen wir feiern."

Er bestellte eine Flasche vom besten Wein, den das Restaurant zu bieten hatte. Robert blickte etwas säuerlich. Er durfte nichts trinken, er mußte ja noch fahren.

Auf dem Rückweg meinte er dann.

„Das ist dann doch ganz anders gelaufen als ich erwartet hatte. Gott sei Dank war es nur eine Regionalsendung. Ich hoffe nur die austrasischen Medien greifen das nicht auf, stellen es groß heraus und verbreiten es in alle Welt. Das könnte dann wirklich hohe Wellen schlagen."

72

Bereits am nächsten Tag erhielt ich einen Anruf eines Professors Josef Mohrhuhn aus Frankinfort.

„Weinert hat mir erzählt, daß Ihr Physiker seid und Euch mit den Zerfallseigenschaften und der Struktur schwerster Elemente beschäftigt. Das ist hochinteressant für mich. Wißt Ihr, ich arbeite auch auf dem Gebiet, bin allerdings Theoretiker. Ich würde mich gerne einmal mit Euch unterhalten."
„Gerne", antwortete ich, „wann wäre es Ihnen recht ? Ich habe keine Präferenzen."
„Am Freitag vielleicht ?"
„Ja, das geht in Ordnung."

Die Unterhaltung kam dann allerdings etwas schleppend in Gang. Um das zu verstehen, muß ich an dieser Stelle einmal eines deutlich herausstellen. Sie benutzten in dieser Welt zwar die gleichen Längenmaße, die gleichen Zeiteinheiten und auch die gleichen Gewichtseinheiten wie wir, für elektrische Spannungen, Ströme, Energie und vieles andere aber völlig andere Namen und Maßeinheiten. Auch die Bezeichnungen für die Bausteine der Atome waren anders, ebenso wie die Namen der chemischen Elemente, von einigen Metallen, wie Gold, Silber, Eisen, Kupfer, Zinn und Blei abgesehen. Wir gaben uns aber beide alle Mühe uns zu verständigen und nach drei Stunden wußte stets jeder, was der andere meinte. Mit der Elementsynthese waren sie noch nicht so weit wie wir, das schwerste bekannte chemische Element entsprach unserem Rutherfordium.
„Das haben wir erst kürzlich im Großen Fränkischen Atomforschungszentrum in Caen erstmals synthetisiert. Ich habe bei dem Experiment auch mitgemacht. Es trägt den Namen Chattium. Der Leiter der Arbeitsgruppe Dietrich Feldacker hat darauf bestanden. Er stammt nämlich aus Grünenberg. Das liegt im Reichsgau Chattien. Die Neustrier wollten es Normandium nennen. Der Name ist aber noch nicht anerkannt, da Professor Koboldecki, die größte Koryphäre auf dem Gebiet, erklärt hat, das Ergebnis könne nicht stimmen, da seinen Rechnungen zufolge dieses Element keine Isotope mit Lebensdauern größer als eine Microsekunde mehr habe."
Ich ging auf dieses Problem nicht näher ein, fragte statt dessen.
„Und wie haben sie das hergestellt und nachgewiesen ?"
Er erklärte es mir, etwas ungenau und schwammig zwar, doch ich verstand ihre Technik, sie war der unseren nicht unähnlich. Er zeigte mir dann auch die Publikation, in der über die Entdeckung berichtet wurde.

73

Ich lächelte.

„Dann können sie ja das nächste Element Normandium nennen."

Er blickte mich groß an.

„Wollt Ihr damit sagen, daß unsere Ergebnisse stimmen ?"

„Ja, natürlich. Ich kenne das Isotop und wir haben die gleichen Zerfalls-eigenschaften erhalten. Und die Ordnungszahl können sie bestimmen, wenn sie die Röntgenstrahlung in Koinzidenz zu der Helium – Strahlung messen. Das sollte mit ihrer Apparatur kein Problem sein."

Er schaute mich verwirrt an.

„Was ist Röntgenstrahlung ?"

Das war mir jetzt im Eifer so herausgerutscht. Sie hatten natürlich hierfür einen anderen Namen. Ich erkärte es ihm. Daß die alpha-Strahlung hier Helium – Strahlung hieß, hatte ich bereits im Laufe der Diskussion erfahren. Unser Element Helium hatte hier tatsächlich den gleichen Namen.

„Ich verstehe, wir nennen sie hier Hergon-Strahlung, nach dem Entdecker Julius Hergon. Ja, wenn das so ist, dann sollten wir unbedingt nach Caen reisen."

„Ja, möglichst bald. Vielleicht muß ich schon in kurzer Zeit wieder in meine Welt zurück."

Josef wiegte den Kopf.

„Das ist aber jetzt schade. So schnell geht das nicht. Dietrich hält sich jetzt gerade in Amerika auf, in einer privaten Angelegenheit. Er kehrt erst in etwa drei Wochen zurück."

Auf der Rückfahrt nach Klinga las ich den großen Bericht über das wissenschaftliche Programm zur Erforschung der Transmerkuren, wie sie die schwersten ihnen bekannten Elemente nannten, durch. Das klang alles sehr positiv. Wenn ich bei Feldacker und den Direktoren in Caen ein offenes Ohr fand, so konnte ich auch in der Parallelwelt bei der Entdeckung einiger neuer Elemente mitwirken.

Doch leider sollte es dazu nicht kommen.

Abends rief dann noch Robert an.

„Also, die Japaner sind von deiner Kamera begeistert, möchten sie als Studienobjekt behalten. Sie bieten dir dafür ihr Spitzenmodell und noch fünftausend Taler obendrein an."

Ich verzog leicht das Gesicht.

74

„Das ist ja alles schön und gut. Aber ich rechne damit, daß ich irgendwann überraschend in meine Welt zurückkehre. Und mit ihrem Spitzenmodell kann ich dort nichts anfangen."

„Laß mich doch ausreden. Die Japaner haben natürlich Verbindung zu den Mayncern aufgenommen und haben sich mit ihnen ausgetauscht. Die Kamera wird so programmiert sein, daß sie mit deinen Chip funktioniert. Du wirst dir die Photos also in deiner Welt ansehen können."

„Ja, und was ist mit der Batterie ?"

„Daran haben sie natürlich auch gedacht und das Gehäuse ein bißchen umgebaut, sodaß die Batterie deiner Kamera paßt."

Ich willigte ein.

10. Zukunftsgedanken

Nach und nach setzte so etwas wie ein Alltag ein, insbesondere nach Ende der Herbstferien.

Vormittags war Margarethe in der Schule, kam meist erst gegen zwei Uhr zurück, verbrachte dann ein Großteil des Nachmittags mit den Unterrichtsvorbereitungen für den nächsten Tag.

Donnerstags abends ging sie üblicherweise zum Schwimmen ins Hallenbad nach Autmundisstadt, ich beleitete sie stets, suchte es dann aber auch gelegentlich vormittags alleine auf.

Es war mir schon vorher in den Gaststätten aufgefallen, daß es keine getrennten Toiletten für Männer und Frauen gab. Und hier im Schwimmbad gab es keine getrennten Umkleideräume und Duschen. Man trug aber Badekleidung. Männer trugen kurze Hosen, Frauen einteilige Badeanzüge, die auch den Busen bedeckten. Ich sprach Margarethe darauf an.

„Was ist daran ungewöhnlich ? Es ist eben so Tradition, niemand denkt sich etwas dabei. Es gibt auch Tage, an denen man hier nackt badet. Aber man mischt das nicht. Das würde irgendwie komisch wirken. An Seen oder am Meer ist es so, daß man abgegrenzte Bereiche zum Aufenthalt hat. Im Wasser selbst gibt es keine Abtrennungen, auch nicht auf Badeinseln im See. Zweiteilige Badeanzüge mit Ober- und Unterteil trägt man am Strand. Hier in Halle bevorzugen wir einteilige Badeanzüge."

Den Begriff 'Bikini' kannte sie allerdings nicht.

Natürlich fragte ich mich, wie es mit meinem Leben nun weitergehen solle. Der 'Verkauf' meiner Ausrüstung, also aller Gegenstände, die ich nicht unbedingt behalten wollte, wie Führerschein, Ausweis, Bankkarte, Krankenversicherungskarte, KFZ-Schein, eine geringe Menge Bargeld, hatte einiges eingebracht. Ich erhielt auch für den Fernsehauftritt ein recht großzügiges Honorar. Schließlich hatte bereits eine Illustrierte die Rechte für Berichte 'Aus einer anderen Welt' erworben. Robert hatte schon einige gemeinsame Projekte gestartet und mir einen großzügigen Vorschuß zukommen lassen. Finanzielle Sorgen mußte ich mir also gegenwärtig nicht machen.

Natürlich hoffte ich auch als Physiker tätig zu werden. Vielleicht konnten mir Weinert oder Mohrhuhn eine Stelle an der Goldner - Universität in

Francinfort vermitteln und ich dann am Forschungsprogramm am 'Großen Fränkischen Atomforschungszentrum' mitmachen. Es interessierte mich natürlich auch wie es im Caen in dieser Welt aussah. Die Stadt war ja im Zweiten Weltkrieg von den Amerikanern ziemlich platt gemacht worden. Diesen Krieg hatte es in dieser Welt allerdings nicht gegeben.

Aber wie würde es langfristig wirklich weitergehen ? Blieb ich für immer in dieser Welt oder kehrte ich auf ebenso geheimnisvolle Weise in meine Welt zurück wie ich diese gelangt war. Diese Ungewißheit hinderte mich daran klare Entscheidungen zu treffen.

Ich wunderte mich natürlich darüber, daß Margarethe soviel Zeit und Mühe für mich aufwendete, denn letztlich war ich doch nur eine Last für sie. Und es wurde mir dann auch mit der Zeit etwas peinlich mich von ihr mehr oder weniger aushalten zu lassen. Ich verfügte zwar noch nicht über ein regelmäßiges Einkommen, konnte mir mit dem Geld, das ich besaß, durchaus eine eigene, kleine Wohnung leisten. Margarethe reagierte äußerst betrübt als ich ihr mitteilte ich wolle mir langfristig etwas suchen. Und sie brachte natürlich auch genau die Sachen vor, welche ich mir überlegt hatte.

„Denke doch einmal an Roberts Onkel Karl“, sagte sie, „er kehrte nach gut drei Wochen wieder in seine Welt zurück. Wie wird das mit dir sein ? Gibt es eine Garantie, daß du bleibst oder wird dich deine Welt auch bald wieder zurückholen ? Denke doch einmal daran ! Du wirst nichts dagegen unternehmen können ! Unsere Zeit ist daher wahrscheinlich begrenzt. Willst du sie wirklich damit verschwenden, dir eine eigene Wohnung zu suchen und dich dort einzurichten ? Ich mag dich ! Bleibe bei mir, solange es unser Schicksal zuläßt.“

Ihre Worte überraschten mich jetzt nicht. Ich hatte sie mittlerweile auch lieb gewonnen. Wir verstanden uns prächtig und ich konnte sie mir durchaus als Lebenspartnerin vorstellen. Doch die Ungewißheit über mein weiteres Schicksal schwebte wie ein Damoklesschwert über uns. Es schmerzte mich in dem Bewußtsein zu leben, sie eines Tages, wenn auch ohne Schuld, verlassen zu müssen, mit Sicherheit ohne Abschied. Es ist daher durchaus verständlich, daß ich unter diesen Umständen am liebsten alleine gewesen wäre, ohne jegliche Bindung zu einem anderen Menschen. Aber hatte nicht das Gespräch gezeigt, daß sie sich durchaus im Klaren über unser weiteres Schicksal war und es so hinnahm wie es kommen würde ? Das beruhigte mich dann wieder.

77

11. Geschichtliche Betrachtungen

Nach Ende der Ferienzeit verbrachte ich die Vormittage, an denen Margarethe in der Schule war, üblicherweise in ihrem Arbeitszimmer, las und schrieb die ersten Berichte für die Illustrierte. Genaugenommen, ich las nicht sehr intensiv, blätterte vielmehr die Bücher durch, schaute mir manche Abschnitte näher an, überging vieles. Ich wußte ja nicht, wieviel Zeit mir in der Parallelwelt blieb und so kam es mir vornehmlich darauf an, zuvorderst einen groben Überblick zu gewinnen.

Bei meinen Studien zur Entwicklung der Naturwissenschaften, der Entdekkungen und der technischen Entwicklungen verfestigte sich mein bisheriger Eindruck aus dem täglichen Leben, daß beide Welten etwa auf dem gleichen wissenschaftlichen und technischem Standard lagen. Und ich stellte fest, daß wichtige Entdeckungen und Erfindungen auch in etwa der gleichen Zeit getätigt worden waren. Die Zeiten konnten so um zwanzig bis dreißig Jahre schwanken, aber kaum um mehr als fünfzig Jahre und schon gar nicht um mehr als ein Jahrhundert. Das verwunderte mich insofern nicht, als die Trennung der Welten ja nur etwa zwölfhundert Jahre zurück lag, sich die menschliche Kultur und Zivilisation damals in weiten Teilen der Erde in einem, ich möchte es einmal so nennen, dynamischen Entwicklungsprozeß befand. Und es bestätigte meine Ansicht, manche mögen das kritisieren, daß wissenschaftliche Entdeckungen oder Erfindungen erbracht werden, wenn die Zeit dafür reif ist, anders ausgedrückt, wenn der Wissensstand ein Niveau erreicht hat, der diese Entdeckung oder Erfindung möglich macht. Es mag natürlich auch echte Genies geben, die solche Taten 'vor ihrer Zeit' vollbringen, aber das geschieht selten und in der Regel ist die Gesellschaft dann auch noch nicht so weit, daß sie diese Erkenntnisse gebührend würdigen und wirklich etwas Brauchbares mit ihnen anfangen kann. Die meisten Genies sind gar nicht so genial, wie sie vielen Zeitgenossen erscheinen, sie ziehen lediglich aus dem vorhandenen Wissen die richtigen Schlüsse oder sind etwas kreativer als der Rest. Im allgemeinen ist die Person selbst nicht so wichtig. In der Liste der großen Naturwissenschaftler fand ich daher auch nur sehr wenige mir bekannter Namen. Das konnte verschiedene Ursachen haben, die trivialste war die, daß diese gar nicht geboren wurden, weil bereits ihre Eltern nicht existierten oder sich nie kennenlernten. Darin besteht eben der Unterschied zwischen wissenschaftlichen Erkenntnissen und geschichtlichen Abläufen. Das betraf ja schon die unterschiedliche Nachfolge Ludwigs des Frommen, in der einen Welt die Teilung des Reiches unter den drei Söhnen, in der anderen Welt die Weiterexistenz des einen Reiches unter der Herrschaft des einzigen überlebenden Sohnes. Das schuf natürlich Fakten, die wiederum ihre Konsequenzen hatten. Und das betraf nicht nur unterschiedliche historische Entwicklungen, sondern auch die Existenz einzelner Menschen. Einfach ausgedrückt, es starben in den unterschiedlichen Kriegen unterschiedliche Menschen. Es überlebten andererseits auch andere; es gab natürlich auch andere Hungersnöte und andere Seuchen; das hatte aber zur Folge, daß andere Ehen geschlossen, andere Kinder gezeugt wurden. In seltenen Fällen, wie man anhand Barbarossas und Heinrichs des Löwen sah, konnte sich ein Geschlecht in beiden Welten für einige Zeit gleich entwickeln, aber irgendwann brach diese Entwicklung ab.

In der Tat, so ganz schlüssig schienen mir meine Überlegungen nicht. Denn selbst wenn man der These zustimmte, daß wissenschaftliche Erkenntnisse nicht an eine bestimmte Person gebunden sind, das heißt, falls diese Person nicht existiert, früher oder später von einer anderen Person erbracht werden, da die Entwicklung einer Kultur von der Gesamtheit der sie tragenden Menschen abhängt und nicht von einem speziellen Menschen, so mußten sich doch durch die unterschiedlichen historischen Entwicklungen unterschiedliche Rahmenbedingungen für die Entwicklung von Kultur und Technik ergeben. Wieso war dann nach zwölfhundert Jahren das Ergebnis noch fast das gleiche ? Ich muß eingestehen, bis heute keine befriedigende Antwort auf diese Frage gefunden zu haben. Der Einfluß der historischen Umgebung auf diese Entwicklungen war offensichtlich eher gering, Zufall vielleicht, zwangsläufig erschien mir das nicht.

Anders herum kann man natürlich auch fragen, ob nicht technische Entwicklungen, früher oder später errungen, den Gang der Geschichte beeinflussen können. Man kann hier anführen, daß der Ausgang eines Krieges auch von der Waffentechnik beeinflußt wird, das heißt, wenn eine der kriegführenden Mächte über Waffen verfügt, die der Gegner noch nicht besitzt, so kann dies der Partei mit den moderneren und besseren Waffen zum Sieg verhelfen. Das ist sicherlich der Fall, in der jüngeren Historie konnte ich allerdings keine Beispiele finden, was Kriege zwischen 'Großmächten' betraf. In den Kolonialkriegen der vorigen Jahrhunderte oder bei der Eroberung Amerikas war das schon der Fall. Ich muß hierzu

79

anmerken, die dynamischste Entwicklung in der Waffentechnik fand seit Mitte des neunzehnten Jahrhunderts statt. Zeitliche Unterschiede in den Entwicklungen hier hätten Auswirkungen auf zum Beispiel den Deutsch-Französischen Krieg (1870-71), den Ersten und den Zweiten Weltkrieg haben können. Diese Kriege gab es aber in der Parallelwelt nicht, lediglich den Krieg zwischen den Vereinigten Staaten von Amerika und Japan. Es ist wahr, daß während des Zweiten Weltkrieges in den Vereinigten Staaten die Atombombe entwickelt und auch gegen Ende des Krieges zwei solcher Bomben auf japanische Städte abgeworfen wurden. In der Parallelwelt gab es diese Waffe zur damaligen Zeit nicht, wurde daher auch nicht eingesetzt. In unserer Welt war der Einsatz auch nur eine reine Mordaktion vornehmlich an Zivilisten und überhaupt nicht kriegsentscheidend.

Erstaunlicherweise verlief die historische Entwicklung in dieser Welt insgesamt recht ähnlich wie in der unsrigen. Ich will das hier nicht im Detail ausführen, da mir ohnehin keine Zeit blieb, mich ausführlich mit der Weltgeschichte zu beschäftigen. Jedenfalls existierten auch die Vereinigten Staaten von Amerika, Rußland, China, Indien, Japan, Großbritannien, um einige zu nennen und besaßen auch ein ähnliches politisches und wirtschaftliches Gewicht.
Die Kreuzzüge fanden statt, waren langfristig allerdings ebenso wenig erfolgreich wie in unserer Welt. Die Mongolen überrannten unter Dschingis Khan – er hieß auch in dieser Welt so – weite Teile Asiens. Das Osmanische Reich bildete sich, die Türken eroberten Konstantinopel, drangen bis nach Vienna vor. Das Fränkische Reich hatte allerdings kein nennenswertes Interesse an Osteuropa, die vormaligen Großmächte Österreich und Preußen gab es nicht. Daher fanden auch keine polnischen Teilungen statt, Polen überlebte zwischen Rußland, dem Fränkischen Reich. Ungarn stieg nach der Befreiung von der Türkenherrschaft zur dominierenden Macht auf dem Balkan auf und blieb es auch bis heute.

Mich interessierte natürlich auch, ob Naturkatastrophen und Klimaveränderungen in dieser Welt in der gleichen Weise stattgefunden hatten wie in der unsrigen. Ich muß natürlich zugeben, daß mein Wissen diesbezüglich eher gering ist, ich mich daher auf wenige Fälle beschränken mußte. So gab es die mittelalterliche Warmzeit, in welcher Wikinger in Grönland siedelten und bis zum amerikanischen Kontinent vordrangen, welcher die sogenannte 'kleine Eiszeit' nachfolgte.

Bei Naturkatastrophen wie Erdbeben und Vulkanausbrüchen mußte ich mich auf die wenigen Ereignisse beschränken, welche mir in Erinnerung waren. Sie fanden auch in dieser Welt statt, zur gleichen Zeit und auch die Auswirkungen glichen sich.

Margarethe wunderte sich nicht über meine Erkenntnisse.

„Anders als bei historischen Ereignissen, welche direkt auf menschliche Aktivitäten zurückzuführen sind, handelt es sich bei Vulkanausbrüchen und Erdbeben um Ereignisse im Rahmen der Entwicklungsgschichte der Erde. Auch hier können kleine Variationen große Auswirkungen haben, aber ich glaube, das macht sich erst in Zeitskalen von Millionen Jahren bemerkbar, nicht bereits innerhalb von tausend Jahren. Anders verhält es sich mit wetterbedingten Erscheinungen. Fällt dir dazu etwas ein ?"

„Du meinst Wirbelstürme, zum Beispiel. Da muß man allerdings mindestens zwei Aspekte betrachten, den Sturm selbst und seine Auswirkungen. Letztere können sehr unterschiedlich sein, sie hängen davon ab, ob man rechtzeitig geeignete Maßnahmen ergriffen hat, zum Beispiel Hochwasserschutzbauten gegen Fluten errichtet oder die Bevölkerung rechtzeitig gewarnt und evakuiert hat. So ein Sturm selbst ist schnell vergessen, wenn er keine katastrophalen Auswirkungen mit sich brachte. Ich werde einmal das Informationsnetz durchforsten, vielleicht finde ich eine Katastrophe, welche auch in unserer Welt stattfand."

12. Religion

Wir saßen abends nach dem Essen bei einem Glas Wein zusammen.

„Die Religion spielt in unserem Staat keine öffentliche Rolle", begann Margarethe, „sie ist Privatangelegenheit und die Kirchen dürfen sich auch nicht in die Angelegenheiten des Staates einmischen. Das einzige staatliche Zugeständnis besteht darin, daß die höchsten kirchlichen Festtage offizielle Feiertage sind. Für die meisten Menschen bedeuten sie aber lediglich zusätzliche arbeitsfreie Tage, der religiöse Hintergrund interessiert sie nicht."

„Das kenne ich", warf ich ein, „bei uns es für die meisten auch nichts anderes. Aber wie kam das bei euch ?"

„Es geht auf Kaiser Karl VI. zurück. Du weißt, wer das war ?"

„Ich erinnere mich, du hattest mir in Ascafaburg von ihm erzählt. Er war der Herzog von Burgund, der den Religionskrieg beendete und sich dann selbst zum Kaiser krönen ließ."

„Ja, du hast gut aufgepaßt. Er brach die Macht der Kirchen, beendete die Territorialherrschaften der Bischöfe. Und dem Volk gegenüber ließ er verlautbaren, Jesus habe ja gesagt, sein Reich sei nicht von dieser Welt, so daß die Kirche auch kein Recht habe, weltliche Herrschaft auszuüben oder sich auch in weltliche Angelegenheiten einzumischen. Und es sei ja auch schließlich dem Einzelnen selbst überlassen, ob er nach den Grundsätzen der Kirche selig werden wolle. Der Kaiser selbst erklärte ja auch, daß er nicht an das 'Jenseits' glaube, weder an den Himmel noch an die Hölle. Er glaubte aber an ein Leben vor dem Tode. Er hat alle seine Vorstellungen dann auch in verschiedenen Schriften niedergelegt. Sein Hauptwerk heißt, 'Das Kaiserreich'. Es ist ein weises und vorausschauendes Werk und bildet auch heute noch die Grundlage unseres Staatswesens. Er verfaßte es nach seinem Rückzug von der Herrschaft. Du mußt wissen, als er das sechzigste Lebensjahr vollendet hatte übergab er die Regentschaft seinem Sohn, behielt aber Krone und Thron, zog sich lediglich aus den Regierungsgeschäften zurück. Er selbst widmete sich fortan staatsphilosophischen und religiösen Betrachtungen. Einen breiten Raum in seinen Schriften nahm die Auseinandersetzung mit dem Gottesbegriff ein. Er führte aus, daß der blutige Krieg der Menschen um Religionsfragen, die letztlich nur Nebensächlichkeiten beinhalteten, welche die Allmacht Gottes gar nicht in Frage stellten, keineswegs Gottes Wille sein konnte, es sei denn, er sei ein bösartiger Gott, dem es gefalle, daß sich seine Geschöpfe in seinem Namen gegenseitig zerfleischen. Dann sei er aber nicht verehrungswürdig. Wenn es aber nicht sein Wille war und dennoch geschehen konnte, dann zeige dies, daß ihm die Menschen entweder einerlei seien oder er keineswegs allmächtig sei. Dann gebe es allerdings auch keinen Grund ihn zu verehren. Er ging sogar soweit zu behaupten, daß Gott wahrscheinlich gar nicht existiert, sondern nur eine Erfindung der Menschen ist, und er daher auch gar nicht eingreifen konnte."

„Das erinnert mich an einen Satz auf der Plattenhülle von 'Aqualung', das ist ein Werk von Jethro Tull", unterbrach ich sie, „dort heißt es 'Am Anfang erschuf der Mensch Gott. Und nach seinem Bilde erschuf er ihn.' Du kennst das vermutlich gar nicht. Oder hast du schon von der Band gehört ?"

„Nicht, daß ich wüßte. Aber so kann man das auch ausdrücken. Karl VI. blieb aber tolerant genug und schrieb, wer dennoch Gott verehren wolle, der dürfe das auch durchaus tun, solange er damit keinem anderen Schaden zufügt. Hier zog er eine klare Grenze, stille Verehrung war erlaubt, Fanatismus verboten. Und im übrigen hatten sich religiöse Vorstellungen der staatlichen Ordnung und den Gesetzen unterzuordnen. Die Thesen zur Nichtexistenz Gottes sorgten natürlich für große Empörung seitens der Kirchen, die noch höhere Wellen schlug, als er den Kirchenführern entgegnete, sie wüßten seit jeher, daß Gott nicht existiere und hätten ihre Lehre ja auch darauf abgestimmt. Bezeichnend hierfür sei ihre Vertröstung des unterdrückten und notleidenden Volkes auf ein besseres Leben im Jenseits gewesen. Er verwies dabei wiederum auf den Satz Jesu 'sein Reich sei nicht von dieser Welt', was er dahin gehend auslegte, daß Jesus damit zu verstehen gab, daß er für die Menschen auf dieser Welt nichts zu tun gedenke. Karl VI. glaubte an ein Leben vor dem Tod und war der Ansicht, daß alle Menschen, die guten Willens sind, auch einen Ansspruch auf ein würdiges Leben im Diesseits haben. Diese Aussagen führten zu jahrzehntelangen Diskussionen weit über den Tod des Kaisers hinaus. Wobei natürlich auch ausgeführt wurde, daß Gott ja der Herr sei und sich daher nicht auf irgendwelche Händel mit seinen Geschöpfen, den Menschen, einlassen müsse, in seinen Entscheidungen frei sei."

„Ich verstehe, das bedeutet nichts anderes als daß ein gottgefälliges Leben noch lange keinen Anspruch auf Glück, materiellen Wohlstand und Gesundheit beinhaltet. Ansonsten müßte ja Gott Flagge zeigen, notfalls Rede und Antwort stehen. Einige Religionslehrer haben angesichts dessen allerdings anders herum argumentiert und verkündet, daß Glück, materieller Wohlstand und Gesundheit Zeichen dafür sind, daß Gottes Segen auf den betreffenden Menschen ruht."

Margarethe lächelte.

„Das waren schon Raffinessen; damit konnten sich zwar die Reichen im Segen Gottes sonnen, die Armen mußten sich dann allerdings eingestehen, daß sie vielleicht doch nicht gottgefällig lebten, wenn sie auch nicht herausfanden, was sie falsch machten."

„Das konnten ihnen die Pfarrer aber sicherlich erklären."

„Na ja, wie dem auch sei, jedenfalls stand am Ende der Dispute und Auseinandersetzungen hinter Gott ein großes Fragezeichen. Das bedeutete aber nicht das Ende der Religion, denn im einfachen, ungebildeten Volk konnten sich die Kirchen auch fernerhin noch einen gewissen Einfluß sichern. Diese Leute glaubten weiterhin, daß als Belohnung für ein gutes Leben der Himmel winke und als Strafe für ein schlechtes Leben die Hölle. Nachprüfen, ob es diese Orte überhaupt gibt, kann schließlich niemand. Das heißt aber auch, niemand konnte ihre Nichtexistenz beweisen. Und so zogen die Kirchen ihren Kopf aus der Schlinge. Aber ihre Macht war gebrochen."

„Es ist ja so", meinte ich dann, „schon die christlichen Missionare haben den Aberglauben unserer Vorfahren ausgenutzt um die Macht Gottes zu demonstrieren. Das zeigte sich ja in der Entweihung und Zerstörung der Heiligtümer der alten Götter. Nach dem Glauben der Heiden mußte dies unmittelbar eine Bestrafung durch die Götter nach sich ziehen. Diese Bestrafung blieb aber aus, da die alten Götter ja auch nicht existierten. Die Missionare begründeten dies damit, daß Gott eben allmächtig sei und die alten Götter nichts vermögen. In dieser Beziehung waren sie natürlich intelligenter und postulierten nicht, daß Verstöße gegen Gottes Gebote, ein sündiges Leben und Frevel unmittelbar bestraft werden, sondern Gott den Zeitpunkt der Bestrafung nach eigenem Gutdünken festlege, nach dem Motto 'Gottes Mühlen mahlen langsam aber gründlich'. Ereilte dann einen Frevler lange nach der Tat ein Unglück, dann konnte man dies immer als Gottes Strafe hinstellen. Auf diese Idee kamen die Heiden nicht; das erinnert mich an die Geschichte von Bonifatius, der die Donareiche fällte. Er wurde natürlich nicht sofort vom Donner erschlagen und konnte damit die Heiden von der Machtlosigkeit Donars überzeugen. Allerdings wurde er dann viele Jahre später von heidnischen Friesen erschlagen, und niemand kam auf die Idee zu behaupten, dies sei die Strafe für das Fällen der Donar-eiche gewesen."

Margarethe lächelte.

„Das ist ein gutes Beispiel. Letztlich ist es ja so, daß die Missionare lediglich einen Aberglauben durch einen anderen Aberglauben ersetzten. Die Kirchenführer wußten schon mit dem von ihnen verkündeten Aberglauben genauso dumpfe Ängste zu wecken, wie sie bereits in heidnischer Zeit bestanden, aber sie verstanden es natürlich auch diese Ängste zur eigenen Bereicherung oder der Bereicherung der Kirche auszunutzen. Großzügige Spenden und Überschreibungen von Gütern halfen ja bekanntlich das Seelenheil zu gewinnen."

Margarethe schwieg kurz, nahm einen Schluck Wein.

„Wenige Jahrzehnte zuvor wären natürlich derartige Ausführungen als pure Ketzerei gewertet worden und hätten zu Folter und Hinrichtung geführt, doch nun stand die Autorität und die Macht des Kaisers hinter den Thesen und die Kirchen hatten keine Mittel mehr in der Hand dagegen gewaltsam vorzugehen. Offene Dispute an den Universitäten waren die Folge und sie kamen zu dem Ergebnis, daß die Überlegungen des Kaiser vernünftig seien. Man kam vom Begriff 'Gott' ab und begann über eine gerechte Staatsform und Gesellschaftsstruktur ohne Gott nachdenken."

„Der politische Machtverlust bot der Kirche doch aber auch eine Chance. Sie konnte sich doch nun mehr den Menschen zuwenden, sich um ihr Seelenheil kümmern, mußte sich nicht mehr als Autorität, als Macht aufführen", gab ich nun zu bedenken.

„Du bist sarkastisch. Ich höre doch die Ironie aus deinen Worten. Wer jahrhundertelang die Menschen beherrscht hat, der kann nicht so leicht auf eine Machtausübung verzichten. Der Kirche übte natürlich schon weiterhin eine gewisse Macht über die Menschen aus, insbesondere über die einfachen, weniger gebildeten Menschen. Gesetze kann man mit einem Federstrich ändern, aber nicht die Empfindungen, Gefühle, das Denken der Menschen. Lehren, die über Jahrhunderte in die Hirne und Herzen eingetrichtert wurden, lassen sich nicht ohne weiteres daraus entfernen. Der Staat stand hier vor einem Dilemma. Man nahm Abstand davon das Denken der Menschen mit Polizeigewalt zu ändern, das hätte nur Widerstand erzeugt und außerdem den Kirchen die Möglichkeit gegeben zu behaupten, der Staat habe keine Argumente gegen die Lehren der Kirche, müsse Mangel an Geist durch Gewalt kompensieren. Nein, diesen Weg wollte man nicht gehen. Er hätte das Volk gespalten, das Kaisertum geschwächt. Man beschloß daher die Menschen zu erziehen. Das erwies sich aber als langwieriger Prozeß. Man mußte mit den Kindern beginnen und die standen natürlich unter dem Einfluß ihrer Eltern, ihrer Großeltern und der Pfaffen. Da hatten es die Lehrer schwer, insbesondere in den Dörfern, denn da galten die Pfaffen noch lange als höchste Autorität. So richtig geändert hat sich das auf dem Land erst vor wenigen Jahrzehnten als die Landwirtschaft gegenüber Industrie und Handel an Bedeutung verlor, immer mehr Bauernkinder höhere Schulen besuchten, eine bessere Bildung erhielten und auch durch die Verbreitung der Kraftwagen die Mobilität zunahm. Großen Einfluß hatten auch die neuen Mittel der Kommunikation, insbesondere das Fernsehen. Neue Einsichten und Eindrücke drangen dadurch in die Wohnstuben und vertrieben den jahrhundertealten dort herrschenden geistigen Mief. Die Jugend begehrte nun auf, die Pfaffen verloren ihren Einfluß. Und heutzutage gehen fast nur noch alte Weiber zur Kirche."

Margarethe nahm einen großen Schluck Wein.

„Und wie sieht es bei euch aus?"

„Ähnlich", sagte ich, „die Kirchen haben den Menschen im Grunde nichts mehr zu sagen. Sie haben sich von der Gotteslehre verabschiedet, sich dem Zeitgeist angepaßt, verkünden nun eine grün – linke Ideologie als Religion. Die Worte Gottes oder Jesu werden so uminterpretiert, daß sie der neuen Lehre entsprechen. Das nennen sie dann Gottes Wahrheit. Aber das glauben nur die Dummen. Immer mehr Menschen treten aus der Kirche aus, da sie den Menschen nichts mehr zu sagen hat. Ich habe den Schritt bereits vor fast zwanzig Jahren getan. Mittlerweile ist nur noch etwa die Hälfte der Menschen in unserem Land Mitglieder einer der Kirchen, die meisten, wie ich vermute, eher aus Bequemlichkeit denn aus Überzeugung. Die Gottesdienste sind jedenfalls nur noch schwach besucht."

Margerethe grinste.

„Andere Welten, gleiche Entwicklungen."

Ich schüttelte den Kopf.

„Nein, hoffentlich nicht."

13. Die Ministerin für Kultur und Wissenschaft

Am folgenden Nachmittag rief mich Robert an.

„Es gibt Neuigkeiten. Ich habe heute mit der Post die Kamera erhalten. Du kannst sie abholen. Außerdem, bereite dich schon einmal auf einen neuen Fernsehauftritt vor. Die Sendung wird im gesamten Reich ausgestrahlt. Aber keine Angst, das Gespräch wird in irgendeinem Kulturkanal gesendet, nachts zwischen zwei und drei Uhr."

„Soll ich etwa um diese Zeit in einem Studio sitzen und diskutieren ?"

Robert lachte.

„Jetzt stell dich doch nicht dumm. Natürlich nicht. Die Sendung wird selbstverständlich vorher aufgezeichnet."

„Na schön, wann kann ich kommen ?"

„Wann immer du magst, ich bin heute zuhause."

Ich fuhr mit dem nächsten Bus nach Autmundisstadt.

„Hier ist das gute Stück", begrüßte er mich und überreichte mir die Kamera, „ich habe sie nicht angerührt, kann dir daher auch nicht erklären wie sie bedient wird. Aber es ist eine ausführliche Anleitung beigefügt. Du wirst sicher zurecht kommen. Schließlich bist du ja Physiker und solltest daher in technischen Dingen beschlagen sein. Möchtest du einen Kaffee ?"

Ich nickte, er bot mir einen Platz auf der Terrasse an.

„Was ist das für eine Sendung ? Hoffentlich kommt da nicht wieder so eine gestörte Zicke wie das letzte Mal."

„Nein", beruhigte er mich, „es werden lediglich die Gesprächsleiterin und die austrasische Ministerin für Kultur und Wissenschaft, Ilse Haiplinger, anwesend sein. Die Ministerin gehört zu den intelligenten und vernünftigen Frauen soweit ich das beurteilen kann. Du wirst dich sicher gut mit ihr verstehen."

„Nun, wenn es so ist, dann freue ich mich bereits auf die Begegnung. Weißt du schon Einzelheiten ?"

Robert grinste.

„Du mußt flexibel sein. Die Aufzeichnung findet bereits übermorgen in einem Studio im Sendezentrum in Maynce statt. Du sollst um dreizehn Uhr dort sein. Sei pünktlich, wegen der Ministerin. Politiker haben einen dicht gerdrängten Terminkalender. Die darf man nicht warten lassen. Ich kann dich allerdings nicht begleiten, aber du wirst dich zurecht finden. Es führt auch eine direkte Straßenbahnlinie vom Hauptbahnhof zum Sende-zentrum."

Das Gespräch fand in einer ruhigen und entspannten Atmosphäre statt. Es drehte sich zunächst fast ausschließlich um die möglichen Konsequenzen, welche sich aus der Existenz von Parallelwelten für die eigene Welt erge-ben können. Ich vertrat die Auffassung, das Auftauchen eines Menschen aus einer anderen Welt werde, außer als Sensationen aufgebauschten Berichten in den Medien, die ein kurzfristiges Interesse in der Öffent-lichkeit nach sich ziehen, keine Konsequenzen haben. Es ist ja nicht damit zu rechnen, daß diese Menschen, die transferiert wurden, Einfluß auf das politische und gesellschaftliche Leben nehmen werden. Ganz im Gegenteil, die meisten dieser Menschen werden sich in der ihnen fremden Welt nicht zurecht finden und am Ende in einer psychiatrischen Anstalt landen."

„Ihr seht das aus Eurer Position als transferierter Mensch", entgegnete die Ministerin, „aber allein die Tatsache, daß sicheres Wissen über andere Welten vorhanden ist, wird Aktivitäten zur Erforschung der Möglichkeiten auslösen gezielt von einer in die andere Welt zu gelangen. Ich kann mir natürlich aufgrund meiner naturwissenschaftlichen Kenntnisse nicht vor-stellen, daß dies jemals möglich sein wird. Betrachtet man allerdings die technische Entwicklung der letzten zweihundert Jahre, so wird man zuge-ben müssen, daß vieles, was in jener Zeit nicht möglich erschien, heute Realität ist. Oder konnte sich damals ein seriös denkender Mensch vorstellen, daß man eines Tagen im Flugzeug innerhalb weniger Stunden bequem von einem Kontinent zum anderen reisen kann oder daß Menschen zum Mond fliegen ? Wir lachen heute über die Gelehrten, welche das für unmöglich hielten und preisen die Phantasten, die es vorhersagten. Dabei vergessen wir allerdings eines: die Gelehrten urteilten aufgrund des Wissens ihrer Zeit, während die Phantasten sich etwas in ihren kühnsten Träumen ausmalten, ohne auch nur eine Ahnung davon zu haben, wie ihre Phantastereien technisch realisiert werden könnten. Und wenn sie 'technische Details' angaben, so wissen wir heute, daß diese völlig unpraktikabel waren und daß die technischen Geräte, die sie beschrieben sich so nicht realisieren ließen und diejenigen, über welche wir heute verfügen, völlig anders funktionieren."

Sie pausierte kurz, trank einen Schluck Wasser, bemerkte dabei das Stirnrunzeln der Gesprächsleiterin.

„Nein, ich bin nicht vom Thema abgewichen, ich wollte nur klarstellen, daß man mit Auswirkungen nur solange nicht rechnen muß, wie das Hin- und Herpendeln zwischen den Welten nur zufällig wenige Menschen betrifft. Das kann und wird sich ändern, wenn die Möglichkeit besteht, eine größere Anzahl von Menschen und Gegenständen, Waffen zum Beispiel, gezielt zu transferieren. Dann läßt sich Einfluß auf die Ereignisse in der anderen Welt nehmen. Ich rechne nun nicht damit, daß wir innerhalb der nächsten Jahrzehnte über solche technische Mittel verfügen werden, aber wer weiß, was in zweihundert Jahren möglich sein wird oder welche Entwicklungen sich in anderen Welten abspielen."

„Nun, das ist eine phantastische Vorstellung", warf die Gesprächsleiterin ein, „das ergibt doch sicherlich Stoff für Autoren, die 'Science – Fiction – Romane' schreiben, wie die Amerikaner solche Werke nennen, aber wenn Ihr das für möglich haltet, Frau Ministerin, warum haben uns solche Menschen aus anderen Welten bisher nicht besucht ?"

„Nach der Leichtensteinschen Theorie", meinte ich nun, „ereignen sich solche Trennungen öfters. Es ist nun durchaus möglich, daß es zahlreiche Parallelwelten gibt und daß man in einer von ihnen bereits die technische Möglichkeit besitzt, gezielt in andere Welten hinüberzuwechseln. Vielleicht haben sie diese Welt hier nur noch nicht gefunden. Vielleicht leben auch bereits einige unter uns, geben sich allerdings nicht als Wesen aus einer anderen Welt zu erkennen, aus welchen Gründen auch immer. Ich wurde zufällig hierher transferiert, kam mir zunächst ziemlich verloren vor, verfügte nicht einmal über gültiges Geld. Kommt man aber gezielt hierher, so kann man die Situation hier zunächst einmal grob erkunden, in seine eigene Welt zurückkehren und dann wohlvorbereitet und wohlausgerüstet wiederkommen und sich hier einnisten. Man muß ja nicht gleich ganze Armeen transferieren und die Macht an sich reißen."

Die Gesprächsleiterin lächelte.

„Wir beginnen zu spekulieren."

„Ja, das ist so", pflichtete ich ihr bei, „aber ist es verwunderlich ? Meine Transferierung hierher ist doch phantastisch. Wißt Ihr, in meiner Welt gibt es Berichte über angebliche Besuche von Raumfahrern aus fremden Planetensystemen, welche das intelligente menschliche Lebewesen, wir nennes es 'homo sapiens', künstlich erschaffen haben. Das ist doch ebenso phantastisch."

Die Ministerin lachte.

89

„Ihr kennt das also auch. Bei uns hat sich da ein Autor besonders hervorgetan, ein Däne, er heißt Erik von Unterwalden. Zugegeben, vieles was er da behauptet ist barer Unsinn, er hat jedoch auch auf zahlreiche ungeklärte Phänomene hingewiesen."

„Aber das ist ja gerade das Problem, das solche Autoren mit sich bringen", wandte ich ein, „diese Mischung aus realen Phänomenen und Phantastereien. Das macht es sehr schwierig objektiv zu urteilen. Es ist leider in den Gehirnen vieler Gelehrter tief verwurzelt, entweder alles anzuerkennen oder alles abzulehnen."

„Das sagt Ihr jetzt etwas pauschal" antwortete die Ministerin, „dem kann ich so nicht zustimmen. Kann man es jemandem verdenken, daß er, wenn er neunundneuzig Behauptungen als Unsinn erkannt hat, auch die hundertste für dummes Zeug hält?"

„Das kann ich mir jetzt gut vorstellen", warf die Gesprächsleiterin ein, „er muß sich ja auch überlegen wie die Öffentlichkeit reagiert, wenn er sagt, diese neunundneunzig Aussagen sind Schwachsinn, aber die hundertste ist richtig. Wer kann eine solche Aussage akzeptieren?"

„Nun", meinte die Ministerin, „wir haben im Reich die Konsequenzen gezogen und im Ministerium für Forschung und Technologie eine Abteilung 'Unerklärliche Phänomene' etabliert, welche solche Fälle gründlich untersucht. Das geschieht natürlich in enger Zusammenarbeit mit den naturwissenschaftlichen, historischen, archäologischen und sprachwissenschaftlichen Fachbereichen zahlreicher Universitäten. Und es wird nach dem Motto gehandelt 'nichts gilt als Unsinn, solange es nicht als solcher nachgewiesen ist'. Natürlich entpuppt sich das meiste als Unsinn. Aber es bleiben noch zahlreiche ungeklärte, unverstandene Phänomene zurück."

„Ich muß Euch nun leider unterbrechen", mischte sich nun die Gesprächsleiterin ein, „doch die vorgesehene Sendezeit ist erreicht. Ich bedanke mich für das sehr interessante Gespräch."

Wir verließen das Studio.

„Das Gespräch mit Euch war für mich sehr aufschlußreich", meinte die Ministerin als wir den Flur entlang in Richtung Fahrstuhl liefen, „es ist schon außergewöhnlich, einen gebildeten Mann aus einer anderen Welt zu treffen, der doch über ein völlig anderes Wissen und über völlig andere Lebenserfahrungen verfügen muß. Und dann stellt man einen gewissen geistigen Gleichklang fest. Wir sollten uns ausführlicher unterhalten. Habt

Ihr Lust, einen Kaffee mit mir zu trinken ? Da können wir Näheres besprechen."

Wir begaben uns in die Cafereia.

„Ich sagte ja bereits", begann sie dann, „wir sollten uns ausführlich unterhalten. Ein Gespräch bei einem Kaffee reicht da nicht aus. Es sollte auch kein Treffen in meinem Büro im Ministerium sein, sondern eines in entspannter Atmosphäre."

Sie lächelte.

„In einem Weiler im Spechtshardt unterhält die Regierung ein kleines Seminarzentrum, das meist für Klausurtagungen genutzt wird. Das ist ein idealer Ort. Da können wir uns fernab vom Trubel der Hauptstadt in aller Ruhe unterhalten, bei langen Spaziergängen durch die bunt gefärbten Wälder und abends am Kamin bei einen Glas edlem Wein. Ihr habt doch Interesse ?"

„Selbstverständlich."

Bereits am folgenden Freitag gegen Mittag holte sie mich mit ihren Dienstwagen ab. Die Fahrt ging zunächst in Richtung Ascafaburg. Kurz vor der Stadt bogen wir auf die Autobahn von Francinfort nach Nuremberg ab. Die Gegend kam mir bekannt vor.

„Das ist ja fast die gleich Trasse wie unsere A3", dachte ich.

Nahe der Ortschaft Weybersprunn verließen wir die Autobahn. Nach wenigen Kilometern erreichten wir eine aus drei Gebäuden bestehende Anlage.

„Die Gegend kenne ich unter dem Namen 'Lichtenau', sie sieht hier aber ein bißchen anders aus", bemerkte ich.

„Ihr kennt das ?" fragte sie.

„Ja, natürlich, ich gehe hier oft wandern."

Sie lachte.

„Das ist gut, da können wir uns ja bei unseren Spaziergängen nicht verirren."

Nach einer Tasse Kaffee brachen wir zu einem längeren Spaziergang auf. Es war ein sonniger, warmer Herbstnachmittag.

„Wir sollten nicht so förmlich im Umgang miteinander sein", sagte sie als wir losliefen, „wir sollten 'du' zueinander sagen. Ich heiße Ilse."

„Ich heiße Fritz."

Ich mußte ihr zunächst ausführlich über die Geschichte Europas im Mittel-

91

alter berichten. Sie hörte aufmerksam zu. Sie wußte bereits, daß die Trennung etwa zur Zeit Karls des Großen stattfand. Nachdem ich ihr über die historischen Ereignisse, soweit mir bekannt, bis etwa zur Zeit der Reformation berichtet hatte, kam ich unvermittelt auf Karl VI. zu spechen. „Es ist ein Jammer, daß wir einen solchen Herrscher in unserer Welt nicht hatten. Er hätte unseren Völkern viele Kriege, viel Leid und viel Elend erspart."

„Du weißt es sicher bereits, er gilt als Schöpfer des modernen Fränkischen Reiches, auch wenn sich die am Ende seiner Regierung herrschenden gesellschaftlichen Verhältnisse nicht mit der heutigen Gesellschaft vergleichen lassen. Aber ein Anfang war gemacht und die Bilanz war beachtlich. Er schaffte die Hexenprozesse, die Inquisition ab, beendete den Religionskrieg, der letztlich der Hälfte des Volkes den Tod gebracht hatte. Er schob die Schuld an all dem Unheil der Kirche und ihren Organisationen, insbesondere den Jesuiten, zu. Er schuf ein Reich des inneren Friedens. Er schaffte die Religion nicht ab, aber jeder sollte frei entscheiden können, ob er glaubte oder nicht. Niemand durfte zum Glauben gezwungen, aber auch nicht davon abgehalten werden. Das führte allerdings anfangs zu Konflikten, denn die freie Meinungsäußerung führte dazu, daß man Glauben oder auch Nichtglauben diskutierte, oft sehr kontrovers und oft beleidigend. Es dauerte Jahrzehnte bis man den richtigen Umgang miteinander lernte, letztlich auch die Ideen oder Vorstellungen der anderen zu negieren ohne den anderen persönlich zu diffamieren. Da religiöse Grundsätze keine Staatsangelegenheit waren, führte dies allerdings nicht zur Erschütterung des Reiches. Der Kaiser führte auch ein allgemeines Schulwesen ein, die Kinder lernten Lesen, Schreiben und Rechnen; er mußte dabei zahlreiche Widerstände überwinden, insbesondere von Seiten der Landbevölkerung, da die Bauern keine Notwendigkeit darin sahen den Kindern Lesen und Schreiben beizubringen und der Unterricht die Kinder lediglich von der Mithilfe auf den Feldern fernhielt. Aber durch den Schulbesuch konnten immer mehr Menschen die Schriften lesen und die Tatsache, daß der Kaiser Frieden geschaffen hatte, hob sein Ansehen und die Zustimmung zu seiner Politik. Die Kirche schlug sich scheinbar auf die Seite der Bauern, lehnte die Einrichtung öffentlicher Schulen ab, aber natürlich aus völlig anderen Motiven; die Kirche hat stets versucht, das selbständige Denken zu unterdrücken. Das läßt sich schon in Bibel ganz am Anfang nachlesem. Du kennst doch sicherlich auch Evas Verführung durch die Schlange, und ihre Verführung Adams vom 'Baum der Erkenntnis' zu essen. Die Erbsünde besteht also darin, daß der Mensch gelernt hat selbständig zu denken."

Ich lachte,

„Wenn man es so sieht, dann hat das Weib den Mann zum Denken verführt."

Ilse lachte nun auch.

„Ja, und wie wurde ihr das gedankt ? Sie wurde jahrtausendelang unterdrückt."

„Das heißt, Eva hätte es besser unterlassen, Adam einen Apfel zu geben, dann wären die Frauen alleine intelligent gewesen und hätten die Männer beherrschen können."

Ilse grinste verschmitzt.

„Nun ja, es ist ja so, daß vielfach Frauen ihre Männer beherrschen, allerdings nicht aufgrund ihres Verstandes."

Sie fuhr dann fort.

„Der Kaiser hob gegen den Widerstand insbesondere des niederen Adels die Leibeigenschaft auf. Das erforderte sehr viel politisches Feingefühl, da neben dem Bürgertum gerade der niedere Adel eine wesentliche Stütze seiner Herrschaft war und er ihn daher nicht gegen sich aufbringen durfte. Hier half natürlich die Enteignung der Kirche und er entschädigte sozusagen den niederen Adel mit der Schenkung ehemaliger Kirchengüter. Sünde wurde als Methode der Geistlichen erklärt um den Menschen dumpfe Ängste einzujagen und sie gefügig zu machen. Geistlichen wurde die Ausübung weltlicher Ämter untersagt. Die Ablehung der religiösen Moralvorstellungen waren für ihn nicht nur ein Mittel des Kampfes gegen die Macht der Kirche, sondern er sah die den Menschen eingeimpfte Schamhaftigkeit auch als Grund für mangelde Hygiene an, welche als Ursache der Ausbreitung vieler Krankheiten angesehen wurde. Die Hebung der Hygiene, insbesondere die Pflicht zur Sauberkeit, verbunden mit regelmäßiger Körperreinigung, Beseitigung der Fäkalien und so weiter, senkte die Zahl der auftretenden Seuchen, worin die meisten Menschen das segensreiche Wirken des Kaisers und den früheren verderblichen Einfluß der Kirche sahen. Ein anderer Punkt war die Hebung der Stellung der Frau. Auch hier ging man gegen die Kirche vor, welche die Unterordnung der Frau unter den Mann als Ausdruck göttlichen Willens darstellte; heißt es nicht bereits in der Genesis, 'die Frau sei dem Manne untertan' ? Die

Adelsherrschaft wurde zwar nicht völlig aufgehoben, aber die Leibeigenschaft und der Frondienst, wie ich bereits sagte. Die Bauern mußten lediglich den Territoialherren Steuern bezahlen. Die Höhe wurde vom Kaiserlichen Hof festgelegt, da ein Teil der Steuern an ihn abgeführt werden mußte. Es wurde allerdings keine dauerhafte, bestimmte Steuer festgelegt. Der 'Zehnt' war ein Richtwert, in guten Jahren konnte die Steuer auch ein fünftel oder ein sechstel betragen. In schlechten Jahren konnte auch nur ein zwanzigstel eingefordert werden. Man wollte damit in schlechten Jahren eine Verelendung der Bauern vermeiden, da man der Meinung war, daß eine Verelendung in schlechten Jahren eine längere Erholung in guten Jahren bedurfte. Der Kaiser wollte ein Volk freier Menschen; jeder Einzelne sollte sich als Teil des Ganzen begreifen, der die Pflicht hatte, nach besten Kräften zum Wohle des Staates zu arbeiten. Dies war auch ein Erziehungsziel."

„Aber wie mir erzählt wurde, blieb doch die Kirche einflußreich, gerade auf dem Lande."

„Das ist durchaus richtig. Und das führte auch in gewissem Sinne zu einer geistigen Spaltung des Volkes, die erst im letzten Jahrhundert überwunden wurde. Die Kirche verlor zwar durch die Wegnahme ihrer Ländereien und die Auflösung der geistlichen Herrschaften ihre weltliche Machtposition, konnte dadurch den Menschen nicht mehr ihren Willen aufzwingen, das heißt Verstöße gegen ihre Lehren mit Strafen ahnden, Kritiker nicht mehr auf dem Scheiterhaufen verbrennen. Jedoch beherrschte sie weiterhin das Denken der Menschen, gerade das der weniger Gebildeten. Das war im Grunde die Situation in vielen ländlichen Gebieten bis ins letzte Jahrhundert hinein, wenn auch der Einfluß der Kirche allmählich schwand. Der Staat unternahm nichts um diese Situation zu ändern, das heißt, es wurden keine Zwangsmaßnahmen ergriffen. Man setzte vielmehr auf eine langfristige Änderung durch Erziehung. In den Städten entwickelten sich die Dinge anders. Dort entstanden Gesellschaften, welche die Bibel kritisch unter die Lupe nahmen. Diese bestehen teilweise noch heute. Sie wiesen nach, daß Gott nicht gerecht ist, sondern ein willkürlicher Gott, ähnlich wie Allah im Islam, den die Muslime anbeten, den sie Gott nennen. Verwunderlich war das nicht, denn man erkannte beim Studium des Heiligen Buches der Muslime, daß Gott und Allah identisch sind, daß sich Juden, Christen und Muslime nur darin unterscheiden, daß sie unterschiedlichen Eigenschaften Gottes unterschiedliches Gewicht geben. Allah ist ein Gott, der nach Belieben handelt, seine Gunst gewährt, wem er will. Als Herr ist er niemandem zu etwas verpflichtet. Und genau der Herr, dessen Geschöpfe die Menschen sind, war ja auch der Gott des Alten Testamentes. Wen er als seinen Schützling erkoren hatte, dem stand er bei, auch wenn er unrecht handelte. Eher bestrafte er die Opfer der von ihm Auserwählten, die von ihnen betrogen wurden. In vielen Zirkeln ging man aber noch einen Schritt weiter. Die Existenz Gottes wurde verworfen. Die Erschaffung der Welt und der Menschen durch Gott wurde als Vorstellung aus der Urzeit, der Zeit der Primitivität abgetan. Die Auferstehung Jesu wurde als Märchen abgetan, ebenso die Erzählung, daß Jungfrauen schwanger werden könnten. Die Auferweckung der Toten am Jüngsten Tag wurde ebenso geleugnet wie das jüngste Gericht selbst und die Existenz des Teufels. Und da Gott nicht existiert, kann er auch nicht in das Leben der Menschen eingreifen. Gebete nutzen daher nichts. Auch kann ein nichtexistenter Gott nicht strafen. Die Kirche argumentierte hier ziemlich schlau, brachte hervor, all diese Einwände widerlegten keinesfalls die Existenz Gottes, denn Gott lege den Zeitpunkt der Bestrafung selbst fest. Daher konnte sie ein Unglück, das einen Menschen traf, auch als Strafe für ein, oft weit zurückliegendes, Vergehen verkaufen."

„Ja, führte das denn nicht zu heftigen Auseinandersetzungen mit den Vertretern der Kirche ?"

„Natürlich, der Streit zog sich über mehr als ein Jahrhundert hin. Er fand allerdings im wesentlichen zwischen den Gelehrten statt. Die Landbevölkerung bekam davon nichts mit und die Bürger in den Städten nahmen keinen großen Anteil daran. Für die meisten war es wichtig, daß die Kirche nicht mehr über ihr Leben bestimmen und ihnen nicht mehr ihre Lehren aufzwingen konnte. Die Kirche sah das bald ein, mußte sie doch mit ansehen, daß viele, die ihrem Willen nicht mehr folgten, weil sie ihnen Strafen im Jenseits androhten, weltliche Strafen waren ja nicht mehr möglich, einfach der Kirche den Rücken kehrten. In der Tat schlossen sich zahlreiche Menschen, die zwar an Gott glaubten, sich aber nicht von der Kirche bevormunden lassen wollten, zu Bibelgemeinschaften zusammen. Sie blieben aber unter sich, beteiligten sich nicht am Streit zwischen den Vertretern der Kirche und denjenigen, welche Gott und letztlich auch die Bibel ablehnten."

„Ich kann mir gut vorstellen", meinte ich dann, „daß auf diese Art ein neues Menschenbild entstand."

„Ja, das kann man so ausdrücken: es besagte, daß der Mensch mit einem freien Willen ausgestattet ist, im Prinzip weiß, was gut und böse ist, danach handeln kann. Aber kaum ein Mensch tut von Natur aus das Gute, er wird vielmehr bestrebt sein, sein Leben zu erhalten, notfalls auf Kosten der anderen. Es ist daher die Aufgabe des Staates, der Gemeinschaft, dafür zu sorgen, daß jedem Recht geschieht, daß niemand ausgebeutet wird. Das Feudalsystem wurde als Beweis dafür angesehen, daß die Menschen erst einmal an sich selbst denken, die anderen zu ihrem Vorteil ausnutzen. Da in einem Menschen sowohl das Gute, aber auch das Schlechte steckt und von Geburt aus nicht unbedingt das eine oder andere überwiegt, so kann der Mensch durch Erziehung so geformt werden, daß er sich zum Guten oder Bösen hin entwickelt, zum Verbrecher oder zum wertvollen Mitglied der menschlichen Gesellschaft."

Das Gespräch hatte Ilse wohl erschöpft, denn wir liefen nun eine Weile schweigend nebeneinander her.

„Eine vernünftige Staatsordnung", nach einiger Zeit nahm ich den Gesprächsfaden wieder auf, „wird darauf ausgerichtet sein allen Menschen, die dem Staat angehören, eine gute Lebensgrundlage zu ermöglichen. Natürlich kann kein Staat allen die gleiche Lebensgrundlage gewähren, aber er soll jedem, der guten Willens ist, eine menschenwürdige Existenz ermöglichen. Es sind natürlich nicht alle Menschen guten Willens, manche sind träge, manche böswillig und falsch. Aber es ist doch so: wird eine Staatsordnung zu einer gewissen Zeit festgelegt, dann muß man die gegebenen Verhältnisse berücksichtigen: die Unterschiede im Denken und Fühlen, Standesdünkel, unterschiedliche Bildung, unterschiedliche Intelligenz, unterschiedliche soziale Stände, eben unterschiedliche Menschen. Man kann es nicht allen gleich recht machen. Es ist aber durchaus legal und vernünftig, die Rechte derjenigen zu beschneiden, welche durch wenig Arbeit und Mühe sich auf Kosten der arbeitenden Schichten zu bereichern suchen. Andererseits ist es aber nicht gerechtfertigt, den Unwilligen und Faulen durch Bevorzugungen und staatliche Leistungen den gleichen Lebensstandard zu geben wie den Arbeitswilligen und Fleißigen. Man kann nun versuchen, die Menschen durch Erziehung im Denken und Fühlen einander anzugleichen; das wirkt sich aber nicht sofort, sondern erst in den nachfolgenden Generationen aus. Denn diese muß sich notwendigerweise gegen gewisse Traditionen richten, welche in den Köpfen der zu Erziehenden fest verankert sind. Das ist ähnlich wie bei der Religion. Es gibt ja auch zum Beispiel Standesdünkel oder Vorurteile gegen bestimmte Menschengruppen. Diese Traditionen, so möchte ich sie einmal nennen, wurden und werden von den Eltern auf die Kinder weitergegeben und wirken noch lange nach. Dies liegt natürlich auch daran, daß Kinder oft ihre Eltern verehren und sie daher skeptisch gegenüber der Behauptung staatlicher Lehrer sind, ihre Eltern würden ihnen falsches lehren. Man sieht daraus, daß selbst nach Generationen der Erfolg solcher Erziehungsprinzipien ungewiß ist. Mit Zwangsmaßnahmen erreicht man meiner Ansicht nach langfristig nichts. Man kann sie nicht ewig anwenden und entfallen sie, so bricht die 'neue' Gesellschaft zweifelsohne sehr bald wie ein Kartenhaus zusammen. Die Menschen unterscheiden sich eben in ihrer Fähigkeit zu denken und es wird auch so sein, daß vorgegebene Denkmuster unterschiedlich aufgenommen werden. Einige werden ihnen bedingungslos folgen, andere werden sie skeptisch, kritisch betrachten, sie in einigen Teilen sogar völlig ablehnen. Die gerechte Staatsordnung kann daher nur auf einen Minimalkonsens aufbauen, muß den Menschen weitgehende Freiheit in der Gestaltung ihres Lebens gewähren. Denn sellbst ein gerechter Staat kann die Menschen nicht gleich machen, aber er sollte eine Chancengleichheit herstellen, das heißt, jeder sollte die Möglichkeit haben, seinen Fähigkeiten entsprechend die ihm angemessene Position in der Gesellschaft einzunehmen. Das bedeutet aber auch, daß der Staat Kinder aus sozial niederen Schichten stärker fördern muß als Kinder aus wohlhabenden Familien. Das ist keine Ungerechtigkeit. Denn nur die Fähigkeiten eines Kindes und nicht der soziale Status der Eltern dürfen entscheidend für die Stellung sein, die ein Mensch schließlich in der Gesellschaft einnimmt. Natürlich soll man nur die Tüchtigen unterstützen und nicht die Faulenzer und Bummelanten. Es wäre ja fatal und schlecht für den Staat, wenn solche Existenzen durch Förderung Positionen erreichen, für die sie aufgrund mangelnder Fähigkeiten nicht geeignet sind. Sie würden dann nur Schaden anrichten."

Ich war etwas ins Reden gekommen, war mir gar nicht sicher, ob mir Ilse überhaupt noch zuhörte, ich setzte aber trotzdem meine Rede fort.

„Es ist natürlich auch unabdingbar den Menschen schon bei der Erziehung ein großes Maß geistiger Freiheit zu lassen. Nur dann werden aus ihnen verantwortungsbewußte Menschen werden, Menschen, die ihre Absichten und Handlungen kritisch beurteilen, auch Verantwortung innerhalb der

Gesellschaft übernehmen können. Richtet man dagegen alle auf das gleiche Denkschema ab, so wird man eine Horde, dumpfer, stumpfsinniger Wesen erhalten, die aus eigenem Antrieb nichts leisten können, keine Führungspositionen ausfüllen werden, da ihnen die Fähigkeit zum Urteilen fehlt und sie daher keine vernünftigen Entscheidungen treffen können, sich dessen vielfach auch bewußt sind und daher jede eigene Entscheidung zu vermeiden suchen. Solche Leute rennen auch blindlings Verführern nach und sehen nicht, wenn diese sie ins Unheil führen. Andererseits sind die Denkweisen und Traditionen in unterschiedlichen Regionen der Erde verschieden, da sich die meisten Gesellschaften unabhängig voneinander entwickelt haben, auch beeinflußt durch die Lebensbedingungen in ihren Wohnsitzen: in der Steppe lebende Gesellschaften haben sich eben anders entwickelt als in der Wüste, im Urwald oder am Meer lebende, ebenso wie sich in rauhem Klima lebende Gesellschaften anders entwickelt haben als unter südlicher Sonne lebende. Man kann daher nicht allen Völkern die gleiche Staatsordnung aufdrängen; manche werden eine bestimmte Staatsordnung schon deshalb ablehnen, weil sie ihren Traditionen widerspricht."

Wir erreichten das Seminarzentrum.
„Der Spaziergang hat mich ermüdet", sagte Ilse, „ich denke, ich werde mich ein bißchen hinlegen und ausruhen. Sehen wir uns zum Abendessen wieder ?"
„Ja, gerne. Und wann ?"
„Nicht so früh, sagen wir um acht Uhr."
Ich begab mich auf mein Zimmer, legte mich aufs Bett, versuchte nachzudenken, spürte allerdings eine gewisse Müdigkeit. Vorsichtshalber stellte ich den Wecker auf dem Nachttischchen auf halb acht Uhr. Das war klug gewesen, denn ich schlief bald ein. Das Klingeln weckte mich. Noch etwas müde begab ich mich ins Badezimmer, machte mich frisch, zog mich um, ging dann kurz vor acht in Richtung Speisezimmer. Einige Frauen und Männer, die offenbar alle miteinander bekannt waren, saßen dort und speisten. Sie musterten mich mit staunenden und auch kritischen Blicken als ich den Raum betrat, ein Ober mich ansprach und mich zu einem etwas abseits stehenden Tisch führte. Noch mehr erstaunten sie als kurze Zeit später die Ministerin erschien und sich zu mir setzte. Ein leisen Gemurmel war nun zu vernehmen. Man tuschelte miteinander, zu verstehen war aber nichts.

Ilse grinste.

„Die Ministerin speist mit einem Fremden. Das kann doch nur zweierlei bedeuten, entweder es handelt sich um einen aufstrebenden, noch unbekannten Nachwuchspolitiker, dafür wirkst du allerdings etwas zu alt oder die Ministerin hat einen neuen Liebhaber."

„Liebhaber?" erstaunte ich.

„Warum nicht. Ich bin zwar bereits sechzig, aber deswegen noch lange nicht altersfrigide. Wir sollten aber beim Essen nicht allzuviel reden. Die müssen ja nicht zuhören. Nachher im Kaminzimmer haben wir noch genügend Zeit."

„Sind wir dort alleine?"

„Ja, natürlich. Es gibt mehrere Kaminzimmer, ich habe eines reservieren lassen."

„Karl VI. war, soweit ich bisher von ihm gehört habe, ein außergewöhnlicher Mann. Er verstieß wohl gegen alle Konventionen seiner Zeit, fragte nicht, wie viele Feinde er sich machte, setzte seine Ideen beharrlich durch", begann ich, da Ilse schwieg, als wolle sie mir bei der Gestaltung der Unterhaltung den Vortritt lassen.

„Ja", erwiderte sie, „er ist wohl die interessanteste Person unserer Geschichte, zumindest, wenn man die Anzahl der Biographien zum Maßstab nimmt. Trotzdem, eine Erklärung seiner Handlungsweise, die allgemein anerkannt wird, gibt es bisher nicht. Er bleibt eine rätselhafte, geheimnisvolle Gestalt, obwohl sein Lebenslauf fast lückenlos dokumentiert ist. Aber dabei handelt es sich um eine Aufzählung von Äußerlichkeiten. In seine Seele kann niemand blicken. Er hat auch später, obwohl er viele Werke verfaßte, nur wenig über die Gedanken und Gefühle geschrieben, die ihn in seiner Jugend bewegten und antrieben."

„Das heißt, seine Taten sind bekannt, die Motive, die ihn dazu bewegten aber nicht."

„Das ist halb richtig. Man kann natürlich versuchen die Motive aus den Handlungen herauszulesen, insbesondere wenn man seine politischen Schriften kennt. Aber da bleibt natürlich viel Raum zur Interpretation, wenn du verstehst, was ich meine."

„Ja, ich denke schon. Es gibt Staatsmänner, deren Handlungen erklärt man aus dem, was sie viele Jahre zuvor einmal gesagt oder geschrieben haben, auch wenn die damaligen Verhältnisse völlig anders waren, als die zur Zeit der Handlung. Hier liegt der Fall gerade umgekehrt. Man versucht, die Handlungen aus dem zu verstehen, was er später geschrieben hat. Wobei er natürlich gar nicht versucht, wenn ich das richtig verstanden habe, spezielle Handlungen zu rechtfertigen."

„Ja, das ist ein Punkt. Natürlich kann man schlußfolgern, daß er gewisse Handlungen unterlassen hätte, wenn sie nicht der Realisierung seiner politischen Vorstellungen gedient hätten. Aber hier gilt auch, waren diese zum Zeitpunkt der Handlung genau diejenigen, die er später niederschrieb? Verstehst du, was ich meine?"

„Natürlich, die Taten seiner Jungend sind eines, die Ansichten, die er im Alter niederschrieb etwas anderes."

„Genau, man kann natürlich aus den später niedergelegten Ansichten auf die Motivation früherer Handlungen schließen, aber es sind natürlich mehrere Schlußfolgerungen möglich und man kann darüber streiten, welche von ihnen richtig ist."

„Vielleicht ist keine richtig."

„Das läßt sich nicht ausschließen. Aber es war offenbar so, daß Karl VI. bereits in seiner Jugend die Überzeugung gewonnen hatte, daß es unredlich ist den Menschen schlechte Lebensbedingungen mit der Hoffnung auf ein paradiesisches Leben im Jenseits schmackhaft zu machen. Er sah dies als einen Betrug an, zumal das Volk die schlechten Lebensbedingungen in Kauf zu nehmen hatte um dem Adel und dem Klerus ein angenehmes Leben zu bescheren. Er sah in dem Adel die Edlen, deren Aufgabe es war, das Volk zu leiten, für es zu sorgen und ihm ein menschenwürdiges Dasein zu gewährleisten, nicht aber um es zu unterdrücken, auszupressen um selbst auf Kosten des Volkes ein angenehmes Leben zu führen. Den Glauben an das Jenseits lehnte er bedingungslos ab, er war für ihn ein reines Täuschungsmanöver um das Volk gefügig zu machen und auszunutzen. An Gott zweifelte er: warum sollte er sich nur dem Klerus offenbaren, der lediglich darauf aus war, das Volk gefügig zu machen um es auszusaugen. Warum offenbarte er sich den Menschen nicht selbst? Wieso ließ er zu, daß sein Name derart mißbraucht wurde? Es erschien ihm auch widersinnig, die Menschen als Geschöpfe Gottes anzusehen, wenn Gott sie hinterher verderben ließ. Das ähnelte dem Verhalten eines bösartigen Menschen, der mit viel Mühe und Geld ein kostbares, edles Pferd heranzieht um es dann durch unnötig harte Feldarbeit zu Tode zu schinden, zu verderben. Wenn also Gott den Menschen als sein Geschöpf, als etwas

Wertvolles ansieht, so muß es ihm doch ein Anliegen sein die Menschen zu erhalten und nicht zu verderben. Es wurde ihm natürlich vorgehalten, die Menschen hätten sich durch die Erbsünde schuldig gemacht und elendes Leben sei nun die Strafe hierfür, da sich Gott von ihnen abgewandt habe und sie daher alles tun müßten um seine Gnade zu erlangen. Sagte nicht Gott zu Adam 'darum soll der Ackerboden verflucht sein um deinetwillen; mühsam sollst du dich ernähren alle Tage deines Lebens. Dornen und Gestrüpp soll er dir sprießen und das Kraut des Feldes sollst du essen. Im Schweiße deines Angesichtes sollst du dein Brot essen' ? Diese Ansicht teilte er ganz und gar nicht: jeder Mensch sei für sich selbst verantwortlich, trage aber keine Verantwortung für die Taten anderer, sofern er sie nicht ermuntert oder unterstützt habe. Auch lehnte er den Einwand ab, man habe sich schon deshalb mitschuldig gemacht, weil man die bösen Taten anderer nicht zu verhindern versucht habe. Niemand sei verpflichtet anderen, die bedrückt werden zu helfen, ihr Leben für sie aus Spiel zu setzen, wenn sich daraus kein Vorteil für ihn selbst, sondern eher ein Nachteil ergibt. Er hielt das allerdings nicht für eine edle Handlungsweise. Im Hinblick auf die Erbsünde meinte er auch, die Ungeborenen hätten die Sünden der Väter ja gar nicht verhindern können."

„War das nicht für die Kirche übelste Ketzerei und machte man keine Anstalten ihn vor Gericht zu zerren und als Ketzer zu Tode zu verurteilen ?"

„Dieser Gefahr war sich als junger Herzogsohn von Burgund natürlich bewußt und er traf entsprechende Vorbereitungen bevor er seine Ansichten öffentlich aussprach. Er erwarb sich die Zuneigung seiner Untertanen und stellte ein schlagkräftiges Heer auf; und mit ihm schlug er eine kaiserliche Armee in die Flucht, die kurz nach seinem Regierungsantritt in Burgund einfiel um seiner habhaft zu werden. Im übrigen handelte er eher als daß er sprach. Ein Großteil seiner Vorstellungen hatte er als Kaiser im Reich bereits realisiert als seine Bücher zu seinen staatlichen, gesellschaftlichen und religiösen Ansichten erschienen. Aber da war er der Kaiser und niemand hatte die Macht über ihn zu richten. Im Gegenteil, es war gefährlich für seine Feinde offen gegen ihn aufzutreten. In diesen späteren Schriften sah Karl VI. das Christentum sehr kritisch. Insbesondere verwirrten ihn vor allem die große Anzahl von Märtyrern. Warum konnte der allmächtige Gott nicht die Verkünder seines Glaubens schützen ? War er dazu nicht in der Lage ? Wenn es sich so verhielt, dann nutzte dieser Gott ja niemandem. Warum sollte man ihn dann verehren ? Bekannt war im Reich jene

Erzählung über Bonifatius, eines irischen Mönches, der in Austrasien, besonders im Land der Chatten, missionierte. Es heißt, nahe dem Ort Hofegismer habe eine mächtige Eiche gestanden, welche dem Gott Donar geweiht war. Es hieß, wer diese Eiche berühre, der werde von Donar erschlagen. Bonifatius ergriff kurzentschlossen eine Axt und fällte die Eiche. Es passierte natürlich nichts. Aber es überzeugte die Germanen, daß der Gott des Bonifatius mächtiger ist als Donar und so ließen sie sich taufen. So schön, so gut."

„Ich kenne die Geschichte auch und errate, worauf du hinaus willst. Einige Jahre später wurde Bonifatius während einer Missionsreise von Friesen eschlagen. Wieso hat Gott ihn nicht beschützt?"

„Ja, genau. Diese Missionare waren schließlich nicht dumm. Sie nutzten den Aberglauben der Germanen aus. Diese Menschen glaubten, einer Übertretung göttlicher Gebote folge die Bestrafung auf den Fuß. Das war natürlich Unsinn. Die Missionare dagegen führten zwar auch aus, daß einer Übertretung der Gebote Gottes die Strafe folge, ließen aber den Zeitpunkt der Bestrafung offen. Sie konnte auch erst im Jenseits beim jüngsten Gericht erfolgen. Auf diese Art und Weise, konnte man jedes Unglück, das einen Menschen irgendwann traf, als Strafe Gottes interpretieren. Das war natürlich ein Zeichen von Falschheit und Tücke, was der Herzog von Burgund keineswegs guthieß. Nun kann man alle Glaubenslehren als etwas persönliches tolerieren, jeder kann nach seiner Fasson selig werden, aber als Grundlage eines Staates oder als Richtschnur staatlichen Handeln taugen sie nicht. Das schließt aber nicht aus, daß einige Glaubensgrundsätze durchaus vernünftig sind und in der staatlichen Verfassung berücksichtigt werden können. Deshalb verwarf der Kaiser das Christentum ja auch nicht."

Sie nahm einen großen Schluck Wein.

„Nun habe ich aber genug geredet", meinte sie dann, „jetzt bist du an der Reihe. Heute nachmittag waren wir bei Martin Luther stehen geblieben. Wie ging es dann in eurer Welt weiter?"

Ich begann zu erzählen. Ilse schien nun doch etwas müde. Sie hörte nur zu, unterbrach mich aber kaum. Es ging schon auf ein Uhr zu als wir uns verabschiedeten und uns zur Ruhe begaben, verabredeten vorher noch uns am Morgen um neun Uhr zum Frühstück zu treffen.

„Ein schöner Tag heute", begann Ilse als wir zusammensaßen, „es ist Sonnenschein bis zum Abend vorhergesagt. Es ist viel zu schade, auf der Terrasse im Schaukelstuhl herumzusitzen. Ich möchte wandern. Du kommst doch mit?"

„Natürlich", antwortete ich, „du hast doch sicher ein bestimmtes Ziel vor Augen. Wohin soll es denn gehen?"

„Ich kenne da ein schönes Ausflugslokal oben auf der Höhe. Es wird allerdings eine längere Tour. Etwa vier Stunden werden wir schon unterwegs sein."

„Das ist nicht allzu viel."

„Ich meine natürlich die einfache Strecke."

„Das ist mir schon klar. Vier Stunden sagtest du? Ich kenne da auch ein Ausflugslokal oben auf der Höhe; es heißt bei uns Karlshöhe. Dort steht auch ein ehemaliges Jagdschloß der Fürsten von Wertheim-Löwenstein."

„Ein Jagdschloß steht dort auch. Es gehörte aber dem Bischof von Wirzaburg, fiel nach dessen Enteignung an die Grafen von Rotenuelse."

„Das ist ein schönes Ziel, aber wir sollten bald aufbrechen. Es wird ja bereits gegen halb sieben dunkel."

„Wir brauchen natürlich nicht zurückzulaufen. Mein Fahrer wird uns dort oben abholen."

Wir liefen bald los. Auf der Höhe wirkte alles irgendwie vertraut. Lediglich das Forsthaus Neubau fehlte. Ich bemerkte es Ilse gegenüber.

„Ich habe mir oft überlegt, ob das nicht ein guter Ruhesitz wäre, so abgelegen, ein idealer Ort zum Nachdenken und Schreiben, besonders im Winter, wenn man eventuell wochenlang eingeschneit ist, man keinen Menschen sieht, nur Wildschweine, die den Schnee wegscharren um an die Kastanien zu kommen."

„Wäre dir das nicht zu einsam auf Dauer?"

„Keineswegs. Ich liebe die Einsamkeit."

Gegen zwei Uhr erreichten wir die Waldgaststätte. Trotz des schönen Wetters waren an diesem Samstag nur ein paar Wanderer unterwegs. Es herrschte wenig Betrieb. Wir ließen uns auf einer Bank in der Sonne nieder, nachdem wir uns an der Theke ein Getränk besorgt hatten. Einige Zeit später kamen ein paar Waldarbeiter, stärkten sich nach der Arbeit. Sie hielten sich allerdings nicht lange, fuhren bald in einem alten Kleinbus die Forststraße in Richtung Tal.

„Wir haben uns bereits gestern lange über Religion unterhalten", begann Ilse das Gespräch, „ich möchte aber trotzdem auf einen Punkt zurückkommen und wissen, wie ihr darüber denkt, ich hoffe, ich langweile dich nicht. Es betrifft die Göttlichkeit Jesu."

Ich zog die Stirn etwas kraus.

„Ich denke, ich kann dir da keine konkrete Auskunft geben. Ich habe mir zwar meine Gedanken darüber gemacht, mich ansonsten aber nicht so sehr mit dem Thema beschäftigt. Es wird viel darüber geschrieben, ich kenne all die Werke aber nicht. Ich kann dir also bestenfalls meine Ansicht darlegen, die ist aber sozusagen nicht offiziell. Jesus gilt in der Christenheit als 'Gottes Sohn', was immer das genau bedeuten mag. Ist er wirklich Gottes leiblicher Sohn oder nur sein symbolischer Sohn ? Beide Deutungen sind meiner Ansicht nach aus den Evangelien herauszulesen."

„Ja, mit den Evangelien ist das so eine Sache. Über Jesu Geburt berichten nur Matthäus und Lukas, aber bereits da widersprechen sie sich."

„Ich weiß, es gibt ja auch Zweifel, ob Jesus überhaupt existiert hat, zumindest als die in den Evangelien dargestellte Person."

Ilse lächelte.

„Es gibt da einen ausführlichen Bericht über die jüdische Geschichte von der Zeit der Makkabäer bis zum Ende des großen Aufstandes und der Eroberung und Zerstörung Jerusalems und des Tempels durch Titus."

„Du meinst sicher das Werk des Flavius Josephus über den judäischen Krieg ?"

„Genau. Kennst du es ?"

„Ich habe es gelesen."

„Dann weißt du sicher, daß Jesus darin nicht erwähnt wird. Und das ist doch seltsam, denn als Flavius Josephus sein Werk schrieb, waren die Christen bereits eine bedeutende Gruppe im römischen Reich. Warum erwähnt er dann Jesus nicht ?"

„Ich habe auch darüber nachgedacht. Es könnte sein, daß er Jesu Wirken und seine Kreuzigung für ein so unbedeutendes Ereignis hielt, daß er es nicht für notwendig ansah es zu erwähnen. Aber das erscheint mir nicht sehr einleuchtend. Es könnte daher sein, daß die Geschehnisse völlig anders abliefen als im Neuen Testament berichtet und man es daher für notwendig hielt, den Bericht darüber aus dem Werk des Flavius Josephus zu streichen. Die älteste erhaltene Abshrift stammt ja auch, wenn ich mich recht erinnere, aus dem fünften Jahrhundert, also einer Zeit, in welcher das Christentum bereits dominierte."

„Du meinst also, die Geschichte ist gefälscht."

„Ich ziehe es als Möglichkeit in Betracht. Es wäre ja auch nichts Ungewöhnliches."

Ilse zog die Stirn kraus.

„Das ziehe ich auch in Betracht. Es ist aber auch so: eine direkte Bezeichnung von Jesus als Gottes Sohn findet sich nur bei der Taufe durch Johannes. Da heißt es bei Mattäus, Markus und Lukas, nach der Taufe und dem Empfang des heiligen Geistes in Form einer Taube, sei eine Stimme aus dem Himmel erklungen, die gesagt habe 'du bist mein lieber Sohn, an dem ich Wohlgefallen habe'. Der genaue Wortlaut variiert etwas. Bei Johannes findet man eine völlig andere Darstellung: die Taufe wird nicht konkret erwähnt, die Stimme aus dem Himmel auch nicht. Es heißt nur, daß Johannes bezeugt habe, daß Jesus den heiligen Geist erfahren habe und Gottes Sohn sei. Meine Ansicht ist, daß man an ein genetisches Vater – Sohn – Verhältnis zwischen Gott und Jesus nicht glauben muß, eher an ein symbolisches. Gott wird als der Schöpfer als der Vater aller Menschen angesehen und Jesus ist ein besonderer, auserwählter Mensch, der Gottes Geist und vielleicht auch einige göttliche Gaben empfangen hat, anders ausgedrückt, von Gott verliehen bekam um die Menschen zu lehren. Aber dadurch erlangte Jesus noch keine Göttlichkeit. Er blieb ein sterblicher Mensch. Das zeigt seine Leidensgeschichte und seine Kreuzigung. Das muß man keineswegs als ein Opfer zur Versöhnung der Menschen mit Gott sehen, sondern als eine Demonstration von Gottes Allmacht. Gott überantwortet Jesus dem Tod und damit zu zeigen, daß Jesus trotz aller göttlich erscheinender Attribute eben kein a priori unsterblicher Gott, sondern nur ein Mensch ist. Und alle Menschen sind zunächst einmal dem Tod ausgeliefert. Es steht allerdings in Gottes Macht, die Toten wieder zum Leben zu erwecken und ihnen dann Unsterblichkeit zu verleihen. Allerdings müssen sie vorher sterben. Damit du mich nicht falsch verstehst. Ich gebe hier nur gewisse Ansichten wieder, was aber nicht bedeutet, daß ich sie teile."

„Ich verstehe, aber das wirkt recht merkwürdig und gekünstelt. Gott könnte doch auch von vornherein den Menschen oder zumindest einzelnen Menschen Unsterblichkeit verleihen", gab ich nun zu bedenken.

„Diesen Einwand kann man nicht von der Hand weisen, allerdings hat er es bisher noch nicht getan. Wir können natürlich nicht über Gottes Handlungsweise spekulieren, aber vielleicht, ich sage das jetzt als Laie, ist es so, daß Unsterblichkeit nicht von vornherein als eine Art Attribut von Göttlichkeit verliehen wird und Gott verhindern will, daß eines seiner Geschöpfe ihm gleichgesetzt wird."

„Das klingt einleuchtend."

„Die Dreieinigkeit existiert nicht: Gott, Jesus und der heilige Geist sind nicht wesensgleich; Gott ist der Herr, Jesus ist sein Auserwählter und der heilige Geist ist das Medium, mit dem Gott die Erleuchtung, seinen Geist übertragen kann und auch überträgt, in dem Maße wie Gott sie dem Einzelnen zubilligt, dem einen mehr, dem anderen weniger. Nach Tod und Auferstehung nimmt Gott Jesus in den Himmel auf, nachdem er seine irdische Mission erfüllt hatte."

Sie unterbrach kurz ihre Rede.

„Ach, ich habe jetzt Lust auf ein Stück Kuchen einen Kaffee", fuhr sie dann fort, „magst du auch etwas?"

„Gerne."

Ich erhob mich um zur Theke zu laufen.

„Ach, laß nur", wehrte sie ab, „ich werde gehen. Du bist mein Gast."

Ich grinste.

„Von einer Ministerin bedient zu werden, das hätte ich mir ja jetzt nicht träumen lassen", dachte ich.

Nach ihrer Rückkehr verzehrten wir den Kuchen. Dann nahm ich das Gespräch wieder auf.

„Ich sehe das so: Gott gab den Menschen Verstand um seine Worte, seine Offenbarungen zu verstehen. Er gibt uns die Freiheit sie zu befolgen oder zu mißachten. Gott verlangt keinen absoluten Gehorsam, der Mensch besitzt ein großes Maß an Entscheidungsfreiheit. Gott greift nicht in das Leben der Menschen ein, belohnt nicht, bestraft nicht. Die Kirchenlehrer versuchten das zu kaschieren. Sie lehrten, Gott behalte es sich vor im irdischen Leben zu belohnen oder zu bestrafen. Es ist aber nun nicht so, daß Gott gute Taten unmittelbar belohnt und böse Sünden unmittelbar bestraft, daher können wir auch nicht wissen, ob Glück oder Unglück das Ergebnis von Belohnung oder Bestrafung sind oder lediglich Zufälle. Da wir Gottes Pläne nicht kennen, erübrigt sich es daher auch darüber zu spekulieren. Jeder darf sich deshalb nach eigenem Gutdünken im irdischen Leben einrichten, muß sich aber dann am Tag des jüngsten Gerichtes, falls es das überhaupt gibt, für seine Taten verantworten. Dann zählen nur die guten und die schlechten Taten. Wer glaubt, aufgrund eines armseligen irdischen

Lebens einen besseren, einen besonderen, ausgezeichneten Platz im Paradies zu haben, der irrt. Solche Lehren waren stets nur das Gerede der Pfaffen um dem Volk seine Ausplünderung schmackhaft zu machen."
„Das siehe ich auch so. Unter dieser Sichtweise war es richtig, daß die göttliche Lehre und die staatliche Lehre oder auch die göttliche Ordnung und die staatliche Ordnung getrennt wurden. Religion bedeutet die Auseinandersetzung des einzelnen mit Gott. Jeder Mensch muß sich persönlich mit Gott auseinandersetzen. Und dabei ist der Mensch nicht der Institution der Kirche gegenüber verantwortlich, sondern nur Gott. Die Kirche hat dabei nur eine 'Koordinierungsfunktion'; sie sammelt Gottes Offenbarungen, verkündet Gottes Wort und Gottes Gebote. Sie hat aber nicht das Recht deren Einhaltung zu überwachen und Verstöße zu sanktionieren."
Sie nahm einen Schluck Kaffee.
„Diese Ansicht vertrat auch Karl VI, gab sie ihm doch die Möglichkeit, die Religion zu erhalten, den Glauben aber zu einer persönlichen Angelegenheit zu machen, modern ausgedrückt, zu einer Privatsache. Damit war die Grundlage zur Entmachtung der Kirchen gelegt. Die staatliche Ordnung dagegen soll das irdische Leben regulieren, das Funktionieren der Gemeinschaft garantieren. Sie soll die Rechte und Pflichten der innerhalb der Grenzen des Staates lebenden Menschen durch Gesetze festlegen und die Einhaltung der Gesetze überwachen. Sie soll auch das Zusammenleben der Menschen innerhalb der Grenzen des staatlichen Lebens regeln, die Menschen vor Verbrechen schützen, den Schwachen Schutz vor Übergriffen der Starken und den Beherrschten vor Übergriffen der Herrschenden gewähren. Sie hat ferner dafür Sorge zu tragen, daß jeder, der sich redlich bemüht, auch sein Auskommen findet. Sie soll fernerhin das natürliche Recht auf Eigentum schützen, aber auch dessen Mißbrauch zum Schaden anderer verhindern. Sie muß fernerhin die Gepflogenheiten des Warenhandels regulieren und so weiter. Jesu Lehren, Böses mit Gutem zu vergelten und jemandem, der einen auf die linke Backe schlägt auch noch die rechte hinzuhalten, führen in einer Gesellschaft zu Chaos und Anarchie. Diese Lehren hatten in den fast siebzehn Jahrhunderten seit ihrer Verkündung nicht als Basis für eine staatliche Ordnung funktioniert und es gab keinen Grund anzunehmen, daß sie in absehbarer Zukunft funktionieren würden. Es galt aber auch den Adel zu entmachten, ihn unter die staatliche Ordnung zu zwingen. Die bisherige geschichtliche Entwicklung hatte zur Bildung zahlreicher Fürstentümer, Herzogtümer, Markgrafschaften und so weiter

geführt. Und die Fürsten hatten sich angewöhnt, ihre Streitereien mittels Kriegszügen auszutragen, waren sie durch persönliche Feindschaften, den Ehrgeiz, den eigenen Machtbereich zu erweitern oder Erbschaftsstreitereien bedingt. Diese Kriegszüge verheerten oft die Ländereien, gingen wesentlich zu Lasten des einfachen Volkes. Diese Zustände mußten beendet werden. Hinzu kam, daß der Staat die Bewohner vor Übergriffen benachbarter Staaten schützen mußte, weshalb eine starke Armee benötigt wurde. Der staatlichen Ordnung konnte man natürlich, soweit sinnvoll, Gottes Gebote zugrunde legen, ohne sie allerdings zum ausschließlichen Prinzip der staatlichen Ordnung zu machen. Die Zehn Gebote waren dabei schon eine gute Grundlage. Damit wurde die christliche Lehre zwar zu einer Basis der staatlichen Ordnung, aber nicht zur einzigen und wie sich im Laufe der Zeit ergab, auch nicht zur tragenden. Es erwies sich als notwendig, die staatliche Ordnung auch gesellschaftlichen, wirtschaftlichen, technischen und auch geistigen, ich meine damit Änderungen in der Denkweise der Menschen, Veränderungen anzupassen, während die christlichen Regeln als unveränderlich angesehen wurden."

„Dem kann ich nur beipflichten. Ein Staat ist eben nicht ein Zusammenschluß völlig gleicher Menschen. Es gibt und es wird sie immer geben, die Menschen von unterschiedlichem Verstand, unterschiedlicher Tüchtigkeit und unterschiedlicher Denkweise, sei sie nun bedingt durch Herkunft, sozialen Status oder Bildung. Es scheint mir auch unmöglich zu sein, alle Menschen durch geeignete Erziehungsmaßnahmen zu gleichen Wesen zu machen. Das ist auch im Hinblick auf das Funktionieren des Staates gar nicht erwünscht. Völlige Gleichheit führt auch zum Verlust zu selbständigem Denken, dem Verlust zu selbständigem und verantwortungsvollem Handeln und auch zum Erlöschen der Unternehmungslust. Sie führt auch zum Verlust der Tüchtigkeit und der Kreativität. Sie würde nur eine gleichförmige Masse, die sich beliebig steuern läßt, hervorbringen, die man durchaus als degeneriert bezeichnen kann."

Ich trank die Tasse leer.
„Reden macht durstig", meinte ich jetzt, „ich hole mir noch etwas zu trinken, soll ich dir etwas mitbringen."
„Eine Limonade wäre nicht schlecht."
Ich brachte das Geschirr zurück, holte die Getränke.
„Jetzt haben wir lange über Religion geredet, doch Kultur besteht aus mehr.

Wie sieht es in deiner Welt mit Musik und Literatur aus ?"
Ich begann zu erzählen. Irgendwann unterbrach sie mich.
„Ich will nicht unhöflich sein, aber es ist bereits halb sechs. Ich muß jetzt
meinen Fahrer anrufen, damit er uns abholt."

Zum Abendessen trafen wir uns wieder um acht Uhr. Wir waren heute
allerdings alleine im Saal. Wir redeten trotzdem wenig während wir
speisten, Ilse war der Ansicht, am Kamin könne man entspannter plaudern
und wir hätten ja Zeit.
„Wir haben bisher ausführliche Gespräche über Geschichte und Religion
geführt, auch ein wenig über Literatur und Wissenschaft geplaudert, aber
noch weiß ich wenig über den Stand der Naturwissenschaft und der
Technik in eurer Welt. In einigen Sachen seid ihr uns vermutlich um einige
Jahre voraus, in anderen einige Jahre zurück, das ist nicht verwunderlich.
Aber im Großen und Ganzen scheint das technische Niveau wohl unserem
gleich zu sein, wenn ich das einmal so ausdrücken darf", begann sie das
Gespräch, nachdem wir uns am Kamin niedergelassen hatten.
Ich berichtete. Sie hörte aufmerksam zu.
„Was die Elektrizitätserzeugung betrifft", meinte sie schließlich, „so ist
unsere Technik ähnlich wie die, welche in eurem Frankreich angewendet
wird, in eurem Deutschland scheint allerdings ein ziemliches Chaos zu
herrschen. Habt ihr denn eigentlich keine Politiker, die vernünftig handeln,
sondern nur solche, die auf öffentlich erzeugte Panikmache und Hysterie
reagieren ?"
Sie lachte.
„Vielleicht sind viele sogar selbst hysterisch. Bei uns jedenfalls erfolgt die
Elektrizitätserzeugung fast ausschließlich durch Nutzung der bei der Atomkernspaltung freiwerdenden Energie, sie hießen daher 'Atomkernkraft-
werke'. Die Geschichte der Nutzung verlief aber etwas anders. Der Effekt
der Atomkernspaltung wurde bereits 1929 an der Goldner - Universität
Frankinfort von einen Chemiker namens Wolfgang Gockel entdeckt. Er
blieb aber, abgesehen von einigen theoretischen Arbeiten, über mehr als
zwanzig Jahre eher unbeachtet. Niemand glaubte damals, daß dieser
physikalische Effekt jemals einen technischen Nutzen haben könnte. Erst
1953 gelang es dem Italiener Enrico Fermi an der Universität in Rom
einen kleinen Reaktor zu bauen, in dem er eine kontrollierte Kettenreaktion
in Gang setzte."

Ich erstaunte etwas, denn der Name war zwar mit dem jenes Physikers identisch, der auch in unserer Welt den ersten Kernreaktor gebaut hatte, aber das war bereits 1942 in Chicago geschehen. Aufgrund der anderen politischen Verhältnisse war er wohl in dieser Welt nicht nach Amerika emigriert, hatte offenbar über viele Jahre hinweg auch andere Arbeiten gemacht. Ich hatte mir nach dem Gespräch vorgenommen, bei Gelegenheit Näheres in Erfahrung zu bringen, war aber aufgrund meiner Rückkehr in unsere Welt nicht mehr dazu gekommen.

„Die ersten auf diesem Prinzip beruhenden Kraftwerke entstanden fünfzehn Jahre später und ersetzten dann nach und nach die alten mit Kohle befeuerten Kraftwerke", fuhr sie fort, „als 'Brennstoff' verwendete man nicht mehr wie anfänglich das Element 'Thium' (in unserer Welt 'Uran'), sondern 'Odinium' (in unserer Welt 'Plutonium'), das in speziellen Reaktoren aus 'Thium' erbrütet wurde. Der sichere Betrieb der Reaktoren, die Gewinnung des Brennstoffs, die Aufarbeitung der abgebrannten Brennstäbe und die sichere Langzeitlagerung der hochradioaktiven Reststoffe, die erhebliche Schäden anrichten, wenn sie in die Umwelt gelangen, erfordern natürlich eine aufwendige Technik. Wir mußten sehr viel Geld investieren um den Standard zu erreichen, der einen sicheren Betrieb gewährleist. Auch mußte sehr viel in die Ausbildung des Personals investiert werden, denn die Menschen, die dort arbeiten, müssen sich ihrer Verantwortung gegenüber ihren Mitmenschen und der Umwelt bewußt sein. Nachlässigkeit und Schlamperei kann da nicht geduldet werden. Wer seine Arbeit nicht ordentlich durchführt oder gegen Sicherheitsbestimmungen verstößt, der wird sofort entlassen. Da ist man knallhart. Aber es hat sich gelohnt. Wir haben damit bisher nur gute Erfahrungen gemacht. Auch die Abwärme der Reaktoren wird genutzt, zur Heizung von Wohnungen und als Prozeßwärme für die Industrie. Elektrizität ist unser Hauptenergieträger, auch die meisten Kraftfahrzeuge werden elektrisch angetrieben. Wir vermeiden damit natürlich großteils die Verbrennung von Kohle, Öl und Gas. Sie dienen als wertvolle Rohstoffe für die Industrie, sind auf der Erde nur in begrenztem Maße verfügbar, und es wäre daher idiotisch, sie zu verfeuern. Und außerdem, Öl wird nur in geringem Maße im Fränkischen Reich gefördert, muß daher für teures Geld importiert werden."

Die dumpfe Angst vor dem 'Atom', die in unserer Welt so präsent ist und von gewissen Kreisen zur Verunsicherung der Menschen gezielt verbreitet wird, gab es in dieser Welt nicht. Das lag vermutlich auch daran, daß ich bisher nirgends etwas über Atomwaffen gelesen hatte, was mich verwunderte. Mir schien das Thema daher etwas heikel, da ich keine 'schlafenden Hunde' wecken wollte. Ich hatte es deswegen in den Unterhaltungen mit Robert, Margarethe und anderen bisher nicht angesprochen. Nun überwog aber die Neugier. Ich faßte mir ein Herz.

„Du hast mir jetzt einiges über eure Nutzung der bei der Atomkernspaltung freiwerdenden Energie erzählt; das ist mir natürlich auch alles aus unserer Welt her bekannt. Aber ich habe bei meinen Recherchen im Informationsnetz kein Wort über eine militärische Anwendung gelesen. Ohne Einsatz von Moderatoren erreicht man doch ein explosionsartiges Anwachsen der Kettenreaktion und die Freisetzung gewaltiger Energien innerhalb von Millisekunden."

„Ach, du meinst die Thium-Bombe", lachte Ilse, „auf solch eine Idee sind wir auch gekommen. Es gab da einige Diskussionen unter den Wissenschaftlern, von denen natürlich auch die Staatsführungen Kenntnis erhielten. Am Ende berief man dann eine große Konferenz der Großmächte ein, auf der das Thema behandelt wurde. Sie fand 1960 in Rom statt. Es wurde aufgezeigt, welche Energien dabei frei gesetzt werden und welche Zerstörungen sie anrichten. Eine einzige dieser Bomben kann eine ganze Stadt auslöschen ! Das war aber nicht der einzige Punkt und auch nicht der entscheidende. Man zeigte nämlich auch auf, daß bei der Explosion hochradioaktive Spaltprodukte erzeugt und hoch in die Atmosphäre geschleudert werden, die sich dann mit Höhenströmungen über die ganze Erde verteilen und selbst in den fernsten Ländern noch Menschen schädigen und Krankheiten auslösen können. Es gab dann noch mehr Horrorszenarien, ob die alle zutreffend sind, weiß ich nicht, aber die Staatsführer erschreckten sie. Eine Befürchtung war, daß durch die gewaltigen Explosionen, man ging ja immer davon aus, daß in einem Krieg beide Mächte diese Waffen in größeren Ausmaß einsetzten, gewaltige Mengen von Staub in die Atmosphäre hochgeschleudert werden, die sich dann auch über die ganze Erde verteilen, einige Jahre in der Atmosphäre verbleiben und die Einstrahlung des Sonnenlichtes reduzieren, so daß es auf der Erde insgesamt kuhler werden würde, was dann Mißernten und Hungersnöte zur Folge hätte. Einer stellte sogar die These auf, durch die gewaltigen Temperaturen, die bei der Explosion entstehen, könnte der Sauerstoff der Erdatmosphäre zu einer gewaltigen Reaktion gebracht werden und eine Stichflamme, die alles Leben auslöscht, würde um die Erde laufen. Diese Aussichten riefen natürlich Entsetzen nicht nur unter den Staatsmännern, sondern auch in der Weltöffentlichkeit hervor. Daher schlossen die Großmächte einen Vertrag, daß sie auf die Entwicklung einer derartigen Waffe verzichten und sie verpflichteten sich gemeinsam gegen Staaten vorzugehen, die dennoch solche Waffen entwickeln. Die Verhandlungen zogen sich einige Zeit hin, die Amerikaner wollten anfangs nicht mitmachen, aber nachdem dann ein vernünftiger Präsident an die Regierung gekommen war, waren sie auch bereit den Vertrag zu unterzeichnen. Bis heute haben sich auch alle daran gehalten."

„In unserer Welt gibt es solche Waffen. Die Amerikaner haben sie als erste gebaut und auch im Krieg gegen Japan eingesetzt. Die ersten Bomben waren noch recht schwach, reichten aber aus um Großstadt zu vernichten."

Es war mittlerweile bereits halb drei, wir waren müde, tranken den Rest Wein, der sich noch in der Flasche befand, begaben uns dann zur Ruhe.

Entsprechend trafen wir uns dann am Sonntag morgen erst um zehn Uhr zum Frühstück.

„Wir werden heute nicht allzu lange diskutieren können", sagte Ilse, „da ich heute nachmittag spätestens um vier Uhr nach Maynce zurückfahren muß. Aber für einen längeren Spaziergang reicht es allemal noch."

Wir brachen bald auf.

„In unserer Welt bereitet gegenwärtig die Klimaänderung das große Problem. Der hohe Kohlendioxidausstoß bei der Verbrennung von Kohle, Mineralöl, Gas oder Holz führt zu einem stetigen Anstieg des Kohlendioxidgehaltes in der Atmosphäre und damit zu einer erhöhten Rückhaltung der von der Erde abgestrahlten Wärmestrahlung in der Atmosphäre, was den so genannten Treibhauseffekt ansteigen läßt, der zu einer Erhöhung der mittleren Temperatur führt. Zahlreiche Wissenschaftler bestreiten das natürlich. Sie argumentieren, daß bereits bei der heutigen Kohlendioxidkonzentration die gesamte im Absorptionsbereich des Kohlendioxidmoleküls emittierte Strahlung absorbiert wird, eine Erhöhung der Konzentration also keinen nennenswerten Beitrag zu einer Temperaturerhöhung leisten kann. Der Streit darüber ist mittlerweile zu einem Glaubenskrieg geworden. Ich habe allerdings bisher noch keine wissenschaftlich fundierten Arbeiten, experimenteller oder theorteischer Art über die Auswirkungen einer höheren Kohlendioxidkonzentration finden können. Ich sage daher in Gesprächen oft leicht ironisch, 'je trüber das Wasser, desto besser kann man

112

darin fischen'. Gibt es eigentlich in eurer Welt seriöse Arbeiten darüber ?"
Ilse lachte, schüttelte den Kopf.
„Es gibt einige Arbeiten. Ich kann sie dir zukommen lassen, wenn dich das interessiert."
„Ja, das wäre fein. Und es existieren die schlimmsten Horrorszenarien, um nur das Abschmelzen der Polkappen und damit den Anstieg des Meeresspiegels um etwa hundert Meter zu nennen. Dann würden wir hier an der Küste leben und Darmundium würde zur Hafenstadt."
„Solche Szenarien sind uns nicht bekannt."
„Daher setzt man bei jetzt die so genannten erneuerbaren Energie, Windkraftanlagen oder Solarzellen."
„Was soll das bringen ? Das ist viel zu aufwendig und teuer. Wir setzen das nur in abgelegenen Gegenden für Objekte mit geringem Strombedarf ein. Ihr solltet mehr die Energie aus der Atomkernspaltung nutzen. Ich habe, ehrlich gesagt, nicht verstanden, warum ihr sie in eurem Deutschland so vehement ablehnt."
„Das liegt daran, weil die Menschen Angst haben."
„Angst ?"
„Das ist eben wie bei einer Religion. Dort schürt man dumpfe Ängste vor der Hölle und hier schürt man dumpfe Ängste vor dem Atom. Und die Wissenschaftler haben uns da auch einen Bärendienst erwiesen. Bei uns heißt das Element Odinium Plutonium, benannt nach dem schrecklichen griechischen Gott des Totenreiches, des Herrn der Hölle wenn man so will."
„Pluton war aber auch der Gott des Reichstums, der Schätze der Tiefe. Aber bei mehreren Bedeutungen sucht man sich ja immer diejenige aus, die am besten in die Argumentationskette paßt."
„Wie dem auch sei. Die dumpfen Ängste wurden den Menschen lange genug von gewissen politischen Kreisen eingeimpft; es heißt, die Kraftwerke könnten explodieren, der Reaktorkern könne schmelzen und erhebliche Mengen radioaktiver Partikel könnten emittiert werden und ganze Landstriche unbewohnbar machen. Außerdem sei nicht geklärt, was mit dem entstehenden radioaktiven Abfall geschehen soll, der notwendigerweise anfällt. Deswegen will man alle Kernkraftwerke, wie man sie bei uns nennt, stilllegen."
Sie schaute mich scheel an.
„Was habt ihr eigentlich für unfähige Ingenieure ? Bei uns sind alle diese

113

Probleme schon längst gelöst. Das habe ich dir doch gestern abend ganz deutlich dargelegt."

„Da muß ich unsere Ingenieure verteidigen. Die haben gute Arbeit geleistet und all diese Probleme auch gelöst. Es sind die Politiker, die dies nicht anerkennen und alles schlechtreden."

„Ich war natürlich noch nicht fertig mit meinem Bericht. Alternativ zum Elektroantrieb für die Straßenfahrzeuge werden mittlerweile auch Wasserstoffmotore eingesetzt. Das ist wegen der Knallgasbildung technisch aufwendiger als Elektroantrieb. Fahrzeuge mit mineralölbetriebenen Motoren gibt es kaum noch. Nur noch ein paar alte. Hergestellt wird der Wasserstoff durch Zersetzung von Wasser. Die hierfür notwendige Energie liefert die Abwärme spezieller Kernspaltungsreaktoren, die hier bei uns 'Hochtemperaturreaktoren' heißen."

„Ein solcher Reaktor wurde bei uns auch gebaut, aber nie in Betrieb genommen."

„Was habt ihr denn für dumme Politiker?"

Wir liefen ein Weile schweigend nebeneinander her.

„Das Problem einer möglichen Klimaänderung wird bei uns mittlerweile ebenfalls diskutiert. Und wir registrieren auch seit einigen Jahrzehnten einen leichten Anstieg der mittleren Jahrestemperatur. Aber wir verdammen nicht das Kohlendioxid im dem Maße wie ihr es tut. Unsere Wissenschaftler haben berechnet, daß die Kohlendioxiderhöhung maximal zehn Prozent zu der Temperturerhöhung von etwa einem halben Grad in den letzten dreißig Jahren beiträgt. Aber Kohlendioxidausstoß ist für uns ohnehin kein Problem, da wir kaum noch fossile Brennstoffe nutzen."

„Bei uns ist es eben das große Thema. Und mit dem Glauben an die Klimawirksamkeit weiterer Kohlendioxidemission verhält es sich genauso wie mit dem Glauben an Gott. Peitscht man ihn den Menschen lange genug ein, dann nehmen sie es als Wahrheit hin."

Ich lachte.

„Und man handelt auch so. Die Kirche brandmarkte alle als Ketzer, die ihre Lehre anzweifelten. Der heutige Staat brandmarkt alle als Volksverhetzer, die die offiziellen Staatslehren anzweifeln. Sie werden zwar nicht mehr auf dem Scheiterhaufen verbrannt, sondern fallen der sozialen Ächtung anheim. Und wenn man ihnen etwas strafrechtlich Relevantes anhängen kann, dann landen sie im Gefängnis."

„Dann wäre es ja besser wenn du bei uns bleibst. Ich könnte einen Mann

114

wie dich im Ministerium gebrauchen. Aber nicht als kleinen Angestellten. Es sollte schon der Posten eines Staatssekretärs sein. Den kann ich allerdings nicht eigenmächtig vergeben, das muß der Ministerrat genehmigen. Aber ich werde mich schon durchsetzen. Du hast doch Interesse ? Du suchst doch sicher auch eine Stellung ?"

„Ja, schon. Ich habe alledings auch von den Aktivitäten in Caen gehört. Da möchte ich mich ein bißchen an der Forschung beteiligen. Ich denke, ich kann da Nützliches beitragen."

„Ein Physiker im Ministerium für Kultur und Wissenschaft, der ein bißchen Wissenschaft betreiben will. Das sollte kein Problem sein."

„Das hört sich gut an. Aber das liegt ja alles nicht in meiner Hand. Ich weiß ja gar nicht, ob ich auf Dauer in eurer Welt bleiben kann."

Wir fuhren zurück. Ich erzählte dann abends Margarethe von den Gesprächen. Ich ging natürlich sehr vorsichtig vor, vermied es, die Ministerin, die mich, ehrlich gesagt, fasziniert hatte, öfter zu erwähnen als unbedingt notwendig, um in Margarethe keine Eifersuchtsgefühle zu erzeugen. Ich teilte ihr natürlich auch mit, daß ich ein, wenn gegenwärtig noch vages, Angebot für einen Staatssekretärsposten erhalten hatte.

„Irgendeine Stellung, auf der ich nützliche Arbeit verrichten kann, brauche ich ja", schloß ich meine Rede, „Diskussionsrunden im Fernsehen und das Schreiben von Artikeln für irgendwelche Magazine sind auf die Dauer keine angemessene Beschäftigung für mich. Und Maynce ist nicht so weit weg, da kann ich hier wohnen bleiben."

Die letzten Worte brachten Margarethe zum Strahlen.

Später im Bett überdachte ich meine Situation. Es entwickelte sich alles nicht schlecht, ich hatte das Gefühl, mich in die neue Umgebung recht schnell einzugewöhnen und von den Menschen akzeptiert zu werden.

Nach meiner Rückkehr bedauerte ich oft, daß ich nicht über einen längeren Zeitraum hinweg dort verweilen konnte. Sechs Wochen waren viel zu kurz. Und im Grunde fand ich in der Zeit auch gar keine Ruhe. Ich stand ständig unter Strom, mußte ständig neue Dinge aufnehmen. Ich stand ja auch im Mittelpunkt des Interesses, mußte Information liefern. Und so fehlte mir natürlich die Zeit um mehr Information über dies Welt zu sammeln.

Mehr Muße hätte mir gut getan.

14. Wanderer durch die Welten

Es war ein sonniger, warmer Herbsttag. Die Ferien waren bereits eineinhalb Wochen zu Ende und Margarethe unternahm mit ihrer Klasse einen Tagesausflug. Ihre Rückkehr war erst für den Abend zu erwarten. Ich beschloß daher bereits am Vormittag mit der Bahn nach Darmundium zu fahren und mir die Stadt ein bißchen näher anzuschauen. Ich schlenderte durch die Straßen, photographierte fleißig. Am frühen Nachmittag suchte ich dann ein Straßencafe auf, bestellte meiner Gewohnheit entsprechend einen doppelten Espresso und ein Stück Torte. Am Nebentisch saß eine Frau mittleren Alters. Sie blickte ernst vor sich hin, was aber ihrem hübschen Gesicht keinen Abbruch tat. Ich nickte ihr freundlich zu, grüßte. Ihre Miene hellte sich auf, sie grüßte zurück. Unvermittelt fragte ich daher, ob sie nicht Lust habe ein bißchen mit mir zu plaudern. Das mochte etwas ungewöhnlich erscheinen, da in unserer Gesellschaft ein solches Verhalten bereits als Belästigung ausgelegt werden könnte. In dieser Welt aber war ein freundlicher, ungezwungener Umgang der Menschen miteinander üblich. Dies hatte ich bisher zur Genüge erfahren.

„Das wäre fein", antwortete sie.

„Gut, dann werde ich mich zu Ihnen setzen."

Ich wechselte den Platz. Ich stellte mich vor, sagte dann, daß ich zu Besuch hier sei und die Stadt besichtige. Sie hieß Lara Wagner, sagte, sie sei Politikerin, sei Abgeordnete der 'Sozialistischen Union' im Parlament. Wir begannen nun ein kleines, unverbindliches Gespräch. Ich wollte natürlich nicht meine Herkunft verraten und sie schwieg sich auch über ihre persönlichen Verhältnisse und ihre Arbeit aus. Allerdings erschien sie mir bald recht merkwürdig. Sie war eher schweigsam, hörte meist zu. Ich hatte nun mittlerweile einiges über die politischen Verhältnisse im Fränkischen Reich erfahren, sprach auch einige Begebenheiten der jüngeren Zeit an, doch sie ging auf meine Rede nicht oder nur sehr ausweichend ein und ich gewann bald den Eindruck, daß sie offenbar nicht so recht über die politische Struktur des Landes Bescheid wußte, was nicht zu einer Parlamentsabgeordneten paßte. Wir mochten etwa eine Stunde zusammengesessen haben als ein Mann zu unserem Tisch herantrat und die Frau mit den Worten begrüßte.

„Tut mir leid, daß ich Sie habe warten lassen, aber die Besprechung hat doch länger gedauert als ich angenommen hatte. Ich kann auch nicht lange bleiben, denn ich habe noch ein Treffen. Aber ich sehe, Sie haben bereits Gesellschaft gefunden."

Dann nahm er auf einem der beiden noch freien Stühle Platz, winkte der Kellnerin, bestellte einen Kaffee. Erst dann wandte er sich mir zu.

„Entschuldigen Sie, aber man begrüßt eben Damen zuerst. Ich heiße Frieder Williams."

Ich stellte mich auch vor.

„So, Physiker sind Sie also. Na, dann sind wir ja Kollegen. Und wo arbeiten Sie? In der Industrie oder in der Forschung?"

„In der Forschung", antwortete ich.

„Und darf man fragen wo?"

Ich muß zugeben, der Mann war mir auf Anhieb unsympathisch. Sein geschliffenes Benehmen konnte die Arroganz, welche er mir gegenüber offensichtlich an den Tag legte, nicht verbergen. Es war sein herablassender Tonfall, der mich störte; es war mir, als glaubte er mit einem Menschen zu sprechen, der im Rang weit unter ihm steht. Ich wurde nun etwas verlegen, konnte ihm doch nicht mein Institut nennen, das in dieser Welt auch gar nicht existierte, antwortete daher nach kurzer Überlegung:

„Ich bin als Tourist hier in der Stadt. Ich lebe in Mü..., Augsburg."

Da hätte ich mich beinahe verplappert. Ich wollte schon 'München' sagen. Das war in dieser Welt aber nur eine Kleinstadt, hieß außerdem Monacirum. Doch Frieder hatte dies bemerkt. Er grinste.

„So, so, Sie sind also auch nicht von dieser Welt. Interessant."

„Wie kommen Sie darauf?"

„Sie wollten doch sicher zunächst 'München' sagen, haben sich dann aber noch rechtzeitig verbessert, weil es eine Stadt mit diesem Namen hier gar nicht gibt. Na, das ist ja wirklich interessant. Darüber müssen wir uns unbedingt unterhalten. Ich bin in zwei Stunden wieder zurück. Haben Sie solange Zeit?"

Ich blickte ihn erstaunt an. Er schien intelligent und scharfsinnig zu sein und hatte sofort reagiert. Und wie kam er ausgerechnet auf 'München'? Er mußte den Namen kennen und hatte gleich richtig kombiniert, nicht 'Muenichem' oder etwas ähnliches gesagt. Und außerdem, mit 'Mü' fangen zum Beispiel auch 'Münster' oder 'Mülheim' an. Ich war mir daher sofort sicher, daß er näheres über Parallelwelten wußte. Dann konnte ich bestimmt einiges von ihm erfahren.

„Ich habe Zeit", antwortete ich.

117

„Gut, dann sehen wir uns also nachher. Frau Wagner wird sich so lange um Sie kümmern."
Er verabschiedete sich.

Ein merkwürdiges Paar war das. Ein Physiker, der hier in irgendwelchen Geschäften unterwegs war und eine Politikerin, die ihn begleitete, aber hier wohl keine Aufgaben wahrnahm. Er hatte sie auch gesiezt, nicht mit dem Vornamen angeredet, woraus ich schloß, daß sie keine engere Beziehung zueinander unterhielten. Und mich hatte er auch mit 'Sie' angeredet, nicht mit 'Ihr'. Stammte er auch aus einer anderen Welt ? Das lag seiner Bemerkung nach zu urteilen nahe. Und warum begleitete Lara ihn dann offensichtlich als Touristin ? Wir schwiegen eine Weile. Ich war mir unschlüssig, ob ich auf die Aussage 'auch nicht von dieser Welt' eingehen sollte. Denn dies klang so, als seien die beiden auch aus irgendeinem Grund in dieser Parallelwelt gelandet. Daß sie aus meiner Welt stammen mußten, erschien mir unzweifelhaft, denn er kannte den Namen 'München'. Zwar hatte sich, wenn die Leichtensteinsche Theorie stimmte, das Universum schon des öfteren geteilt, aber es erschien mir absolut unwahrscheinlich, daß nach einer Teilung vor Jahrtausenden oder Jahrmillionen in der Parallelwelt nun auch eine Stadt gleichen Namens existieren würde, wenn es sie nicht einmal in der vor zwölfhundert Jahren abgespalteten Welt gab. Andererseits erschien es mir äußerst befremdlich, daß sich Lara als Parlamentsabgeordnete der 'Sozialistischen Union' bezeichnete. Eine solche Partei gibt es in Deutschland nicht. Sie mußte mich also angelogen haben. Aber aus welchem Grund hätte sie das tun sollen ? Dann faßte ich mir ein Herz. Was riskierte ich auch dabei ? Sie konnte schlimmstensfalls beleidigt sein und gehen. Ich konnte dann noch immer alleine auf Frieder warten.
„Die Aussage Ihres Freundes 'ich sei wohl auch nicht von dieser Welt' hat mich etwas verwirrt. Sie kennen ihn doch besser als ich. Was hat er wohl damit gemeint ?"
Lara blickte mich verlegen an, schwieg. Ich lächelte.
„Ich verstehe Ihr Schweigen. Wenn es so gemeint ist, wie er es sagte, dann haben wir die gleiche Herkunft. Wir scheuen uns aber, das offen zu sagen, weil jeder fürchtet, daß der andere ihn dann für geistig gestört hält."
Ihr Blick nahm einen unfreundlichen Ausdruck an.
„Auf was wollen Sie eigentlich hinaus ?" fragte sie gereizt, „er drückt sich eben manchmal etwas eigensinnig, etwas flapsig aus. Er meinte damit nur,

daß wir auch nicht aus der Gegend hier stammen. Wir kommen aus Berlin."
„Aus der Hauptstadt also !" warf ich nun ein.
Sie blickte mich verwirrt an und ich hoffte schon, sie würde sich nun verraten. Doch sie faßte sich rasch.
„Hauptstadt ? Wie kommen Sie darauf ?"
„Ist Berlin das nicht ?"
Ich merkte ihr an, daß sie nun nicht so recht wußte, was sie antworten sollte. Schließlich sagte sie.
„In dieser Welt ist Berlin doch lediglich ein Stadtteil von Cölln im Reichsgau Brandenburg. Warum betonen Sie das so stark ? Warum machen Sie daraus einen Punkt ?"
Ich lächelte.
„Sie sagten 'in dieser Welt'. Ich kenne aber auch eine Welt, in der Berlin die Hauptstadt Deutschlands ist. Und die drittgrößte Stadt dieses Landes heißt München. Und Ihr Freund kennt diese Stadt mit Sicherheit auch. Sonst hätte er ja nicht den Namen genannt. Aber hier in Austrasien gibt es keine Großstadt München, nur ein Dorf und das heißt auch Monacirum."
Das wirkte auf sie wie ein Schlag.
„Sie kennen … Sie kommen … ?" stotterte sie.
„Ja", sagte ich, „es gibt Parallelwelten. Und ich bin aus meiner Welt in diese hier verschlagen worden. Meine Nachforschungen haben ergeben, daß dies gelegentlich, eher selten, vorkommt. Mit Ihnen und Ihrem Begleiter ist dies offenbar auch geschehen. Sind Sie schon lange in dieser Welt ?"
Lara wußte nun sichtlich nicht so recht, was sie antworten sollte.
„Sie brauchen keine Scheu zu haben. Sie können ganz offen mit mir reden. Wir teilen ja offenbar ein ähnliches Schicksal", munterte ich sie auf.
Sie blickte mich groß an.
„Wir können völlig ehrlich zueinander sein", ergänzte ich.
„Gut", meinte sie endlich, „wir kommen auch aus einer anderen Welt. Und Sie wohnen auch in Deutschland ?"
„Ja."
„Na, dann entstammen wir wohl der gleichen Welt. Wie sind Sie eigentlich hierhergekommen ?"
Ich erzählte ihr meine Geschichte.
„Bei uns war das ganz anders. Frieder hat uns gezielt hierher geführt."
„Gezielt hierher geführt ? Besitzt er einen Apparat, mit dem er gezielt von einer Welt in die andere gelangen kann ?"

119

„Verzeihen Sie, wenn ich Ihnen jetzt unpräzise antworte, aber ich verstehe nicht viel von Physik. Nur soviel: er hat herausgefunden, daß sich das Universum von Zeit zu Zeit in einer fünften Dimension teilt. Und es gelang ihm, einen Apparat zu konstruieren, mit der er von einer Welt in die andere gelangen, zwischen ihnen hin und her pendeln kann."

„Das ist ja phantastisch. Bei mir geschah das zufällig. Und ich habe keine Ahnung, wie ich zurückkommen kann. Dann kann er mir ja helfen in meine Welt zurückzukehren!" rief ich aus.

„Phantastisch? Man sollte es eher eine Katastrophe nennen! Seien Sie vorsichtig."

„Wieso das?"

„Frieder ist ein Terrorist und Verbrecher. Er nutzt sein Wissen aus um unser Land in Furcht und Schrecken zu versetzen."

„In Furcht und Schrecken versetzen? Davon weiß ich gar nichts. Was macht er denn?"

Sie schaute mich entgeistert an.

„Sie wissen von nichts?"

„Nein."

„Nun, er hat doch ein Buch verfaßt, in dem er den nach seinen Vorstellungen idealen Staat beschreibt. Und den will er errichten. Er läßt alle ermorden, welche sich seinen Plänen entgegenstellen. Dazu rekrutiert er aus einer anderen Welt, die über eine weiter entwickelte Technik verfügt, Maschinenmenschen, die für ihn Terrorakte ausführen. Unsere Sicherheitsbehörden sind ratlos. Niemand konnte bisher einen Täter fassen. Sie verschwinden stets nach jedem Anschlag spurlos. Noch nie hat man einen Schlupfwinkel gefunden. Ich weiß nun, warum. Er bringt sie stets zur Durchführung der Verbrechen in unsere Welt und zieht sie hinterher wieder aus ihr ab. Er selbst hält sich dabei im Hintergrund. Man hat ihn bisher noch nicht als Drahtzieher identifizieren können. Er will die Herrschaft an sich reißen und will mich zu seiner Komplizin machen. Deswegen hat er mich mitgenommen."

Mir verschlug es die Sprache.

„Das klingt ja unglaublich, ein bißchen nach den Filmen von Dr. Fu Man Chu."

„Das ist bitterer Ernst. Er läßt jeden umbringen, der sich seinen Forderungen widersetzt. Und wenn kein Wunder geschieht, wird es in absehbarer Zeit nur noch Menschen geben, die ihm zu Willen sind, aus Furcht anson-

120

sten getötet zu werden."

„Ich verstehe. Um sein Ziel zu erreichen genügt es nicht, nur Menschen zu haben, die vor ihm zittern. Er braucht auch Vertraute, er kann ja nicht alles alleine kontrollieren. Und wie kommt er ausgerechnet auf Sie ?"

„Das kann ich nicht sagen. Aber wieso wissen Sie von all dem nichts. Das geht doch schon seit zwei Jahren so. Sind Sie schon so lange hier ?"

„Nein."

Sie pausierte kurz.

„Vor drei Wochen haben sie das Reichstagsgebäude gestürmt und alle anwesenden Abgeordnete und Regierungsmitglieder als Geiseln genommen. Und dann begannen sie, in Abständen von einer halben Stunde diejenigen zu erschießen, denen er nachsagte, sie hätten eine negative Einstellung zu Deutschland. Daß Sie das nicht mitbekommen haben ?"

„Und wann war diese Geiselnahme ?"

„Vor vier Wochen, genau am 30. September."

Ich blickte sie verwirrt an.

„Am 30. September ? Da war ich doch noch in unserer Welt. Ich wurde erst am 4. Oktober transferiert, wenn ich das einmal so nennen darf. Aber ich habe nichts davon gehört."

Sie schüttelte den Kopf.

„Das ist aber seltsam."

„Hm", meinte ich, „es gibt da noch etwas, das mir merkwürdig erscheint. Sie sagten doch, Sie seien Abgeordnete der 'Sozialistischen Union'. Was ist das für eine Partei ? Ich habe noch nie davon gehört."

„Was ? Wir sind doch seit der letzten Wahl im Bundestag vertreten. Unsere Partei entstand vor vier Jahren durch Zusammenschluß der wirklich linken Kräfte aus anderen Parteien, SPD, Grüne, 'die Linke', weil diese Parteien die faschistische 'Patriotische Front' nicht energisch genug bekämpften. Und Sie wissen von all dem nichts ? In welcher Welt lebten Sie eigentlich ?"

Mit kam ein furchtbarer Gedanke.

„Das möchte ich auch gerne wissen. Auf jeden Fall habe ich nicht in Ihrer Welt gelebt."

„Wie bitte ?"

Ich lächelte.

„Nun ja, soweit ich weiß erfolgte die Teilung des Universums bisher sehr unregelmäßig, in langen Zeitabständen. Die Teilung, aus der diese Welt hervorging, erfolgte im neunten Jahrhundert. Das ist weniger als ein Augenblick im kosmischen Zeitrahmen. Aber ist es ausgeschlossen, daß mittlerweile, vielleicht vor einigen Jahrzehnten, eine erneute Teilung stattgefunden hat ? Die hätten wir ja dann erlebt ohne sie mitzubekommen."

„Das ist doch Wahnsinn !"

„Aber wieso kommt es dann, daß ich von all den Ereignissen der jüngeren Vergangenheit, die Sie mir erzählt haben, nichts weiß ? Daraus kann man doch nur folgern, daß wir nicht in der gleichen Welt gelebt haben."

„Ja, das ist seltsam. Aber auf eine Teilung mehr oder weniger kommt es jetzt auch nicht mehr an."

Mir kam ein dummer Gedanke.

„Vielleicht haben einige Menschen doch etwas mitbekommen. Frieder vielleicht. Und er hat daraus die richtigen Schlüsse gezogen. Was ist das eigentlich für ein Apparat ? Ist er groß ?"

„Ich kann es nicht genau sagen. Aber es scheint nur eine Art Armbanduhr zu sein, die er am Handgelenk trägt. Er legt sie nie ab. Aber wir sollten uns nicht verzetteln, mal überlegen, wann die letzte Teilung erfolgt sein könnte."

Wir tauschten nun unsere Kenntnisse der Ereignisse der letzten Jahrzehnte aus, kamen schließlich zu dem Schluß, daß sie um 1985 erfolgt sein müsse.

„Damals war Frieder ein junger Mann, so um die zwanzig, vermutlich studierte er schon", meinte jetzt Lara, „und der Frieder in unserer Welt hat das mitbekommen, der in eurer Welt offenbar nicht."

„So wird es gewesen sein. Ich habe bevor ich hierher kam nie etwas über die Teilung des Universums gehört, habe erst hier davon erfahren. Aber, wie kam Frieder auf Sie."

„Wahrscheinlich durch Zufall. Während das Morden im Reichstagsgebäude bereits im Gange war, kam ein maskierter Mann auf mich zu, sagte, ich gefalle ihm, und ich brauche auch keine Angst zu haben getötet zu werden. Er halte mich für intelligent und verständig und er wolle mir die bessere Welt zeigen, der er zu errichten beabsichtige. Und dazu sei es eben notwendig harte Maßnahmen zu ergreifen, ich werde das schon noch verstehen. Dann bat er mich ihn zu umarmen und kurze Zeit später waren wir hier. Er meinte dann noch, seine Anwesenheit in der anderen Welt sei im Moment überflüssig. Seine Leute kämen alleine zurecht. Ich denke allerdings, er ist später noch einmal zurückgekehrt und hat seine Roboter weggeschafft."

122

„Und hat er Ihnen eine bessere Welt gezeigt ?"

„Nein, vielleicht meinte er diese Welt hier. Aber viel habe ich von ihr bisher nicht gesehen. Meist war ich alleine und er in Geschäften unterwegs. Und wenn wir einmal zusammen waren, verstehen Sie das jetzt nicht falsch, hat er nur über die Teilungen gesprochen."

„Auch über die letzte von etwa 1985 ?"

„Nein, darüber hat er nicht gesprochen."

Ich überlegte. Vielleicht war es so, daß er damals die Teilung nicht als Teilung selbst empfunden hatte, sondern ihm durch sie nur die Möglichkeit einer Teilung bewußt wurde, er sie sozusagen als Traum empfand, dadurch zur Forschung angetrieben wurde, auf die früheren Teilungen stieß und von der 1985er Teilung gar nichts wußte. Vielleicht lag sie ihm auch nur zu kurz zurück um nennenswerte Unterschiede in den beiden Welten hervor- zubringen und interessierte ihn daher nicht. Andererseits, er war intelligent und scharfsinnig, und würde bei einer Unterhaltung sehr schnell erkennen, daß ich der jüngsten Parallelwelt entstammte. Das konnte sein Interesse wecken. Angesichts der Schilderungen Laras hatte ich nun überhaupt keine Lust ihn auf unsere Welt aufmerksam zu machen, was ihn veranlassen könnte uns auch einen Besuch mit all seinen üblen Folgen abzustatten. Ich begann daher zu überlegen wie ich ein Treffen mit ihm vermeiden konnte. Schließlich kam mir zugute, daß seine Besprechung doch offensichtlich länger dauerte als er angekündigt hatte. Als er nach drei Stunden noch immer nicht erschienen war, sagte ich zu Lara, ich könne nun nicht länger warten, da ich am Abend noch eine Verabredung hätte. Sie möge mich daher bei ihm entschuldigen. Ich bat sie auch, ihm nicht zu erzählen, daß ich der jüngsten Parallelwelt entstammte, ihn vielmehr im Glauben lassen solle, ich sei aus der gleichen Welt wie sie. Lara verstand. Ich teilte ihr noch mit, wo sie mich erreichen könne, falls sie einmal Hilfe brauche, bat sie aber, diese Adresse nicht an Frieder weiterzugeben. Dann verab- schiedete ich mich.

Ein ungutes Gefühl blieb dennoch zurück. Auch wenn der Termin geplatzt war, so überlegte ich, hätte er sicherlich erwartet, daß ich eine Adresse hinterlassen würde, damit er Kontakt zu mir aufnehmen konnte, wenn ich an einem weiteren Gespräch interessiert war. Da dies nicht geschehen war, ich ging fest davon aus, daß Lara diesbezüglich schwieg, mußte er an- nehmen, daß ich keine Begegnung mit ihm mehr wünschte und das mußte triftige Gründe haben und ihn neugierig machen. Ich mußte also damit rechnen, daß er Nachforschungen anstellte und auf meine Spur stieß, da ich mittlerweile in der Öffentlichkeit auch nicht mehr völlig unbekannt war.

Es gab aber auch noch einen anderen Punkt. Wenn er in der Tat nichts über die jüngste Teilung des Universums wußte, so mußte er annehmen, daß ich aus seiner Welt stammte und dann war es nicht ausgeschlossen, daß er dort Nachforschungen anstellte und auf meinen Doppelgänger dort stieß und erkannte, daß der nicht mit mir identisch war. Dann war es leicht die richtigen Schlüsse zu ziehen. Und er konnte dann nach 'meiner' Welt forschen falls er noch nichts darüber wußte, mir dort einen Besuch abstatten, falls ich jemals wieder zurückkehren würde.

Ich blieb also unruhig. Aber vermutlich machte ich mir nur unnötige Sorgen und unsere Begegnung war für ihn gegenüber seinen anderen Aktivitäten völlig unwichtig gewesen, denn ich hörte nichts von ihm.

15. Der Mord und die Flucht

Vier Tage nach der Begegnung mit Lara saß ich mit Margarethe beim Frühstück. Sie blätterte in der Morgenzeitung. Plötzlich stutzte sie. „Ein Mord in Darmundium, etwas ganz außergewöhnliches. Das hat es seit vielen Jahren nicht mehr gegeben."
„Ein Mord ?" meinte ich erstaunt.
„Ja", antwortete sie, „ein Fremder. Er hielt sich seit etwa eineinhalb Wochen in der Stadt auf. Das Motiv ist unbekannt. Er war mit einer Frau im Hotel 'Metz' abgestiegen. Die Frau ist verschwunden, sie fahnden nach ihr."
„Ein Fremder ? Hat man ihn identifiziert ?"
„Er hatte keine Papiere bei sich. Aber ein Hotelangestellter hat ihn wiedererkannt. Er war dort unter dem Namen Frieder Williams abgestiegen."
Mir fiel vor Schreck der Löffel aus der Hand. Margarethe merkte das.
„Du kanntest ihn ?"
„Nein", sagte ich unsicher.
Sie blickte mich mißtrauisch an.
„Du hast doch damit hoffentlich nichts zu tun ? Du zitterst doch."
„Nein, ich zittere nicht. Ich hatte nur einen Krampf in der Hand. Wann wurde er denn ermordet ?"
„Das muß wohl gestern am frühen Nachmittag im Park geschehen sein. Er wurde dort gefunden, er war offensichtlich noch nicht lange tot."
„Na, siehst du", lächelte ich, „ich war gestern den gesamten Tag hier."
Sie lächelte.
„Stimmt. Aber das heißt noch lange nicht, daß du ihn nicht kanntest und nichts darüber weißt. Irgend etwas stimmt doch nicht. Du warst die letzten Tage doch so ungewöhnlich nervös."
Sie lächelte weiterhin.
„Aber vielleicht gehört das zu den Geheimnissen aus deiner Welt."

Sie fuhr dann zur Schule, ich unternahm einen Morgenspaziergang. Im Feld kam mir irgendwann eine Frau entgegen, die einen kleinen Rucksack trug. Als sie mich passierte sprach sie mich an.
„Guten Morgen, Fritz. Ich brauche deine Hilfe."
Ich schaute sie verwundert an. Sie war groß, schlank, hatte blonde, lockige

Haare, war stark geschminkt.

„Lara", entfuhr es mir, „wie siehst du denn aus ? Du bist auf der Flucht ?"

„Du hast schon von dem Mord erfahren ?"

„Ja, es stand in der Morgenzeitung."

„Ja, ich habe ihn getötet. Und du kannst dir auch vorstellen weshalb."

„Das ist nicht schwer zu erraten. Komm mit, da vorne steht eine Feldscheune. Sie gehört Margarethes Bruder; sie ist die Frau, bei der ich wohne. Die Scheune steht leer und wir können uns dort ungestört unterhalten."

„Den Plan habe ich schon vor zwei Wochen gefaßt", begann sie, nachdem wir uns niedergelassen hatten, „es muß aber wohl außerhalb seiner Vorstellung gelegen haben, daß ich ihn töten könnte. Vielleicht weil er damit rechnete, daß ich seine Komplizin werden würde, vielleicht auch, weil er dachte, daß ich ohne ihn hier verloren sei, nicht mehr in meine Welt zurückkehren könne. Nun ja, letzteres fürchtete ich auch, deshalb hätte ich ohne deine Bekanntschaft die Tat auch niemals ausgeführt. Du allein kannst mir helfen. Du hast doch Beziehungen zu Leuten, die an Parallelwelten glauben."

„Inwiefern hilft dir das ?"

„Ich weiß doch selbst, daß du mich hier auf Dauer nicht verbergen kannst. Aber du kannst dem Gericht klar machen, und dich hält niemand für verrückt, daß meine Tat mit dieser Welt nichts zu tun hat. Im Gegenteil, wenn wir dem Gericht glaubhaft machen können, daß ich aus einer anderen Welt stamme und daß es notwendig war ihn zu töten um die andere Welt vor einem Unglück zu bewahren, wird man doch sicher Milde walten lassen und meine Strafe wird gering ausfallen, vielleicht ein paar Jahre Gefängnis, aber kein Todesurteil, wie es bei Mord hier noch üblich ist."

„Ich werde natürlich alles versuchen, was in meiner Macht steht. Aber das ist nicht viel. Versprechen kann ich nichts. Ich weiß auch nicht, wie die Gerichte hier urteilen. Und ich habe Freunde, die mir sicher helfen werden. Aber warum willst du ins Gefängnis ? Warum versuchst du nicht in deine Welt zurückzukehren ?"

„Wie denn ?"

„Mit Frieders Apparat, mit dem er zwischen den Welten hin und her pendeln konnte. Wo ist er geblieben ?"

„Ich habe ihn mitgenommen. Vielleicht hilft er bei Gericht. Aber ich kann doch nicht mit ihm umgehen, weiß nicht, wie er bedient wird."

„Vermutlich ist es gar nicht so schwer das herauszufinden. Ich glaube

nicht, daß er einen komplizierten Mechanismus eingebaut hat. Du sagtest damals, er ähnelt einer Armbanduhr."
Sie öffnete den Rucksack, zog den Apparat hervor, reichte ihn mir.
„Er trug ihn am linken Handgelenk?"
„Ja."
„Dann läßt er sich vermutlich allein mit der rechten Hand bedienen. Laß mal sehen."
Ich betrachte mir das Stück. Ein großes Ziffernblatt, drei Knöpfe an der Seite.
„Mal sehen, was die Knöpfe bedeuten."
„Sei vorsichtig", mahnte Lara, „nicht daß du unversehens in eine andere Welt verschwindest."
Ich lächelte.
„Halte dich an mir fest, dann verschwinden wir wenigstens zusammen. Aber im Ernst. Ich glaube nicht, daß man durch einfaches Drücken eines Knopfes transferiert wird. So etwas kann aus Versehen geschehen. Das wäre zu gefährlich. Er mußte sich doch gegen ein unbeabsichtigtes Verschwinden sichern. Ich vermute eher, man muß einen Knopf rasch zweimal hintereinander drücken oder zwei Knöpfe gleichzeitig. Und wenn, zuvorderst mußt du aus dieser Welt verschwinden. Du wirst schließlich gesucht."
„Ich halte mich trotzdem an dir fest."
Ich drückte den obersten Knopf. Das Ziffernblatt verschwand, es erschien ein 'X3'.
„Weißt du, was das bedeuten könnte?" fragte ich Lara.
„Ich habe mitbekommen, daß er die einzelnen Welten mit einem 'X' und einer Nummer bezeichnet."
„Gut, dann vermute ich, daß er da eine gewisse Ordnung hatte und die älteste Welt mit der niedrigsten Nummer, die jüngste, eure Welt, mit der höchsten Nummer. Ich probiere einmal aus, wie viele Nummern erscheinen."
Beim nächsten Drücken des Knopfes erschien wieder das Ziffernblatt, danach erneut 'X3'. Das war also nur die Umschaltung vom Uhrenmodus auf der Welttransfermodus. Ich drückte dem mittleren, er schaltete aber nur die Beleuchtung der Anzeige ein. Beim Drücken des unteren Knopfes sprang die Anzeige auf 'X4', dann nacheinander auf 'X1', 'X2', 'X3' und wieder auf 'X4'.
„Also, wenn deine Überlegungen stimmen, dann bedeutet 'X4' meine

127

Welt", vermutete nun Lara.

„Ja, und 'X3' diese Welt. Einen Transfer in meine Welt hat er wohl nicht einprogrammiert."

„Und seine Roboter hat er sich vermutlich aus 'X1' oder 'X2' besorgt", meinte Lara.

„Jetzt müssen wir nur noch herausfinden, wie der Transfer aktiviert wird. Vielleicht durch gleichzeitiges Drücken des oberen und unteren Knopfes. Probieren wir es einfach aus."

Ich drückte beide Knöpfe. Ein leichtes Summen ertönte und ich sah alles nur noch verschwommen. Nach wenigen Sekunden hörte das Summen auf, die Sicht wurde wieder klar. Lara stand hinter mir, hielt mich umfaßt. Wir standen im Freien. Nach Norden hin erblickte ich ein Dorf.

„Das ist sicher Lengfeld", sagte ich zu Lara.

„Ich habe keine Ahnung. Ich war noch nie in dieser Gegend."

Ich drehte mich nach der Veste Otzberg um.

„Der Turm ist deutlich kleiner als vorhin", stellte ich fest.

„Ich habe nicht darauf geachtet", entschuldigte sich Lara.

Ich erklärte ihr kurz den Sachverhalt.

„Gut, aber jetzt wissen wir noch immer nicht, ob wir uns in deiner oder meiner Welt befinden oder in einer ganz anderen", gab sie zu bedenken.

„Das werden wir herausfinden. Der Bahnhof Wiebelsbach-Heubach liegt gute zwei Kilometer entfernt. Gehen wir einfach einmal hin."

Wir erreichten ihn nach etwa einer halben Stunde, kurz nach elf Uhr.

„Fällt dir etwas auf?" meinte Lara.

„Hm, da drüben stehen zwei Triebwagen auf dem Abstellgleis. Ich glaube, sie sehen etwas anders aus als unsere."

Wir gingen zum Fahrplan. Der nächste Zug nach Hanau fuhr 11:40 h. Unweit stand ein Fahrkartenautomat. Wir wählten den Zielbahnhof. Die Preise wurden in Euro angezeigt.

„Was habt ihr für eine Währung?" fragte ich.

„Euro."

„Das hilft uns jetzt nicht weiter. Wir haben die gleiche. Zumindest können wir uns jetzt Fahrkarten kaufen."

Ich hatte wie üblich meinen Rucksack mitgenommen, besaß also auch Geld. Unsere Münzen glichen einander. Und jeder konnte auch in seiner Währung bezahlen. Die Fahrt nach Hanau dauerte etwa vierzig Minuten. Im Bahnhofskiosk kauften wir ein paar Tageszeitungen, setzten uns dann auf dem Bahnhofsvorplatz auf eine Bank, begannen zu lesen. Laras Gesicht hellte sich bald auf.

„Ich denke, ich bin zuhause", sagte sie schließlich, „die Nachrichten klingen vertraut. Es sind auch Namen von Politikern genannt, die ich kenne. Und das Massaker im Reichstagsgebäude ist auch in einem Kommentar erwähnt. Es hat über siebzig Tote gegeben. Und ich kannte viele der Opfer. Furchtbar."

„Gut", meinte ich, „dann müssen wir uns jetzt trennen. Du willst dich doch sicherlich auf der nächsten Polizeistation melden."

„Ach, das hat Zeit. Es ist noch Mittag und es geht doch sicher am Abend noch ein Zug zurück. Suchen wir doch in der Stadt ein nettes Plätzchen auf und plaudern noch ein bißchen. Die Perücke möchte ich aber aufbehalten und die Schminke auch nicht wegwischen. Sonst erkennt man mich sicher." Wir fuhren mit dem Bus ins Zentrum, ließen uns in einem Straßencafe nieder. Es war sonnig und warm.

„Für mich geht ein Alptraum zu Ende", begann sie, „aber ein Problem habe ich noch. Wie soll ich denn mein Verschwinden und das Auftauchen hier erklären ? Sollte ich nicht besser nach Berlin fahren ?"

„Ich denke nicht. Sag einfach, sie hätten dich mitgenommen und irgendwo im Odenwald gefangen gehalten. Wo weißt du nicht. Heute in der Frühe hätten sie dich nach längerer Fahrt, bei der dir die Augen verbunden waren, in der Nähe des Bahnhofs Wiebelsbach-Heubach freigelassen. Und weil du dich in der Gegend nicht auskennst, wärst du nach Hanau gefahren um dich dort bei der Polizei zu melden."

„Und du meinst, das ist glaubwürdig ? Ich hätte ja auf dem Bahnhof jemanden fragen können."

„Gut, du kannst doch sagen, nach einigen Wochen Gefangenschaft standest du eben unter starker psychischer Belastung und hast daher den erstbesten Zug in die nächst größere Stadt genommen. Die könnten dich ja genauso gut auch fragen, warum du nicht nach Darmstadt gefahren bist."

„Na schön. Und was wird nun aus dir."

„Ich werde zurückfahren, dann 'X3' wählen. Mal sehen, was passiert."

„Du könntest doch auch hier bleiben, in meiner Welt."

„Was soll ich hier ? Da bin ich doch auch fremd. Und außerdem, es gibt da sicherlich noch mein Pendant in dieser Welt. Es kann doch keinen doppelten Fritz geben. Wie sollte ich das erklären ? Soll ich etwa sagen, daß ich aus einer Parallelwelt komme ? Die würden mich doch glatt in die

129

Psychiatrie einliefern."

„Nun, in der Welt aus der wir gerade gekommen sind, haben sie das doch auch nicht getan."

„Du kannst das jetzt nicht mit dir und Frieder vergleichen, der kannte sich aus, ist bewußt in diese Parallelwelt eingedrungen. Ich war völlig unvorbereitet, habe glücklicherweise Menschen gefunden, die mir halfen, und konnte anhand meiner Photos und Sachen, die ich bei mir hatte, Nachweise oder zumindest Indizien vorzulegen, daß ich aus einer anderen Welt stamme und außerdem gibt es dort auch Zirkel, die an Parallelwelten glauben. Das alles gibt es hier doch sicher ebensowenig wie in meiner Welt. Oder denkst du etwa, sie glauben dir, wenn du sagst, dieser Frieder habe seine 'Helfer' aus einer anderen Welt bezogen oder er habe dich in eine andere Welt entführt ? Ich kann dir nur raten, überlege dir vorher jedes Wort, das du sagst."

Nach etwa zwei Stunden verabschiedeten wir uns.

„Aber eines möchte ich doch noch wissen", sagte ich, „nämlich, wie sie dich aufgenommen haben. Ich hoffe nicht, daß sie dich auf der Wache behalten. Also wenn es dir möglich ist, komm bitte noch einmal hier vorbei. Ich warte bis sechs Uhr."

Lara ging. Und in der Tat, kurz vor sechs Uhr kam sie zurück. Sie lächelte.

„Nun ja, es ist recht gut gegangen. Ich denke zwar nicht, daß sie meinen Bericht wirklich glauben, aber für gänzlich erlogen hielten sie ihn auch nicht. Am Anfang sah es allerdings ganz danach aus, aber nach einigen Telefonaten mit Berlin waren sie dann doch erst einmal zufrieden. Dort herrscht aber noch Chaos, die Nachwirkungen des Massakers. Es wird noch weitere Untersuchungen geben, dem muß ich eben gelassen entgegensehen. Ich fahre erst morgen früh nach Berlin. Für heute habe ich mir ein Hotelzimmer genommen. Möchtest du nicht die Nacht mit mir verbringen ?"

„Ich weiß nichts über deine privaten Verhältnisse. Bist du liiert ? Verstehe mich nicht falsch, aber ich fände es unfair Margarethe gegenüber, die mich aufgenommen hat. Nehme es mir nicht übel, wenn ich ablehne. Das hinterließe nur einen bitteren Geschmack."

Sie überlegte kurz.

„Du hast recht. Es ist besser so."

Wir verabschiedeten uns.

Kurz nach halb acht fuhr ich zurück nach Wiebelsbach-Heubach. Ich war nachdenklich, ein wenig unzufrieden. Ich besaß nun einen Apparat mit dem

130

ich zwischen den Welten hin und her pendeln konnte. Doch nutzte er mir insofern wenig, da meine Welt nicht einprogrammiert war. Und was sollte ich in den Welten X1 oder X2 ? Aber genau das fand ich auch spannend. Wann hatten sich diese Welten abgespalten und wie sah es dort aus ? War es nicht verlockend auch diese Welten einmal aufzusuchen ? Ich war mir allerdigs bewußt, daß ich ein gefährliches Spiel treiben würde, das mich das Leben kosten konnte. Allerdings bot mir der Apparat auch die Möglichkeit sehr rasch aus der Gefahrenzone zu verschwinden. Aber zunächst mußte ich erst einmal nach X3 zurückkehren.

Nach Verlassen des Zuges lief ein Stück ins freie Feld, stellte dann den Apparat auf 'X3' ein, drückte die Knöpfe. Mir war nicht wohl bei der Angelegenheit, da ich nicht wußte, wo ich landen würde. Das Summen ertönte, alles verschwamm für einige Sekunden vor meinen Augen. Dann erblickte ich einen Bahnhof in der Nähe. Ich ging hin, las 'Wiblesbach'. Das beruhigte mich. Ich begab mich auf den gut beleuchteten Fuß- und Fahrradweg nach Klinga, schritt tüchtig aus, erreichte kurz nach neun Margarethes Haus.

„Wo warst du denn ? Ich habe mir schon Sorgen gemacht“, empfing sie mich.

„Ich hatte etwas zu erledigen, das mit den Parallelwelten zu tun hat.“

„Parallwelten ? Gibt es denn mehrere ?“

„Allerdings.“

Sie schaute mich fragend an.

„Hatte das etwas mit dem Mord in Darmundium zu tun ?“

„In gewisser Weise schon. Hast du Zeit ?“

„Für solche Sachen immer.“

„Gut“, lächelte ich, „dann setzen wir uns bei einem Glas Wein zusammen. Dann erzähle ich dir alles. Und wundere dich über nichts.“

Das zog sich dann bis nach Mitternacht hin.

131

16. Die Cousine aus der anderen Welt

Von besonderem Interesse für mich war natürlich ein Besuch Groß-welzheims, meines Heimatdorfs. Andererseits überfiel mich bei dem Gedanken daran ein gewisses Unbehagen. Daher hatte ich bisher die Verwirklichung dieser Absicht immer wieder hinausgeschoben.

„Was erwartetst du eigentlich dort ?" witzelte Margarethe, „glaubst du etwa, du wirst dich selbst treffen ?"

„Nein", lachte ich, „ich bin doch nicht naiv. Die Welt hat sich vor etwa zwölfhundert Jahren geteilt und die Entwicklung verlief in jeder Welt anders, die geschichtlichen Ereignisse im Detail betreffend, meine ich. Deswegen gibt es auch in eurer Welt einige Staaten, welche in unserer Welt nicht existieren. Die Länder allerdings, welche auf der Weltbühne eine große Rolle spielen, gibt es aber in beiden Welten."

„Was meinst du damit konkret ?"

„Nun ja, die meisten europäischen Staaten, Amerika, Rußland, China, Indien, Japan, um nur einige zu nennen. Die Entwicklung von Natur-wissenschaft und Technik verlief auch etwa gleich. Deshalb haben wir auch heute den gleichen Status."

„Das heißt, die Welten ähneln sich, die Menschen leben auch auf dem gleichen kulturellen und zivilisatorischen Niveau, aber es sind andere Menschen."

„Ja, so meine ich es. Das ist ja auch verständlich. Bei so vielen Verwer-fungen, zum Beispiel unterschiedlichen Kriegen, die andere Gegenden heimsuchten, haben nicht die gleichen Männer und Frauen zueinander gefunden und Nachwuchs gezeugt. Die große Entwicklung lief in die gleiche Richtung, wurde aber von anderen Menschen getragen."

„Am Anfang waren die Unterschiede vermutlich nur gering, doch diver-gierten die Entwicklungen immer stärker. Einzelne Menschen mag es wohl in beiden Welten geben. Aber im allgemeinen ist das mit Sicherheit nicht der Fall."

Margarethe überlegte kurz. Ich lachte.

„Das heißt also, selbst wenn wir in Großwelzheim einen Fritz Heßberger treffen sollten, dann ist er sicherlich nicht mein Ich in eurer Welt."

Margarethe grinste.

„Ich denke, es wäre dir vermutlich auch peinlich, wenn du dir plötzlich

selbst gegenüber stehen würdest."
„Sicher, aber meinem Gegenpart wäre es sicherlich auch peinlich."

Da Margarethe aus irgend einem Grund, den sie mir aber verschwieg, vielleichte fürchtete sie, an meiner Seite in eine peinliche Situation zu geraten, mich nicht begleiten wollte, fuhr ich an einem Freitag morgen Anfang November alleine mit der Bahn nach Seligenstadt, schlenderte zunächst dort einige Zeit umher. Im Zentrum sah das Städtchen ähnlich aus wie ich es kannte, das Rathaus unterschied sich von dem mir bekannten. An seiner Stelle stand ein wundervoll erhaltener Fachwerkbau. Die beiden Türme an der Vorderseite der Basilika fehlten, ebenso wie das Schulgebäude daneben. Es existierte aber der mir gewohnte Fährbetrieb zum rechtsmainischen Ufer.
„Auch in dieser Welt konnten sie sich nicht entschließen eine Brücke zu bauen", dachte ich, während ich kurz nach Mittag an der Anlegestelle wartete.
Weltzheim erstreckte sich näher zu Seligenstadt hin als das mir gewohnte Dorf, was wohl daran lag, daß es in dieser Welt keinen Dreißigjährigen Krieg wie wir ihn kennen, gegeben hatte, sondern nur einen fünfundzwanzigjährigen, der aber anders verlief, und das alte Walinesheim oder Wellensheim oder wie es zu dieser Zeit hieß, nicht zerstört wurde. Ich wunderte mich daher nicht, daß dieses Dorf keinerlei Ähnlichkeit mit meinen Heinmatort aufwies, auch die alte Schule und die Kirche besaßen ein anderes Aussehen. Die Kirche stand aber seltsamerweise etwa am gleichen Platz wie die unsrige. Unser Hausberg, die 'Kipp' fehlte allerdings. Es wurde also Anfang des zwanzigsten Jahrhunderts keine Braunkohle abgebaut. Nachdem ich nun gute zwei Stunden den Ort durchstreift hatte, ließ ich mich auf der Terrasse eines Lokals nahe des Mainufers nieder, bestellte Espresso und Kuchen. Es war ein außergewöhnlich milder Novembernachmittag.
Nach einiger Zeit sprach mich eine an einem Nebentisch sitzende Frau an, welche mir bisher nicht aufgefallen war. Sie mochte so Anfang sechzig sein, sah noch recht gut aus für ihr Alter, trug ein Kleid aus festem Stoff mit Blumenmustern, darüber eine beige Strickjacke.
„Entschuldigt bitte, ich möchte Euch nicht zu nahe treten, Ihr dürft das nicht mißverstehen, aber ich bin nun einmal neugierig. Ihr seid mir aufgefallen. Ihr habt längere Zeit den Ort durchstreift, seid ab und zu unschlüssig

133

stehen geblieben, machtet den Eindruck als suchet Ihr etwas. Ich kenne mich hier gut aus. Kann ich Euch irgendwie behilflich sein ?"

Ich sann nach einer Ausrede. Ich war ihr also während meines Rundgangs aufgefallen, sie hatte mich beobachtet, war mir gefolgt. Da steckte doch irgend etwas dahinter. Sie wirkte aber recht freundlich und es gab keinen Grund sie barsch abzuweisen, zumal ich auch wissen wollte was sie beabsichtigte. Ich lächelte sie an.

„Machen Sie sich keine Umstände. Ich habe ein paar Tage Urlaub und mich entschlossen eine kleine Besichtigungsfahrt den Main entlang zu unternehmen. Heute morgen besuchte ich Seligenstadt und da das Wetter schön ist, beschloß ich einen längeren Spaziergang zu unternehmen und mir den Nachbarort anzuschauen. Heute abend fahre ich dann nach Ascafaburg und morgen nach Würzburg."

Sie blickte mit leichtem Stirnrunzeln an.

Ich hatte 'Würzburg' gesagt. Wie hieß denn die Stadt in dieser Welt ? Mir fiel es nicht spontan ein. Doch ihr Gesicht hellte sich auf.

„Ihr meintet wohl Wirzaburg. Aber warum seid Ihr nach Weltzheim gekommen ? Hier gibt es doch nichts zu besichtigen."

„Ach reiner Zufall. Ich wollte eben ein Stück spazierengehen. Und das Mainufer auf der anderen Seite sah verlockend aus. Aber setzen Sie sich ruhig zu mir an den Tisch, wenn Sie Lust auf eine kleine Unterhaltung haben."

„Und ich störe Euch nicht ?"

„Keineswegs."

Sie setzte sich zu mir.

„Ich sollte mich erst einmal vorstellen. Ich heiße Monika Heßberger, bin von Beruf Lehrerin, seit fünf Jahren Witwe. Ich habe zwei Kinder, mein Sohn ist Elektroingenieur, er lebt in Ascafaburg. Meine Tochter ist Ärztin. Sie ist in Reginsburg verheiratet."

„Oh, da haben wir ja fast den gleichen Nachnamen. Ich heiße Fritz Herberger, bin Physiker, arbeite in Darmundium, wohne in Klinga. Und Sie sind Einheimische ?"

„Ja, sicher. Meine Familie lebt schon lange hier. Mein Ur-Ur-Ur-Ur-Großvater oder wie immer man ihn nennen mag, zog einst von Orb hierher. Das war vor ungefähr zweihundert Jahren. Und mein Großvater gründete ein Zimmergeschäft, das nun mein jüngerer Bruder führt."

„Und wie hieß Ihr Großvater ?"

134

„Peter Josef Heßberger, wie mein Vater und auch mein Bruder. Der Vorname hat eine lange Tradition in unserer Familie. Warum interessiert Euch das ?"

„Ach, nur so. Dann war aber Heßberger auch Ihr Mädchenname ? Sie waren doch verheiratet."

Sie schaute mich etwas skeptisch an, lächelte aber dabei.

„Ich habe meinen Mädchennamen bei der Hochzeit beibehalten. Das ist doch üblich. Warum fragt Ihr ?"

Das hatte ich jetzt nicht bedacht, wußte so keine rechte Antwort, meinte statt dessen.

„Ein hübsches Plätzchen ist das hier, so hoch über dem Mainufer. Es fehlt nur noch der Bootshafen."

„Bootshafen ?" fragte sie nun leicht verwundert, „wie kommt Ihr auf Bootshafen ?"

Da war mir erneut ein Satz unbedacht herausgerutscht.

„Ach, das wäre hier doch ein guter Platz. Und Segeln auf dem Main, das wäre doch ein schöner Freizeitsport."

„Da habt Ihr recht. Er ist zwar ein bißchen schmal. Aber die nächsten größeren Seen sind so etwa zweihundert Kilometer entfernt."

Ich bestellte noch einen Espresso, fragte Monika, ob sie auch etwas wünsche. Sie wollte einen Cappuchino. Sie schwieg eine Weile, ich schwieg eine Weile, dachte nach. Ich befand mich in einer seltsamen Situation, saß ich doch offensichtlich meiner Schwester oder Cousine, vielleicht auch Tante oder Nichte in der Parallelwelt gegenüber. Wie sollte ich mich verhalten ? Sie darauf ansprechen ?

Doch Monika hatte offensichtlich ähnlich Gedanken. Und sie war nicht dumm.

„Wißt Ihr eigentlich", begann sie schließlich, „warum ich Euch angesprochen habe ? Es war nicht nur wegen Eures merkwürdigen Verhaltens, sondern auch, weil Ihr meinem Vater sehr ähnlich seht. Und außerdem seht Ihr dem Mann sehr ähnlich, den ich kürzlich im Fernsehen gesehen habe und der angeblich aus einer Parallelwelt stammt, die unserer sehr ähnlich ist. Und Ihr kommt ausgerechnet hierher nach Weltzheim, in ein völlig bedeutungsloses Dorf. Da könnte man doch meinen, daß Ihr Euer Heimatdorf besuchen wollt."

Sie schaute mich grinsend an.

„Oder liege ich falsch ?"

135

„Ich gebe es zu", antwortete ich gedehnt, „ich heiße in der Tat auch Heßberger, vollständig, Fritz Peter Heßberger. Ich stamme aus Großwelzheim,
dem Ort, der bei euch den Namen Weltzheim trägt. Mein Großvater hieß
auch Peter Josef, besaß ein Zimmergeschäft. Das führte dann nach seinem
Tod mein Onkel, der ältere Bruder meines Vaters, weiter. Er hieß auch
Peter Josef, wurde üblicherweise aber nur Josef genannt. Er starb kinderlos
und nach seinem Tode wurde das Geschäft dann aufgelöst."
Sie lachte.
„Das ist ja interessant. Dann bist du ja sozusagen mein Cousin aus der
anderen Welt."
Sie hatte nun unvermittelt vom 'Ihr' zum 'du' gewechselt.
„Mein Vater hatte auch einen jüngeren Bruder. Und der hatte einen Sohn.
Der heißt Anton. Der wurde Bauingenieur, er lebt heute in Straßburg."
Sie schwieg kurz, nahm einen Schluck Cappuchino.
„Jetzt bin ich aber neugierig geworden. Du mußt mir unbedingt erzählen
wie das Dorf in eurer Welt aussieht und was du da so gemacht hast."
„Das wird aber eine längere Geschichte. Jedenfalls steht hier keine Gast-
stätte, sondern das ehemalige Schleusengehöft. Es gab hier einnmal eine
Main-Staustufe. Die wurde aber vor knapp fünfzig Jahren abgerissen. Und
etwa die Hälfte der ehemaligen Schleusenkammer wird jetzt als Bootshafen
genutzt. Der andere Teil wurde zugeschüttet."
„Es wird allmählich kühl und auch bald dunkel", meinte nun Monika, „ich
lade dich ein. Du kannst bei mir übernachten."
„Ich, ein vollkommen Fremder ?"
„Du bist doch kein Fremder, sondern mein Cousin, wenn auch aus einer
anderen Welt. Es ist doch toll, einen Cousin in einer anderen Welt zu haben
und ihn auch zu kennen ! Wer kann das schon von sich behaupten ?"
Sie grinste.
„Meinem Bruder werde ich dich allerdings nicht als Cousin vorstellen, falls
wir ihm begegnen. Er hält von solchen Geschichten nichts. Er wird uns für
übergeschnappt halten."
„Gut, ich komme mit. Ich muß nur vorher Margarethe Bescheid sagen."
„Wer ist Margarethe ?"
„Sie ist die Frau, bei der ich in Klinga wohne."
Wir machten uns dann auf den Weg. Sie bewohnte ein kleines Haus, ein
paar hundert Meter entfernt.
Wir unterhielten uns lange. Sie konnte gar nicht genug über unsere Welt

erfahren. Erst nach Mitternacht legten wir uns schlafen.

„Hast du dir schon überlegt, wie du langfristig dein Leben gestalten willst?" fragte Monika am nächsten Morgen beim Frühstück, „bei dieser Margarethe zu wohnen ist doch sicher keine Dauerlösung, es sei denn du strebst ein dauerhaftes Verhältnis mit ihr an. Das ist aber deine Entscheidung. Du könntest auch hierher ziehen."

Ich lachte.

„Sozusagen als Onkel aus der anderen Welt."

Ich schüttelte den Kopf.

„Nein, ich fürchte daraus wird nichts. Es ist zwar physikalisch unklar, wie ich aus meiner Welt in eure gelangt bin, es scheint aber Rückkopplungsmechanismen zu geben. Das heißt, meine Aufenthaltsdauer hier ist vermutlich begrenzt. Irgendwann werde ich in meine Welt zurückkehren."

„Und wie lange ist deine Aufenthaltsdauer hier?"

„Ich habe keine Ahnung. Das ist vollkommen unbestimmt, ein paar Wochen, ein paar Monate, ein paar Jahre? Vielleicht kehre ich auch schon morgen zurück. Ich will natürlich mit dir in Verbindung bleiben. Aber wenn ich eines Tages verschwunden bin, dann bin ich sicherlich in meine Welt zurückgekehrt."

Wir verabschiedeten uns. Ich lief zum Bahnhof nach Seligenstadt, fuhr mit dem Zug nach Wiblesbach. Ich mußte meine Gedanken ordnen, unternahm einen längeren Spaziergang, kehrte erst am späten Nachmittag nach Klinga zurück.

17. Besuch in X2

Ich zögerte lange bis ich mich endlich entschloß mittels Frieder Williams Apparat eine der anderen Welten aufzusuchen. Es waren natürlich einmal die Bedenken, in welche menschliche oder auch unmenschlliche Gesellschaft ich da hineingeraten könnte und welche Gefahren mir drohten. Denn die Tennung mochte bereits vor vielen tausend oder sogar Millionen Jahren erfolgt und die Entwicklung der Menschen völlig anders verlaufen sein. Frieder hatte ja schließlich aus einer dieser Welten jene Existenzen rekrutiert, die seine Terrorakte ausführten. Ein anderes Problem, das mich beschäftigte, war der Ort, in dem ich in der anderen Welt auftauchte. Lag die Trennung bereits einige Millionen Jahre zurück, so konnte die Oberflächengestalt der Erde in jener Welt völlig anders sein als in der unsrigen. Ich konnte zum Beispiel in einem Fluß oder in einem Meer landen. Und selbst wenn die Oberflächengestalt die gleiche war, so konnte ich mich in einer Stadt in einem Haus unter fremden Menschen, vielleicht auch in einem Zoo in einem Affenkäfig wiederfinden. Letzeres schien weniger bedenklich, da ich mit Hilfe des Apparates umgehend nach X3 zurückkehren konnte. Eine Landung im Meer oder einem Fluß konnte dagegen sehr unangenehme Folgen haben. Wie sollte ich denn den Apparat einstellen, wenn ich beide Arme und Hände zum Schwimmen brauchte ? Je länger ich allerdings darüber nachdachte, desto mehr gewann ich die Überzeugung, daß Frieder sich dieses Problems wohl auch bewußt gewesen war und Vorsorge getroffen hatte und ich erwarten konnte, an einem neutralen Ort, dem Blick anderer entzogen in der Parallelwelt aufzutauchen. Am Donnerstag nach der Rückkehr aus Weltzheim faßte ich mir schließlich ein Herz. Wollte ich eine der anderen Welten aufsuchen, so mußte das unbedingt von hier aus geschehen, denn 'unsere Welt' war in Frieders Apparat nicht als Start oder Ziel eingestellt. Und ich wollte natürlich brennend wissen, wie es in X1 und X2 aussah. In der Tat, ich probierte den Apparat nach meiner Heimkehr aus; er funktionierte nicht. Und ich verstand natürlich auch nicht seine genaue Funktionsweise. Und so gelang es mir auch nicht 'unsere Welt' als Start oder Ziel einzurichten.
Kurz nachdem Margarethe an jenem Morgen das Haus verlassen hatte, brach ich Richtung Otzberg auf, suchte mir einen Platz, der vom Weg aus nicht einsehbar war, stellte mit leicht zittrigen Händen X2 ein, drückte

beide Knöpfe. Für einen kurzen Moment verschwamm alles vor meinen Augen. Als ich wieder klar sehen konnte und mich umschaute, erblickte ich hinter mir den Otzberg, die Veste und das Dorf fehlten aber. Vor mir lag eine ausgedehnte Ebene, zur rechten Seite hin, vielleicht zehn Kilometer entfernt, erblickte ich die Silhouette einer größeren Stadt. Sie besaß aber offensichtlich keine Ähnlichkeit mit Autmundisstadt. Ich schritt tüchtig aus, erreichte sie nach gut zwei Stunden. Die Stadt bestand weitgehend aus einer Vielzahl zwei- bis dreistöckiger Wohnblocks, welche auf Höhe der zweiten Stockwerke durch Gänge miteinander verbunden waren, so daß sie wie ein riesiger Gebäudekomplex wirkten. Die Gebäude waren durch etwa zehn Meter breite Straßen getrennt, auf denen sich zahlreiche menschen- ähnliche Lebewesen tummelten. Ab und zu tauchten auch eine Art Fahr- zeuge auf, quaderförmige Objekte, die sich auf Luftkissen bewegten. Fenster und Türen waren nicht zu erkennen. Bei den 'Menschen' konnte ich auf Anhieb zwei Typen unterscheiden. Die einen sahen uns Menschen recht ähnlich, waren alledings etwa einen Kopf kleiner und von zierlicher Gestalt. Sie hatten eine bräunliche Gesichtsfarbe und helle Haare. Sie trugen graue, bis etwa zu den Knien reichende Gewänder, darunter Hosen gleicher Farbe. Die meisten trugen auch braune Jacken, denn es war recht kühl. Die anderen maßen etwa zwei Meter, waren von kräftiger Gestalt, trugen blaue Uniformen. Ihre Schädel waren kahl und glänzten silbrig. Ihre Gesichter wirkten starr, völlig ausdruckslos. Sie wirkten unheimlich, wie Maschinen, wie Roboter.
Mir war etwas klamm zumute, ich zögerte daher zunächst weiterzugehen, doch da mich niemand beachtete, faßte ich Mut, schritt vorwärts. Das Häusermeer wirkte eintönig, Ladengeschäfte waren nicht zu erkennen. Schließlich erreichte ich einen großen, kreisrunden Platz, in dessen Mitte ein etwa einhundert Meter hoher Bau stand, welcher an eine Burg erinnerte. Der Platz war abgesperrt, es schritten auf ihm eine größere Anzahl bewaff- neter Uniformierter auf und ab. Gelegenlich verließ auch ein Uniformierter den Platz oder betrat ihn um dann in der Burg zu verschwinden. Die menschenähnlichen Wesen durften den Platz aber offensichtlich nicht betreten. Da hier alles irgendwie unheimlich, gespenstig wirkte, erschien mir die Stadt kein Ort für einen längeren Aufenthalt. Ich hatte auch eines der menschlich wirkenden Wesen angesprochen, es verstand mich aber nicht, antwortete kurz in einer mir völlig unbekannten Sprache, wandte sich dann von mir ab. Ich beschloß daher die Stadt zu verlassen und nach X3

zurückzukehren. Als ich noch etwa zweihundert Meter von Stadtrand entfernt war, brach unvermittelt Unruhe aus.

Die menschenähnlichen Wesen strömten auf die Häuser zu, die vorher eher teilnahmslos wirkenden Uniformierten schienen nun aggressiv und sie zu verfolgen. Zwei dieser Gestalten kamen auch auf mich zu. Ich hielt das für bedenklich, stellte hastig den Apparat auf X3 ein, doch bevor ich den Auslöseknopf drücken konnte zog mich jemand zu einer Tür herein, verschloß sie. Ich drehte mich um, erblickte eine recht hübsche, zierliche Frau.

„Was ist hier los ?" fragte ich unwillkürlich, gar nicht bedenkend, daß sie mich wohl kaum verstehen würde.

Doch zu meiner Überraschung antwortete sie in klarem Deutsch.

„Die Alloys sind hinter uns her, suchen Opfer."

„Wer sind die Alloys ? Und warum sprichst du Deutsch ?"

„Weil du mich in dieser Sprache gefragt hast."

„Und woher kennst du sie ?"

„Vor einiger Zeit kam ein Fremder. Er schloß Freundschaft mit mir und lehrte mich seine Sprache."

Der Fremde konnte nur Frieder gewesen sein. Hatte er die Frau zu seiner Geliebten gemacht ? Zuzutrauen war es ihm. Aber das war im Moment für mich nicht so sehr von Bedeutung. Wichtiger war zu erfahren, was es mit den Alloys auf sich hatte und weshalb sie Opfer suchten.

„Wer sind sie Alloys ?" fragte ich daher erneut.

„Die Alloys ? Du weißt nicht, wer die Alloys sind ? Ach, du bist ja auch ein Fremder. Das sind doch die Wesen in den Uniformen mit den silbern glänzenden Schädeln. Das sind keine Menschen, das sind Maschinenwesen. Sie beherrschen uns und fordern alle zehn Tage Opfer. Ansonsten lassen sie uns in Ruhe, helfen uns sogar bei der Arbeit. Eine größere Anzahl von uns muß ihnen dienen. Die anderen arbeiten auf den Feldern um Nahrung zu erzeugen. Aber alle zehn Tage werden sie ohne erkennbaren Grund wild, machen Jagd auf uns, fangen einige von uns ein und bringen sie dem 'Großen Alloy' zum Opfer dar, wie es heißt."

Ich war etwas verwirrt. Maschinenwesen, also Roboter, denen Menschen dienen mußten und ein 'Großer Alloy', der Menschenopfer verlangte. Was bedeutete all dies ?

„Wer ist der 'Große Alloy' ? Und warum verlangt er Menschenopfer ?"

„Das weiß niemand. Der Fremde aber sagte einmal, der 'Große Alloy' bestehe aus einem Dutzend menschlicher Gehirne, die zu hundert Prozent aktiviert und miteinander verkoppelt sind. Ich verstehe nicht, was er damit gemeint hat. Er sagte auch, der 'Große Alloy' benötige ständig frische Gehirnzellen und menschliches Blut um am Leben zu bleiben. Das sagte der Fremde. Warum das so ist, weiß ich nicht."

Mir allerdings wurde die Sachlage sofort klar. So etwas ähnliches hatte ich schon einmal in einem Science-Fiction – Film gesehen. Und Frieder hatte das wohl auch rasch durchschaut. Der 'Große Alloy' war offensichtlich ein Supercomputer, dessen Zentraleinheit aus einem Dutzend miteinander verkoppelter menschlicher Gehirne bestand, bei denen alle Zellen aktiv waren und nicht wie bei uns Menschen großteils brach liegen. Er konnte sich allerdings nicht selbst regenerieren, daher mußten abgestorbene Gehirnzellen durch frische ersetzt werden. Und das Blut brauchte er um sich Nährstoffe und Sauerstoff zuzuführen. Vermutlich hatten die Konstrukteure dies als Sicherung vorgesehen um ihn auf diese Weise nach kurzer Zeit stillzulegen, falls er außer Kontrolle geraten sollte. Doch er hatte offenbar Mittel und Wege gefunden um sich mittels der Roboter, der 'Alloys', selbst zu erhalten. Die Menschen waren für ihn nur lebens- notwendiges Material, ein großes Ersatzteillager sozusagen und lebten vermutlich als willenlose Wesen unter der Knute der 'Alloys'. Das mag fürchterlich klingen, ich empfand es auch so, doch weckte es andererseits auch meine Neugier, ich wollte Näheres erfahren.

„Warum müßt ihr den Alloys dienen ?" fragte ich nun, „es sind doch Maschinenwesen. Wozu brauchen sie eure Hilfe ?"

„Du möchtest viel wissen, Fremder. Aber hier an der Tür ist nicht der rechte Platz für ein Gespräch. Komm mit."

Sie führte mich in eine Wohnung, welche aus zwei Räumen bestand, die mittels eines größeren Durchlasses miteinander verbunden waren. Eine Tür gab es nicht. Der eine enthielt eine Art Küche, einen Tisch mit drei Stühlen, ein Sofa und einen Bildschirm. Der andere, kleinere Raum diente als Schlafzimmer. Das zeigte sie mir aber nicht. Sie bat mich auf dem Sofa Platz zu nehmen.

„Hast du Durst ?" fragte sie dann.

Ich bejahte. Sie brachte eine Schale Wasser.

„Ich heiße Dana", sagte sie dann.

„Ich heiße Fritz."

„Du wolltest wissen, warum wir den Alloys dienen müssen. Das ist nicht ganz richtig. Es müssen ihnen nur ein Teil von uns dienen. Die meisten von uns sind damit beschäftigt die Nahrung anzupflanzen. Das erfordert viel Arbeit in der warmen Jahreszeit. Nun ist die Ernte eingebracht und wir haben nichts zu tun."

„Ihr verrichtet sonst keine Arbeiten ?"

„Nein."

„Und wer baut die Häuser, wer fertigt eure Kleidung, wer die Möbel, den Bildschirm und alles, was ihr sonst noch braucht ?"

„Das tun die Alloys. Sie pflügen auch die Felder. Wir müssen aber säen und ernten. Wir brauchen ja Nahrung. Die Alloys brauchen keine Nahrung, sie brauchen nur Energie. Und ein Teil von uns muß ihnen bei der Erzeugung der Energie helfen. Wie das geschieht, das weiß ich nicht, das weiß niemand. Wir Menschen müssen nur die Maschinen bedienen, welche die Energie erzeugen. Die Energie ist unsichtbar. Wir erhalten auch Energie. Sie wird uns in dünnen Schnüren zugeführt. Wir brauchen sie um unsere Nahrung zu kochen, um den Bilderapparat zu betreiben, um unsere Wohnung zu heizen, wenn es kalt ist."

Ich lächelte.

„Die Alloys bauen Häuser, pflügen die Felder, stellen die Geräte zum Kochen und zum Heizen der Wohnung her, aber zur Erzeugung der Energie brauchen sie die Hilfe der Menschen. Wieso das ?"

„Das weiß ich doch nicht. Der Fremde sagte aber einmal, die Alloys müßten sterben, wenn sie die Maschinen berühren. Auch für uns Menschen ist das gefährlich. Wir müssen dicke Kleidung und auch Handschuhe tragen."

„Und wer repariert die Maschinen, wenn sie einmal defekt sind ?"

„Das tun die Alloys."

„Und sie sterben nicht, wenn sie sie berühren."

„Nein."

„Und warum nicht ?"

„Das weiß ich doch nicht."

Ich überlegte. Wenn Maschinen repariert werden, dann sind sie ausgeschaltet. Es gab da also eine Vorrichtung, sozusagen eine Sicherung, die verhindern sollte, daß die Roboter die für ihren Betrieb notwendige Energie selbst erzeugten. Damit sollte offensichtlich verhindert werden, daß sie die Herrschaft übernehmen, wenn sie sich einmal selbständig machen sollten. Denn ohne Energie wären sie bald nicht mehr funktionstüchtig. Um was handelte es sich ? Hochspannung ? Ein Wechselfeld ? Die Menschen

142

mußten ja Schutzkleidung tragen. Dieser Umstand war den Robotern wahrscheinlich nicht bekannt. Aber das Superhirn, der 'Große Alloy', mußte es doch erkannt und Gegenmaßnahmen ergriffen haben. Warum tat er es nicht ? Woher sollte ich das wissen ? Vielleicht genügte die Schutzkleidung der Menschen den Robotern nicht. Und diese benötigten wesentlich dickere, welche ihre Bewegungsfähigkeit soweit einschränkte, daß sie Maschinen nicht mehr bedienen konnten. Aber hatte es Zweck darüber nachzudenken ? Ich wollte ohnehin nicht lange in dieser Welt bleiben, aber dennoch so viel wie möglich über sie erfahren.

Es war eine seltsame, erschreckende Welt, in welcher diese Menschen lebten. Unfähig zu selbständigem Denken und Handeln, waren sie den Weisungen des 'Großen Alloys' ausgesetzt, der sich aber nicht sonderlich um die Menschen kümmerte, sondern lediglich durch seine Roboter sicherstellen ließ, daß sie nicht begannen eigene Interessen zu formulieren und zu versuchen diese durchzusetzen, also sich gegen seine Herrschaft aufzulehnen.

Die Kenntnis der Schrift war diesen Menschen abhanden gekommen, sie besaßen keine Bücher; Vergangenheit und Zukunft spielten für sie keine Rolle. Sie wußten nichts über ihre Geschichte, kannten keinen Gott, keine Religion. Auf meine Frage, wer wohl die Welt erschaffen habe, meinte Dana, sie sei wohl schon immer dagewesen. Als ich sie fragte, ob es der 'Große Alloy' gewesen sein könnte, antwortete sie, davon wisse sie nichts. Er sei der 'Bestimmende'; sie würden ihn auch nicht verehren, ihm nur am Erntefest drei Jungfrauen schenken, damit er auch im kommenden Jahr die Feldfrüchte wachsen lasse. Ebensowenig wußte sie, ob es noch andere Städte oder Völker gab. Sie sagte lediglich, der Fremde habe einmal die Existenz anderer Städte erwähnt, das sei aber für sie völlig ohne Bedeutung, da sie ohnehin das Gebiet der Stadt, hierzu zählte sie auch das umliegende Feld, das sie bebauten, nicht verlassen könnten. Ich bemerkte hierzu, dieses Feld habe doch irgendwo eine Grenze und jenseits dieser Grenze müsse es doch auch etwas geben. Sie sagte, darüber wisse sie nichts, sie sei noch nie an dieser Grenze gewesen. Und ich hatte als sie das Wort 'Grenze' aussprach, den Eindruck, daß sie gar nicht so recht wußte, was dieses Wort bedeutet. Ich fragte daher, ob die Menschen, welche auf den am weitesten von der Stadt entfernten Feldern arbeiten, jemals etwas von Städten und anderen Menschen, die nicht zu euch gehören, erzählt hätten. Sie schüttelte den Kopf, meinte, diese Leuten werden kurz nach

Sonnenaufgang von den Alloys in fliegenden Kisten auf die Felder gebracht und kehrten abends bei Einbruch der Dämmerung zurück.

Sie wußte auch nichts über die Sterne, nannte sie die 'Feuer in der Höhe' und den Mond bezeichnete sie als 'das wandelnde Licht über uns'.

Ich hätte gerne noch mehr über diese Welt erfahren, doch ich merkte irgendwann, daß ich sie mit meinen Fragen offensichtlich quälte und sie mir zunehmend dürftiger und unpräziser antwortete. Ich brach daher die Unterhaltung ab. Ich hatte nun einiges über diese Welt erfahren und sie erschien mir nicht attraktiv genug um noch länger dort zu verweilen, wollte mich verabschieden. Doch Dana hielt mich zurück.

„Du kannst jetzt nicht gehen, die Sonne ist bereits untergegangen. Es ist uns Menschen verboten uns bei Dunkelheit draußen aufzuhalten. Du würdest dich auch nicht zurechtfinden."

„Gibt es denn keine Straßenbeleuchtung?" wunderte ich mich.

„Straßenbeleuchtung? Nein, warum sollte es sie geben? Uns Menschen ist es verboten uns bei Nacht auf den Straßen aufzuhalten. Und die Alloys können auch bei Dunkelheit sehen. Und sie überwachen das Verbot scharf. Jeder, den sie erwischen, der verschwindet auf immer. Bleibe also bis zum Morgen."

Ich überlegte kurz. Die Alloys fürchtete ich nicht. Ich konnte ja jederzeit bei Gefahr mittels des Friederschen Apparates nach X3 wechseln. Aber wo würde ich dort landen? Vielleicht im Wald zwischen Diechburch und Autmundisstadt? Wahrscheinlich war es auch in X3 bereits dunkel. Würde ich in der Finsternis überhaupt aus dem Wald herausfinden? Oder mußte ich die Nacht dort verbringen. Das war kein angenehmer Gedanke, denn es war November. Und die Nächte waren feucht und kühl.

„Das ist kein schlechter Vorschlag", antwortete ich deshalb, „aber wo soll ich denn schlafen?"

„Mach dir deswegen keine Sorgen", erwiderte Dana, „es gibt einige freie Räume im Haus und essen kannst du bei mir."

Sie ging dann mit mir zu einem Mann, der im Erdgeschoß wohnte, offenbar dem Hausmeister, redete einige Worte mit ihm, führte mich dann zu einer größeren Kammer, die als Wohn- und Schlafraum diente, auch eine kleine Küche und eine Toilette enthielt.

„Hier kannst du schlafen."

Wir gingen zurück zu ihrer Wohnung und sie bereitete ein Abendessen zu.

144

Es bestand aus verschiedenen Arten Gemüse und einem Brei, der mit Getreidekörner durchsetzt war. Sie nannte auch die Namen, ich habe sie jedoch vergessen. Dazu servierte sie ein Getränk, das an Kräutertee erinnerte.

„Ihr lebt hier vegetarisch", meinte ich so nebenbei.

„Vegetarisch ? Was ist das ?"

„Nun ja, ihr nehmt nur pflanzliche Nahrung zu euch. Eßt ihr kein Fleisch ?"

„Fleisch ?"

„Züchtet ihr keine Tiere, schlachtet sie und eßt sie dann auf ?"

Dana verzog das Gesicht.

„Tiere essen ? Das ist doch widerwärtig. Nein, das tun wir nicht. Es gibt auch gar keine Tiere bei uns. Die verbreiten doch nur Krankheiten."

Ich nahm das Kenntnis, schwieg dann. Sie kannten natürlich auch keine Milch, keine Butter, keinen Käse, auch keine Eier. Nachdem wir gegessen und sie das Geschirr abgeräumt hatte, meinte sie dann.

„Du kannst jetzt schlafen gehen. Du kannst aber auch mit mir kommen, wenn du möchtest."

„Mitkommen ? Wohin ?"

„Wir feiern heute das Erntefest. Das ist ein großes Ereignis, eines der beiden Feste, die wir feiern. Es gibt dort auch besondere Getränke, die es sonst nicht gibt. Das andere ist das Sommerfest, das dürfen wir sogar nachts im Freien feiern. Und da kommen auch Männer und Frauen zusammen um Kinder zu zeugen. Das ist sonst verboten. Heute gibt es das nicht. Es ist nur ein großes Dankesfest."

„Und wem dankt ihr da ?"

Sie blickte mich verwundert an.

„Was fragst du ? Dem 'Großen Alloy' natürlich. Er ist es doch, der alles wachsen läßt, damit wir Nahrung haben."

„Ein Dankesfest also. Bringt ihr ihm auch Opfer dar ?"

„Ja, natürlich. Wir müssen ihm doch unseren Dank bezeugen. Es sind jeweils drei Jungfrauen, welche wir ihm schenken."

„So erscheint er bei dem Fest ? Ihr kennt also den 'Großen Alloy' ?"

„Nein, er ist doch verhüllt. Seinen Anblick kann niemand ertragen. Er würde sofort sterben."

„Da wird also Mummenschanz getrieben", dachte ich, schwieg aber, da es wohl keinen Sinn machte ihr das zu erklären, fragte statt dessen.

„Und zu diesem Fest darfst du trotz der Dunkelheit gehen ?"

145

Dana lachte.

„Ja, natürlich. Es findet doch in einem großen Saal statt. Die Häuser sind durch Gänge verbunden. Da können wir hingelangen ohne auf die Straße zu gehen. Das ist nicht verboten."

„Gut", sagte ich, „ich komme mit."

Etwa eine halbe Stunde später brachen wir auf. Dana führte mich durch zahlreiche Gebäude und Gänge in einen riesigen Saal, in welchem sich wohl mehrere tausend Menschen versammelt hatten. Sie saßen auf niedrigen, gepolsterten Bänken, in einem Kreis um eine ausgedehnte Fläche, in deren Mitte auf einem Podest ein Sessel, man könnte ihn auch Thron nennen, stand. Sie hatten Becher mit Getränken vor sich stehen oder hielten sie in den Händen, die an einer Theke an einer der Seitenwände erhältlich waren. Wir bedienten uns, suchten uns dann einen Platz. Bei dem Getränk handelte es sich um eine süßliche Flüssigkeit mit undefierbarem Geschmack. Ich verzog leicht das Gesicht. Dana bemerkte dies.

„Nach dem Besuch des 'Großen Alloy' erhalten wir ein wohlschmeckendes Getränk", erklärte sie.

„Und warum erst nach dem Besuch ?"

Sie lächelte.

„Es vernebelt die Sinne."

Die Menschen unterhielten sich leise. Nach einiger Zeit ertönten Laute, die wohl in dieser Welt für Musik galten. Ein Großteil des Anwesenden erhob sich zum Tanz, wie es Dana nannte. Es handelte sich dabei nach unseren Begriffen um eine Art Polonaise. Die Tänzer stapften dabei abwechselnd mit dem rechten und dem linken Fuß in einem bestimmten Rhythmus auf. Nach einer Weile setzten sie sich wieder. Die Musik erklang aber weiterhin. Wie auf ein Kommando erhoben sich die Menschen bald wieder zu einem neuen Tanz. Das Ganze wiederholte sich dreimal, dann hörte die Musik auf. Niemand unterhielt sich nun. Stille trat ein und die Menschen starrten gebannt auf die Eingangstür. Sie öffnete sich. Eine große Gestalt, von fünf Alloys begleitet, trat ein. Sie trug ein langes, weißes Gewand und einen kupferfarbenen Helm, welcher das Gesicht völlig verdeckte. Nicht einmal Augenschlitze waren zu sehen. Sie bestieg das Podest, nahm auf dem Thron Platz.

„Der 'Große Alloy', er nimmt nun die Jungfrauen in Empfang", flüsterte mir Dana zu.

Die ihn begleitenden Roboter musterten die Menschen im Saal und trotz der riesigen Anzahl, die hier versammelt war, entdeckten sie mich offenbar, denn alle starrten zu mir her. Das erschien mir bedenklich und ich stellte den Friederschen Apparat auf X3 ein um rasch verschwinden zu können, falls die Lage brenzlich wurde. Aber sie rührten sich nicht vom Fleck, behielten mich aber im Auge, so, als wollten sie feststellen, ob ich die Zeremonie störte. Das hatte ich natürlich nicht im Sinn, ich war ja gespannt darauf, was sich nun abspielte und den Opferjungfrauen konnte ich ohnehin nicht helfen. Ich wunderte mich anfangs lediglich über den 'Großen Alloy', der doch meiner Ansicht nach ein Supercomputer war, mit einem Dutzend menschlicher Gehirne als Zentraleinheit. Doch dann sagte ich mir, das ist sicherlich nur ein Roboter, der ihn symbolisieren soll. Aber für diese einfachen, naiven Menschen wirkt er bereits aufgrund seiner Größe, er maß wohl zwei Meter zwanzig, als Führergestalt. Nun trat ein Mann in einem schwarzen Gewand heran, sprach den 'Großen Alloy' an.
„Herr, wir werden dir nun unsere Gabe bringen."
Dana übersetzte.
Drei junge Frauen wurden herangeführt, bestiegen das Podest, legten dann ihre Gewänder ab. Der 'Große Alloy' erhob sich nun, befühlte nach und nach ihre Körper. Dann setzte er sich wieder, rief in die Menge.
„Der 'Große Alloy' ist zufrieden."
Der Schwarzgekleidete trat ab, die jungen Frauen legten ihre Gewänder wieder an, stiegen vom Podest hinunter. Die Gestalt folgte ihnen. Begleitet von den fünf Alloys verließen sie den Saal. Kurze Zeit später setzte die Musik wieder ein. Die Menschen, allerdings nicht mehr so viele wie vorher, begaben sich zum Tanz. Die meisten liefen zur Theke um sich ein Getränk zu holen. Auch Dana besorgte zwei Becher. Die Flüssigkeit schmeckte wie süßer Wein. Es wurde nun laut im Saal, die Leute flüsterten nicht mehr, zahlreiche begannen zu singen. Der Tanz ähnelte nun nicht mehr einer Polonaise, man hüpfte vielmehr herum. Der Gesang artete bald in Gegröle aus. Viele verließen den Saal. Dana erhob sich.
„Wir sollten nun auch gehen. Das Getränk verwirrt ihren Geist. Noch singen sie. Aber bald werden sie wild, beginnen einander zu schlagen, bis sie all ihrer Sinne beraubt niedersinken."
„Und die Alloys ?" bemerkte ich, „greifen sie nicht ein und beenden das Spektakel."
„Warum sollten sie das tun ? Das ist doch unser Fest. Die Menschen dür-

147

fen nur den Saal nicht verlassen und auf die Straße gehen. Morgen werden sie dann schlafen. Und am Tag danach sind sie wieder normal."

Sie führte mich zurück zu meiner Kammer. Ich legte mich aufs Bett, schlief bald ein.

Es war hell als ich erwachte. Ich begab mich zu Danas Wohnung. Sie schien auf mich zu warten.

„Ich muß jetzt weiterziehen", erklärte ich, „vielen Dank für deine Gastfreundschaft. Ich werde dich stets in guter Erinnerung behalten."

Ich hatte einige Tage zuvor in Autmundisstadt aus einer puren Laune heraus eine silberne Kette mit einer fein gearbeiteten Rose, in deren Mitte sich ein kleiner, blauer Stein befand, gekauft. Diese zog ich nun aus meinem Rucksack hervor, überreichte sie Dana.

„Die schenke ich dir."

Sie blickte die Kette verwirrt an.

„Was kann ich damit anfangen ?"

„Es ist ein Schmuckstück. Das trägt man am Hals."

Ich legte es ihr an, erklärte ihr auch wie man sie wieder abnimmt.

Sie runzelte dir Stirn.

„Ich werde sie nur an den Festen tragen. Wir kennen so etwas nicht. Die anderen werden sie wohl für eine Auszeichnung des 'Großen Alloys' halten. Hoffentlich bringt sie mir kein Unglück", meinte sie ängstlich.

Ich bedauerte nun fast ihr dieses Geschenk gemacht zu haben.

„Du mußt sie nicht anziehen", versuchte ich sie zu beruhigen, „verwahre sie gut auf, betrachte sie wenn du alleine bist und erfreue dich daran."

Sie lächelte nun.

„Ja, das werde ich tun. Ich habe noch etwas, was niemand sehen darf. Aber dir kann ich es zeigen."

Sie kramte aus dem Küchenschrank ein Kästchen hervor und öffnete es."

Zu meinem Erstaunen erblickte ich einen Goldbarren, der sogar den Prägestempel einer asiatischen Staatsbank trug.

„Darf ich ihn in die Hand nehmen ?" fragte ich.

„Bitte."

Ich entnahm ihn, er mochte wohl an die zehn Kilogramm wiegen, maß so etwa fünfzehn mal sechs mal sechs Zentimeter.

„Wo hast du den her ?"

„Den hat mir der Fremde geschenkt."

„Wer war dieser Fremde ? Wie hieß er ?"

„Seinen Namen habe ich vergessen. Er kam vor langer Zeit in die Stadt. Ich begegnete ihm zufällig auf der Straße. Er fand Gefallen an mir, wollte bei mir schlafen. Ich hatte große Angst. Es ist ja nur am Sommerfest erlaubt bei einem Mann zu schlafen. Ansonsten ist es verboten und wird streng bestraft. Doch er lachte, sagte, ich brauche keine Furcht zu haben, denn er sei mächtig. Und das war er auch. Selbst der 'Große Alloy' gehorchte ihm. Er gab ihm Fahrzeuge und auch Alloys und der Fremde zog mit ihnen fort. Sie kamen aber stets wenige Tage später zurück und oft führte jeder so ein Stück dieses gelben Metalls mit sich, wie ich es auch habe. Sie mußten es aber dem 'Großen Alloy' abliefern. Der Fremde sagte, er liebe dieses gelbe Metall, es sei aber hier selten. Ich verstehe nicht, warum der 'Große Alloy' dieses Metall mag. Ich kann nichts damit anfangen."

„Wann war der Fremde das letzte Mal hier ?"

„Ich weiß es nicht genau, wir zählen die Tage nicht. Aber es ist noch nicht lange her, es war gegen Ende der Erntezeit."

Mir war nun völlig klar, was ich bereits vermutete. Frieder hatte die Wesen, welche seine Verbrechen ausführten, aus dieser Welt rekrutiert. Er hatte wohl herausgefunden, wie man selbst den 'Großen Alloy' beeinflussen konnte, ihn für seine Zwecke eingespannt und ihn mit Gold belohnt um ihn bei Laune zu halten. Das Gold war gestohlen. Aber auf welche Art ? Mir kam eine Idee. Frieder war schon genial. Er kundschaftete die Lage der Golddepots aus, vermaß exakt ihre Positionen, begab sich in dieser Welt zusammen mit einigen Alloys genau an diesen Ort, wechselte in seine Welt X4, nahm an Gold soviel er und die ihn begleitenden Alloys tragen konnten, verschwand dann wieder nach X2.

Es war nun Zeit zu verschwinden. Ich kramte meine Kamera aus dem Rucksack hervor um ein paar Erinnerungsphotos von Dana aufzunehmen. Sie kannte das nicht, hatte Angst. Mit etwas gutem Zureden konnte ich sie aber beruhigen. Ich verabschiedete mich, verließ dann das Haus. Ich wußte nicht, was mich heute erwarten würde, stellte daher Frieders Apparat auf X3 ein, mußte also im Notfall nur noch die beiden Knöpfe drücken. Ich streifte durch die Stadt, photographierte, auch die Burg. Das fiel offensichtlich unangenehm auf. Zwei Alloys kamen auf mich zu. Ich erschrak, vermutlich kannten sie die Photographie ebensowenig wie Dana, hielten meine Tätigkeit für etwas unbekanntes und damit ungesetzliches, wollten mich zu verhaften. Ich zögerte daher nicht, drückte die Auslöseknöpfe.

Wenige Augenblicke später befand ich mich auf einen abgeernteten Maisfeld am Rande eines Dorfes. In nicht allzu weiter Entfernung erblickte ich Autmundisstadt. Ich überlegte kurz. Das Dorf mußte wohl Semd sein. Ich kannte aber die Busverbindungen von hier aus nach Klinga nicht, entschloß mich daher den weiteren Weg nach Autmundisstadt einzuschlagen. Es war ein kühler Vormittag, es nieselte leicht. In einem Cafe wärmte ich mich dann erst einmal bei einem doppelten Espresso auf, bevor ich mit dem Bus zurück nach Klinga fuhr.

Während der Fahrt dachte ich über das Erlebte nach, war so intensiv in Gedanken versunken, daß ich fast vergessen hätte auszusteigen.

Mochten die Menschen in X2 auch dumpf dahin leben, so waren sie uns doch ähnlich. Ihre Vorfahren mußten große kulturelle und zivilisatorische Leistungen erbracht haben. Doch irgendwann setzte die Degeneration ein. Es war wohl ein Zustand erreicht worden, bei dem niemand mehr hart für seinen Lebensunterhalt arbeiten mußte. Die gefährlichen, schweren und schmutzigen Arbeiten übernahmen Roboter. Die Menschen lebten bequem, in einer Art paradiesischem Zustand, gingen ihren Vergnügen nach, befriedigten ihre Leidenschaften und glaubten offensichtlich, daß dies ewig so bleiben werde. Sie merkten nicht, daß ihnen die Kontrolle über ihre eigene Existenz entglitt. Die Roboter, geleitet von einem Supercomputer, dem 'Großen Alloy' übernahmen die Macht und degradierten die Menschen zu Heloten, dumpfen Kreaturen, ohne eigenen Willen, ohne eigenes Denkvermögen. Der 'Große Alloy' schuf keine neue Ideologie, sein Streben war offensichtlich nur auf Selbsterhaltung ausgerichtet und alles, was diesem Ziel nicht diente verfiel. Verbindung zu anderen Städten fiel wohl auch in diese Kategorie, wurde daher nicht gepflegt. Wahrscheinllich herrschten dort die gleichen Zustände.

Dennoch schien in den Menschen noch ein göttlicher Funke zu glimmen. Sie waren zum Denken und zum Lernen fähig, es mußte nur wieder geweckt werden. Dana hatte doch unsere Sprache gelernt. Wie war das möglich gewesen ? Nur durch den Kontakt mit dem 'Fremden', mit Frieder. Sie konnte doch nicht lesen und nicht schreiben, besaß keine Bücher.

„Oh, du bist ja noch hier", begrüßte mich Margarethe, als sie am Mittag aus der Schule zurückkam, „ich dachte schon, du seist wieder in deine Welt hinübergewechselt als du gestern abend nicht kamst."
Ich grinste.

„Ich war in einer anderen Welt, allerdings nicht in meiner, sondern in X2."
„Und wie sieht es dort aus ?"
„Das ist keine Welt für dich und mich. Es wird aber eine längere Geschichte. Ich erzähle es dir heute abend bei einer Flasche Wein, wenn es dich interessiert."
„Das interssiert mich allemal."

Wir saßen bis Mitternacht zusammen.
„Diese Dana war dir doch sympathisch", meinte Margarethe als ich meinen Bericht beendet hatte, „und in X2 hat sie ein schlimmes Leben. Warum hast du sie nicht mitgenommen. Sie wäre auch für Trans-Ratio hochinteressant. Und dich halten sie doch mittlerweile für zuverlässig. Sie hätten das Ganze sicherlich nicht als Schwindel aufgefaßt."
„Ich habe gestern nacht auch darüber nachgedacht und den Gedanken dann allerdings verworfen", entgegnete ich, „schau, wir beide leben doch auch in verschieden Welten, aber bei uns liegt die Trennung erst zwölfhundert Jahre zurück, unsere Zivilisationen und Lebensweisen sind sehr ähnlich. Mir fällt es nicht schwer in eurer Welt zu leben. Und dir würde es auch nicht schwerfallen in unserer Welt zu leben, wenn du gewisse Dinge akzeptierst, die eben unterschiedlich sind. Doch Danas Welt X2 ? Wann war da die Trennung ? Ich habe keine Ahnung, aber sie muß vor vielen tausend Jahren erfolgt sein. Ihre Welt hat nichts mit den unsrigen gemein. Sie werden von Computern und Robotern beherrscht, kennen kein selbständiges Denken. Sie kennen keine Schrift mehr, haben verlernt zu lesen, ihr Wissen wird auf niedrigsten Niveau gehalten, sie wissen nur soviel, daß sie gerade die ihnen von dem 'Großen Alloy' zugewiesenen Aufgaben erfüllen können. Aber sie kennen nichts anderes. Das ist ihre Welt. Sie sind damit zufrieden. Du hättest sehen sollen, wie sie gestern abend während des Festes gestrahlt hat. Ich denke, sie war glücklich. Und hier würde sie sich in einer völlig fremden Welt wiederfinden, die sie nicht versteht. Ich bin sicher, sie würde innerhalb kürzester Zeit zerbrechen. Robert hat das alles nicht erlebt. Er würde das nicht verstehen."
„Du könntest ihm doch diesen Apparat geben."
„Daran habe ich auch bereits gedacht. Es könnte aber ein Danäergeschenk sein. Ich kann ihn nicht so gut einschätzen um sicher zu sein, daß er verantwortungsvoll damit umgeht. Es könnte auch passieren, daß er verschwindet und nicht mehr zurückkehrt. Und ich hätte letztenendes Schuld

151

daran. Ich würde mir dann ewig Vorwürfe machen, hätte bis an mein Lebensende ein schlechtes Gewissen. Außerdem", ich grinste, „möchte ich auch X1 aufsuchen und X4 näher kennenlernen."
Aber zu letzterem sollte es nicht mehr kommen.

Die nächsten beiden Tage verbrachte ich damit meine Erlebnisse in X2 niederzuschreiben, da ich mich irgendwie Robert gegenüber verpflichtet fühlte ihm diese Welt zu schildern.
Am Montag nachmittag suchte ich ihn dann auf um ihm meinen Bericht abzuliefern.

18. Die 'Akademie der Weisheit'

„Robert war von meinem Bericht begeistert", meinte ich beim Abendessen zu Margarethe, „am Anfang war er zwar ein bißchen skeptisch, aber die Photos haben ihn überzeugt. Ich riet ihm allerdings, etwas vorsichtig mit dem Bericht umzugehen, ihn nicht unbedingt in die Öffentlichkeit zu tragen. Schon die Existenz einer Parallelwelt ist phantastisch und wenn man nun die Existenz vieler solcher Parallelwelten postuliert, wird man mit Sicherheit auf Widerspruch stoßen. Man muß ja schließlich eines Bedenken: das Alter der Welt wird auf etwa dreizehn Milliarden Jahre geschätzt. Und in unserem Fall haben wir es bereits mit fünf Welten zu tun, also mit mindestens drei Teilungen innerhalb einer recht kurzen Zeitspanne, denn die Abtrennung von X2 kann auch nicht allzu lange her sein. Vielleicht einige zehntausend Jahre, denn nach meinem Urteil muß man die Menschen dort auch zur Gattung 'homo sapiens' zählen. Sie sehen ja auch nicht anders aus als wir. Vielleicht waren es auch mindestens vier Teilungen, denn wie es in X1 aussieht, weiß ich nicht. Und es kann ja auch noch andere ähnliche Welten geben, die wir nicht kennen. Wie viele Welttrennungen muß es da in dreizehn Milliarden Jahren gegeben haben !"
„Wäre das verwunderlich ?" fragte Margarethe, „die Leichtensteinsche Theorie besagt doch nur, daß solche Trennungen möglich sind. Über ihre Häufigkeit und zeitliche Verteilung macht sie keinerlei zuverlässige Aussage. Eine Trennung alle paar Millionen Jahre ? Wir kennen jetzt schon zwei innerhalb von zwölfhundert Jahren."
„Und dann kommt ja noch hinzu, daß einer einen Apparat erfunden hat, mit dem man zwischen den Welten hin und her pendeln kann. Was werden die Naturwissenschfler dazu sagen ?"
Ich trank einen großen Schluck Wein.
„Ich bin Physiker, hätte vor einigen Wochen die Existenz von Parallelwelten für ein Hirngespinst gehalten, wenn mir jemand davon erzählt hätte. Und einen Apparat, mit dem man zwischen den Welten hin und her pendeln kann, hätte ich für nichts weiter erachtet als das Phantasieprodukt eines Science-Fiction-Geschichten-Schreibers. Jetzt besitze ich so ein Ding."
Ich schüttelte den Kopf.
„Nein, nein, Das glaubt doch niemand. Jeder Physiker oder Ingenieur wird sagen, das ist unmöglich. Da landet man schneller in einer Irrenanstalt als

einem lieb ist."

„So wird das wohl auch nicht sein. Es gibt ja auch Menschen, welche das Universium anders sehen als ihr Physiker, Geisteswissenschaftler zum Beispiel."

„Ach, das sind doch Laberhannesse."

„Sag das nicht so despektierlich. Das sind oft gescheite Leute, die gründlich nachdenken. Ist die Entwicklung des Universums denn wirklich so verlaufen wie ihr glaubt? Du erzähltest mir einmal, bei euch gebe es eine anerkannte Theorie, die besagt, das Universum habe mit einem Urknall begonnen. Damals sei alle Energie und Materie in einem winzigen Punkt konzentriert gewesen. Das kann ich mir nun wirklich nicht vorstellen."

„Das ist aber allgemein anerkannt in unserer Physik."

Sie atmete tief durch, nahm einen großen Schluck Wein.

„Robert sagte einmal, eher werde eine Jungfrau schwanger als daß sich das Universium auf einen winzigen Punkt zusammenzieht. Es sei eben so: Theoretiker lieben Huren und die größte Hure sei die Mathematik."

Ich mußte unwillkürlich lachen, entgegnete dann aber ernst.

„Das ist aber jetzt sehr despektierlich. Es handelt sich doch immerhin, wie allgemein behauptet wird, um seriöse Wissenschaftler, die nicht einfach Unsinn von sich geben, sondern alles, was sie postulieren, wissenschaftlich begründen können. Es ist in der Physik doch so, die Aussagen jeder Theorie müssen sich experimentell verifizieren lassen, ansonsten ist die Theorie falsch."

„Und hat man schon ein Universum entdeckt, das auf einem winzigen Punkt konzentriert ist?"

„Nein, natürlich noch nicht."

„Na, also. Und Roberts Verärgerung muß man auch verstehen. Die meisten Physiktheoretiker haben ihn wegen seiner These der Existenz von Parallelwelten ausgelacht. Und du bist doch der lebende Beweis dafür, daß es Parallelwelten gibt."

„Das kann man nun nicht so sagen. Professor Weinert, der führende Physiktheoretiker der Goldner – Universität Frankinfort ist doch ein Verfechter der Parallelwelttheorie."

„Du kennst die Situation in der akademischen Welt nicht. Weinert ist prominent. Das schützt ihn vor gemeinen Angriffen und hämischer Kritik. Nach außen hin ehrt man ihn natürlich. Aber hinter vorgehaltener Hand bezeichnet man ihn als einen alten, komischen Kauz mit spinnerten Ideen.

Aber als jüngerer Wissenschaftler darfst du dich nicht positiv über Parallelwelten äußern. Dann wirst du der Meute gnadenlos fertig gemacht." Margarethe nahm einen großen Schluck Wein.

„Nun ja, und mit den Geisteswissenschaftlern haben wir auch so unsere Probleme. Sie nennen sich Weisheitsfreunde, Religionsgelehrte, Rechtsgelehrte, Seelenforscher, Gesellschaftslehrer und so weiter. Viele halten sich für große Denker, aber was sie so in ihren Hirnen ausbrüten, ist meist im praktischen Leben unbrauchbar, widerspricht auch oft den Erkenntnissen der Naturwissenschaften."

„Ja, ja", antwortete ich, „in unserer Welt gab es einen Dichter, der seinen Helden ausrufen läßt 'Habe ich nun, ach ! Philosophie, Juristerei und Medizin, und leider auch Theologie durchaus studiert mit heißem Bemühn. Da steh ich nun, ich armer Tor ! Und bin so klug als wie zuvor'."
Margarethe lächelte.

„Das klingt gut, aber ein Tor war er sicher nicht, er war zumindest so klug zu erkennen, daß er nichts weiß. Das kommt allerdings sehr selten vor. Die meisten Gelehrten bilden sich ein, daß ihr Geschwafel der Gipfel der Erkenntnis ist. Das wäre an und für sich ja nicht weiter schlimm, wenn sie nicht bestrebt wären, ihre geistigen Ergüsse als der Weisheit letzter Schluß unter das Volk zu bringen. Denn viele sind dumm und glauben alles, was man ihnen vorsetzt, insbesondere, wenn der Erzähler ein Professor oder etwas ähnliches ist, also als gescheit und gelehrt gilt. Aber es gab auch einen Philosophen, der sagte 'Habe den Mut dich deines Verstandes zu bedienen'. Aber was nutzt denn der Mut, wenn man keinen Verstand hat ?"
Ich grinste.

„Und bei vielen ist das sicher ganz und gar nicht der Fall. In unserer Welt sagt man, Einbildung ist auch ein Bildung."

„Ja, aber darin liegt die große Gefahr. Mit solchen Dummheiten verderben sie den Geist vieler und die erheben dann entsprechende gesellschaftliche und politische Forderungen, welche für das Gemeinwesen verderblich sind."

„Man könnte solche Lehren doch verbieten."
Margarethe schüttelte den Kopf.

„Verbote sind unzweckmäßig, sie beweisen nur, daß man keine Argumente hat. Andererseits helfen Argumente nicht viel, insbesondere wenn das, was diese Weisen als Wahrheit verkünden, so einfach ist, daß nicht allzu viel Verstand dazu gehört um diese Lehren zu begreifen. Und meist werden sie ja auch auf Schlagwörter oder kurze Sprüche reduziert. Weißt du, die meisten Menschen lieben das Einfache, verabscheuen das Komplizierte, weil es Denken erfordert, was aber anstrengend ist."

Ich lachte.

„Ich kenne da ein Lied aus unserer Welt. Darin heißt es 'Denken bereitet Kopfschmerzen, daher vermeiden wir es'."

„Man kann es auch so sagen: der aussichtsloseste Kampf ist der Kampf gegen die Dummheit. Und da man die Dummheit schon nicht besiegen kann, hat man im Fränkischen Reich nach Wegen gesucht um wenigstens die Ausbreitung der Dummheiten einzugrenzen."

„Hat man eine Lösung gefunden ?"

„Wie man es nimmt. Es scheint ein lustiger Ausweg zu sein. Es wurde eine 'Akademie der Weisheit' gegründet. Sie liegt in einer idyllischen Landschaft in einem abgelegenen Alpental."

Margarethe grinste.

„Das ist ein beschaulicher Ort, weitab vom Lärm und der Hektik der Großstädte. Dort kann man ungestört in Ruhe seinen Gedanken nachhängen, auf langen Spaziergängen meditieren. Und es stellt eine große Ehre dar in die Akademie aufgenommen zu werden, man kann es daher nicht ablehnen. Dort leben sie dann unter sich; sie können disputieren, schreiben, Vorträge halten, auch im Fernsehen. Doch die Verbreitung dessen, was sie da von sich geben, untersteht dem Ministerium für Information. Und das sorgt dafür, daß Unerwünschtes keine allzu große Verbreitung findet und vor allen Dingen nicht in die Lehrpläne der Schulen und Universitäten eindringt. Es finden sich dann höchstens Abhandlungen auf den Feuilletonseiten einiger Zeitungen, die nur wenige lesen, meist Intellektuelle, denen man aber keinen Einfluß auf Staat und Gesellschaft zugesteht."

„Aber du sagtest doch, sie dürfen auch Vorträge im Fernsehen halten."

„Natürlich. Das wird aber aufgezeichnet und, wenn überhaupt, in irgend einem Kulturkanal, den kaum jemand einschaltet, nachts zwischen drei und vier Uhr gesendet."

„Das heißt, diese 'Akademie der Weisheit' ist letztlich eine Einrichtung zur geistigen Kontrolle."

„Wenn du es so nennen magst. Ich würde eher sagen, es handelt sich für eine sinnvolle Einrichtung zur räumlichen Eingrenzung von geistigem Schrott."

„Das heißt, man sperrt also unliebsame Geister in Luxuslager und läßt sie auch noch glauben, dies sei eine hohe Ehre; auch eine Methode um sie mundtot zu machen", dachte ich, sagte aber nichts, denn vielleicht ist diese Methode besser als eine öffentliche Diffamierung und eine öffentliche Herabsetzung ihrer Würde.

Statt dessen meinte ich nun.

„Schriftsteller sind da doch etwas schlauer. Auch sie verkünden oft gesellschaftliche oder politische Lehren, bezeichnen sie aber nicht als solche, sondern legen sie einer handelnden Person in den Mund. Damit brauchen sie das, was sie verkünden, auch nicht zu beweisen. Manche sind so klug und stellen das Ganze in Form einer kontroversen Diskussion dar, wobei natürlich der Held der Erzählung das sagt, was sie verkünden wollen, während der Opponent eine eher negative Figur oder sogar der 'Böse' in der Erzählung ist."

19. Aufenthalt in X1

Nachdem ich X2 aufgesucht hatte, wollte ich natürlich auch wissen, wie es in X1 aussieht. Lebten da ähnlich dumpfe Menschen oder ähnelten sie eher uns ? Gab es überhaupt Menschen dort ? Und wenn ja, wie sahen sie aus ? Wenn ich Frieders Ordnungsschema richtig interpretiert hatte, dann mußte sich X1 früher abgespalten haben als X2.

Die Zeit drängte. Ich befand mich jetzt bereits gute fünf Wochen in X3, konnte also jederzeit zurücktransferiert werden. Und ich rechnete aus einem unerklärlichen Gefühl heraus fest damit, daß dies bald bevorstand. Und ich rechnete auch fest damit, daß ich von unserer Welt aus nicht gezielt eine Parallelwelt würde aufsuchen können, da unsere Welt nicht in Frieders Apparat einprogrammiert war.

Also begab ich mich morgens als Margarethe in der Schule war zur Feldscheune ihres Bruders, wo ich ungesehen mittels Frieders Apparat nach X1 wechseln konnte.

Ich empfand dieses Mal allerdings nicht das gleiche Gefühl wie beim Wechsel nach X2 oder X4. Mir wurde schwarz vor den Augen, ich mußte mich niedersetzen, verlor das Bewußtsein. Als ich wieder erwachte lag ich vor einer unbewohnten Hütte. Es war angenehm warm, viel zu warm für Mitte November. Ich erhob mich, schaute mich um. Hinter mir lag der Otzberg, allerdings ohne Veste, vor mir breitete sich eine weite Ebene aus. In der Ferne erblickte ich eine lockere Anordnung von Häusern, die aber keine wirkliche Siedlung bildeten. Ein Stück davor zog sich ein dunkles Band von Süden nach Norden. Es muß sich wohl um eine Straße oder Eisenbahnlinie handeln, vermutete ich. Ich beschloß dorthin zu gehen. Ich bückte mich um meinen Rucksack zu nehmen. Dabei fiel mir ein kleines Büchlein auf, welches daneben lag.

„Was mag das denn wohl sein ? Wie kommt es hierher ?" fragte ich mich, „mir gehört es jedenfalls nicht."

Ich hob es auf, nahm es in die Hand, erblickte fremdartige Zeichen auf dem Einband, die ich aber seltsamerweise lesen konnte. Sie bedeuteten 'Arbeitswertsmarken'. Ich schlug es auf. Es enthielt mehrere Seiten mit Märkchen, die man einzeln abtrennen konnte. Einige Marken fehlten bereits. Auch sie trugen seltsame Zeichen, die ich allerdings als eins, zwei, fünf, zehn und zwanzig identifizieren konnte. Ich überlegte für was sie gut sein könnten. Bezugsmarken für Waren in X1, eine Art Geldersatz ? Und wie kam dieses Büchlein hierher ? Ich dachte nach. Die fremde Schrift, die Zahlen, die ich seltsamerweise lesen konnte, die Wertmarken. Mir fiel Frieder Williams ein, der diese Welt zweifelsohne auch besucht hatte.

„Der Kerl muß wirklich genial gewesen sein", sagte ich mir, „mit der Transferierung nach X1 ist auch die Kenntnis der Schrift und der Erhalt dieser Arbeitswertmarken verbunden. Ich würde mich nicht wundern, wenn ich auch die Sprache der Menschen hier verstehe."

Ich schritt tüchtig aus, erreichte bald das 'dunkle Band'. Es schien tatsächlich eine Bahnlinie zu sein. Sie wies allerdings zwei etwa sechs Meter voneinander entfernte Gleise auf.

„Hier müssen Riesen wohnen", dachte ich.

Ein paar hundert Schritte nördlich schien eine Haltstelle zu liegen. Ich begab mich dorthin. Ein großen Schild zeigte in fremdartigen Zeichen den Namen der Station an. Ich konnte sie lesen. Er lautete 'Lengkrica'. Sie bestand aus einer vielleicht einhundert Meter langen und etwa fünfzig Meter breiten befestigten Fläche. Es gab mehrere Bänke, auf einigen von ihnen saßen Menschen. Sie hatten etwa die gleiche Größe wie wir Erdenmenschen, recht hübsche Gesichter, eine bräunliche Hautfarbe, dunkelblonde Haare.

Keine Riesen also !

Bekleidet waren sie entweder mit knielangen Gewändern oder einer Kombination aus einem Pulli und einer Hose. Die Kleidung hatte eine einheitliche Farbe, sie war aus beigem Stoff gefertigt. An den Füßen trugen sie Sandalen.

Sie nahmen mich nicht weiter zur Kenntnis.

An der mir gegenüberliegenden Seite standen auf einem überdachten Platz mehrere Tische und Sessel, sowie einige größere schrankartige Kästen.

„Sieht aus wie ein Gartenlokal", dachte ich, „und bei den Kästen handelt es sich wohl um Getränkeautomaten."

Da ich Durst verspürte ging ich zu einem der Kästen hin. Es waren tatsächlich Getränkeautomaten, aus denen man sich Wasser, verschiedene Fruchtsäfte und Limonaden entnehmen konnte. Ich nahm sie näher in Augenschein, suchte nach Angaben über Preise und auch einen Schlitz für Arbeitswertmarken, da ich davon ausging, daß man mit ihnen bezahlen konnte. Ich fand aber nichts.

„Entschuldige bitte, ich möchte mir ein Getränk nehmen", sprach mich eine

Frau von hinten an, „du scheinst ja noch unschlüssig zu sein. Kannst du bitte zur Seite treten."

Ich machte ihr Platz.

„Frieder hat tatsächlich an alles gedacht", sagte ich mir, „ich kann ihre Sprache verstehen."

Sie drückte einen Knopf an einem der Türchen. Es öffnete sich, sie entnahm eine Flasche.

„Es kostet hier offenbar nichts", dachte ich, drückte dann auch den Knopf an dem Türchen hinter dem sich das von mit gewünschte Getränk befand. Es öffnete sich, ich entnahm die Flasche.

Die Frau hatte sich inzwischen an einem der Tische niedergelassen. Ich setzte mich an den Nebentisch, lächelte sie an. Das wirkte.

„Du bist wohl fremd hier?" fragte sie unverblümt.

„Ja", antwortete ich, „ich bin unterwegs um die Welt kennenzulernen."

„So, so", sie grinste leicht, „und wo kommst du her?"

„Aus Austrasien."

„Austrasien? Nie gehört. Wo liegt das denn?"

Ich lächelte, entgegnete dann schlagfertig.

„Na ja, weit im Osten. Es ist ein kleines Land, völlig unbdeutend. Das werde ich oft gefragt."

„So, so. Ihr scheint dort merkwürdige Sitten zu haben und seltsame Kleider zu tragen. Und Automaten kennt ihr vermutlich auch nicht."

„Wieso glaubst du das?"

„Da hast so unschlüssig davor gestanden."

„Ja, aber nicht weil ich Automaten nicht kenne, sondern weil ich keine Preise gefunden habe, auch keinen Schlitz für Geld oder die Arbeitswertmarken zum bezahlen."

Sie lachte nun.

„Bezahlen? Geld? Ihr habt aber noch merkwürdige Sitten in Austrasien. Geld gibt es bei uns in Teutbranicka schon lange nicht mehr. Und die Getränke kosten nichts. Ist dir das noch nicht aufgefallen?"

Ich überlegte kurz. Ich befand mich sicherlich nicht gerade an der Grenze eines Landes, das Teutbranicka hieß, mußte also irgendwie zu dieser Station Lengkrica gekommen, also schon eine Strecke durch das Land gefahren sein, gewisse Dinge also bereits kennen. Und ich befand mich ja auch nicht in einer größeren Stadt, sondern ganz offensichtlich irgendwo auf dem Land. Und ich mußte ja auch irgendwie hierhergekommen sein. Die

160

Frau wirkte intelligent, mußte sich daher über meine Unkenntnis wundern. „Ich habe natürlich zuhause meine Reise geplant", erklärte ich nun, „erhielt auch im Reisebüro für dieses Land ein Heftchen mit Arbeitswertmarken. Man sagte mir, für sie bekäme ich alles, was ich brauche, aber bisher hat noch keiner etwas von mr verlangt."

Die Frau runzelte die Stirn, sie glaubte mir offenbar nicht so recht.

„Na, gut, lassen wir das. Ich frage mich nur, was du hier willst. Du sagtest doch du willst doch die Welt kennenlernen. Warum kommst du dann ausgerechnet hierher? Hier gibt es nichts Sehenswertes, das dich interessieren könnte."

Ich sann nach einer Ausrede, mir fiel aber auf Anhieb nichts plausibles ein.

„Ich bin im Zug eingeschlafen und hier aufgewacht. Ich bin dann ein bißchen umhergewandert um mir die Beine zu vertreten, da ich mich ganz steif fühlte und jetzt hierher zurückgekehrt, will nun weiter."

„Und wohin willst du?"

„In die nächst größere Stadt. Ich weiß doch, ehrlich gesagt, gar nicht, wo ich mich hier befinde."

Sie lachte.

„Das ist das einzige, das ich dir glaube. Ein Land namens Austrasien gibt es hier auf der Erde nicht und kein Mensch kleidet sich so wie du. Und außerdem, es gibt keine Züge, die von irgendeiner Grenzstation kommen und hier halten. Hier halten nur Regionalzüge. Du müßtest also mindestens einmal umgestiegen sein um nach Lengkrica zu gelangen. Aber ich nehme dir das nicht übel. Ich halte dich auch nicht für geistesgestört. Du kommst aus einer Parallelwelt."

„Parallelwelt?" fragte ich, „was bedeutet das denn?"

„Du weißt davon nichts?"

„Nein", log ich, „was sind Parallelwelten?"

„Ach, es gibt so eine Theorie, nach der sich das Universum von Zeit zu Zeit in der fünften Dimension teilt. Frag mich jetzt nicht nach Details. Ich verstehe davon nicht allzu viel. Das heißt, es gibt unterschiedliche Welten. Die wissen aber nichts voneinander. Doch ab und zu werden Menschen durch irgendwelche Phänomene, die bisher unverstanden sind, von einer Welt in eine andere transferiert. Wir kennen etliche solcher Fälle. Dir ist das wohl auch zugestoßen. Fast alle verstehen aber gar nicht, was da geschehen ist und landen in einer Irrenanstalt. Du scheinst aber intelligent zu sein und zu verstehen. Ich habe Verbindung zu Kreisen, die sich damit beschäftigen. Also verzage nicht, wir werden dir helfen. Du mußt dich ja jetzt, wo du da bist, irgendwie in unserer Gesellschaft zurechtfinden, dich in sie integrieren. Komm also mit mir. Du mußt es natürlich auch selbst wollen. Ich will dich zu nichts zwingen."

Ihre Stimme, die anfangs etwas unwirsch klang, hatte während der letzten Sätze einen freundlicheren Ton angenommen.

„Und du meinst, genau das könnte mir passiert sein ?" fragte ich scheinheilig, „ich war auf einer Wanderung unterwegs, geriet plötzlich in eine Nebelwand. Als sie sich verzog war ich hier. Und hier ist alles anders. Ich komme tatsächlich aus einem Land, das Austrasien heißt. Aber das gibt es wohl in eurer Welt nicht. Und wohin fahren wir ?"

„Nach Franckrida, dort wo ich lebe und arbeite. Ich habe meine Schwester besucht, fahre jetzt zurück. Komm also mit."

„Ich habe aber keine Fahrkarte, weiß nicht, wo ich eine kaufen kann. Es scheint hier keinen Fahrkartenautomat zu geben."

Sie lächelte.

„Du hast noch immer nicht begriffen. Das alles ist hier kostenlos."

Sie pausierte kurz.

„Ich habe mich noch gar nicht vorgestellt. Ich heiße Ilinka. Ich bin Lehrerin für Geschichte an der Gelehrtenschule."

„Ich heiße Fritz. Ich bin Physiker."

Ihr Gesicht verfinsterte sich leicht. Ihr Stimme verlor ihren freundlichen Klang.

„Physiker bist du, also Naturwissenschaftler. Und du weißt nichts von Parallelwelten ? Das ist doch nicht möglich."

„Ehrlich", log ich nun, ich wollte ihr ja nicht erzählen, daß ich mich mittels des Friederschen Apparates hierher transferiert hatte, denn das konnte unangenehme Ahnungen hervorrufen, „in der Welt, aus der ich komme, ist nichts über Parallwelten bekannt. Vielleicht gibt es geheime Zirkel, in denen darüber diskutiert wird. Aber die kenne ich nicht."

Ihr Gesicht hellte sich wieder etwas auf.

„Na schön, das mag eben so sein."

Sie blickte auf eine Anzeige am Bahnsteig.

„Der Zug nach Franckrida wird bald eintreffen."

„Und wohin führt die andere Richtung ?"

„Nach Helgibronca, das liegt etwa fünfhundertfünfzig Werengki von hier entfernt, bereits südlich des 'Großen Gebirges' am Meer."

162

Ich grinste, jetzt wußte ich Bescheid.

Eine Magnetschwebebahn näherte sich.

„Das ist ein Regionalzug. Die Fahrt nach Franckrida wird eine knappe halbe Liringhka dauern. Es gibt aber Schnellverbindungen zwischen den großen Städten. Die Züge fahren mit Geschwindigkeiten bis zu vierhundert Werengki pro Liringhka."

Wir stiegen ein.

„Also", fragte ich nachdem wir Platz genommen hatten, „diese Angaben sagen mir gar nichts. Was sind das für Maßeinheiten ?"

Sie erklärte es mir. Ein Werengki entsprach etwa einenhalb Kilometern, der Tag, eine 'Erdumdrehung' war in zwanzig Liringhkane unterteilt. Ich rechnete nach. Das entsprach etwa fünfhundert Kilometern pro Stunde. Und dieses Helgibronca mußte wohl in der Nähe von Genua liegen.

„Du sagtest, es kostet hier alles nichts", begann ich nach einigem Nachdenken das Gespräch erneut. Das wundert mich ein bißchen. Wer bezahlt denn das alles ?"

„Das hast du offenbar falsch aufgefaßt. Es gibt in unserem Land kein Privateigentum, von gewisser persönlicher Habe abgesehen. Ob Häuser, ob Fabriken, ob Produktionsmittel, alles gehört der Volksgemeinschaft. Es gibt auch kein Geld. Aber jeder muß arbeiten. Und jeder erhält unter Berücksichtigung seiner Fähigkeiten und seiner körperlichen und psychischen Verfassung ein Arbeitspensum auferlegt, das er ableisten muß. Die tägliche Arbeitszeit beträgt fünf Liringhkas, man darf natürlich auch länger arbeiten, und nach jeweils zehn Arbeitstagen, wir bezeichnen diesen Zeitraum als eine Arbeitsperiode, hat man zwei Tage Freizeit, aber nur wenn man sein Arbeitspensum erledigt hat."

„Und wenn nicht ?"

„Dann muß man eben einen Teil der freien Tage arbeiten oder in der folgenden Arbeitsperiode täglich länger arbeiten, so daß man am Ende das gesamte Arbeitspensum erledigt hat. Und als Gegenleistung erhält man dann alles, was als lebensnotwendig festgelegt ist: eine Wohnung, einschließlich Einrichtung, Nahrung, Getränke, Kleidung, Körperpflegemittel, das Recht zur Benutzung der Verkehrsmittel wie Busse oder Bahnen und noch mehr. Das ist alles genau aufgelistet."

„Und wenn jemand sein Arbeitspensum nicht schafft ?"

„Dann wird eine Untersuchung eingeleitet um festzustellen, warum das so ist. Stellt sich heraus, daß jemand sein Arbeitspensum nicht erfüllt obwohl er sich redlich bemüht, vielleicht weil mittlerweile körperliche und psychische Beschwerden aufgetreten sind, die seine Leistungsfähigkeit herabsetzen, wird das Arbeitspensum reduziert. Stellt sich aber heraus, daß er faul und müßig ist, wird er verwarnt. Und wenn er sich nicht bessert, dann wird er in ein Arbeitslager eingewiesen."

Sie lächelte.

„Verstehe das nicht falsch, wir werden nicht unterdrückt. Das Arbeitspensum ist nicht so hoch, daß man es nur mit Mühe erreichen kann. Im Gegenteil, in der Regel kann man es übererfüllen und erhält dann entsprechend Arbeitswertmarken. Dafür erhält man Dinge, die nicht als lebensnotwendig festgelegt sind, z.B. Schmuck, Parfüm, Bücher, Filme. Man kann damit auch Sport- und Tanzveranstaltungen besuchen, in gehobenen Restaurants speisen. Und man kann damit natürlich auch Urlaubsreisen und Hotelaufenthalte bezahlen. Du siehst, das ist alles gerecht eingeteilt. Niemand wird bevorzugt, niemand wird benachteiligt."

„Das ist ja alles sehr schön", meinte ich nun, „ich möchte mehr über eure Lebensweise erfahren."

„Später", entgegnete sie, „wir haben ja Zeit. Aber jetzt müssen wir unsere Unterhaltung erst einmal beenden. Wir erreichen gleich Franckrida – Moerna. Da müssen wir aussteigen."

Wir verließen den Zug, liefen zum Haus in dem Ilinka lebte. Es lag etwa dreihundert Meter von der Bahnstation entfernt. Wir begaben in ihr Appartment, das im dritten Stock lag. Sie führte mich in den Wohnraum, bat mich in einem Sessel Platz zu nehmen.

„Möchtest du etwas trinken ?"

„Gerne."

Sie holte aus der Küche eine Flasche und zwei Gläser, goß ein.

'Apijosarna' las ich.

„Das Getränk schmeckt wie unser Apfelsaft", bemerkte ich, „aber wie geht es jetzt weiter ? Was muß ich tun ?"

„Du mußt dich bei den Behörden melden und eine Unterkunft brauchst du auch. Ersteres ist ein bißchen heikel. Du mußt ja angeben, daß du aus einer anderen Welt kommst. Und wenn du das kleinen Beamten meldest, dann werden die denken, daß du sie hochnehmen willst. Ich werde deswegen nachher Katalgaja anrufen."

„Wer ist Katalgaja ?"

„Sie ist die Leiterin der Abteilung Naturwissenschaft an der Gelehrten-

164

schule. Außerdem ist sie die Vorsitzende des Kreises 'Unerklärliche Phänomene' hier in Franckrida. Darüberhinaus ist sie Mitglied des Stadtrates, hat also politischen Einfluß. Sie weiß bestimmt, was zu tun ist. Sie wird uns mit Sicherheit helfen. Sie ist doch zweifelsohne an dir interessiert."
„Und wie steht es mit der Unterkunft?"
„Das ist nun gar kein Problem. In ein Hotel kannst du natürlich nicht gehen, solange du keine Papiere hast. Hier in meinem Appartment kannst du auch nicht wohnen. Es ist nur für eine Person zugelassen. Außerdem sind wir nicht miteinander vertraut."
„Miteinander vertraut? Was bedeutet das?"
„Es gibt kein offizielles Dokument, das bestätigt, daß wir berechtigt sind, in einem Appartment zusammenzuleben. Du darfst dich zwar tagsüber hier aufhalten, es ist allerdings verboten hier zu schlafen. Wenn ich dir das gestatte, dann bekomme ich ziemlichen Ärger."
Ich grinste.
„Also ist es doch ein Problem."
„Nein, natürlich nicht. Mehrtägige Besuche sind hier üblich. Und für die Besucher gibt es im Erdgeschoß Gästezimmer, wo sie übernachten können. Die bieten zwar keinen Komfort, das ist aber auch nicht nötig. Ich denke, es ist dort ein Zimmer für dich frei. Ich muß dich nur beim Hausmeister anmelden. Und wenn ich für dich als meinen Besucher bürge, muß ich auch keine Papiere vorlegen."
Sie überlegte kurz.
„Ich denke, ich erledige das am besten gleich."
Sie verließ den Raum, kehrte nach einiger Zeit zurück, legte einen Schlüssel auf den Wohnzimmertisch.
„Alles in Ordnung. Du hast Zimmer 15. So, und jetzt bereite ich uns erst einmal etwas zu essen zu. Du hast doch sicher Hunger?"
Während sie in der Küche hantierte blickte ich aus dem Fenster, ohne besondere Absicht, eigentlich nur um mir die Straßenszene zu betrachten. Unten hielt ein Fahrzeug an. Drei Uniformierte stiegen aus, betraten das Haus. Ich erschrak. Was wollten die hier? Suchten sie mich? Hatte mich Ilinka verraten? Mir schwante Übles. Ich schnallte meinen Rucksack um, stellte den Apparat auf X3 ein. Wenig später klingelte es an der Tür.
„Ich öffne", rief Ilinka.
Kurz darauf betraten drei Uniformierte den Raum.
„Was wollen die hier?" fragte ich erstaunt.

165

„Dich !" grinste Ilinka.

„Wieso mich ? Was wollen die von mir ?"

„Dich abholen !"

„Und wo wollen sie mich hinbringen ?"

Ilinka lachte.

„Du wirst liquidiert."

„Liquidiert ? Warum ?"

„Du kommst aus einer Parallelwelt. Du willst hier spionieren, eine Invasion vorbereiten."

„Wie kommst du darauf ? Du hast doch selbst gesagt, daß ab und zu Menschen aus Parallelwelten zu euch transferiert werden. Und ich bin so einer. Du wolltest mir helfen. Aber nun sehe ich, du hast mich verraten, ans Messer geliefert. Warum gast du das getan ?"

Sie gab den Uniformierten einen Wink sich zurückzuhalten.

„Hast du mich für völlig dumm gehalten ? Hast du geglaubt, daß ich dich nicht durchschaue ? Ja, es kommt gelegentlich vor, daß jemand aus einer Parallelwelt in unsere Welt transferiert wird, wie auch Menschen aus unserer Welt in eine Parallelwelt transferiert werden, zufällig, ohne es zu wissen. Diese Leute sind total verstört, wissen nicht, was mit ihnen geschehen ist. Du hast dich völlig anders verhalten. Du wußtest genau, wo du gelandet warst, gabst lediglich vor, dich hier nicht auszukennen. Das ist ein gewaltiger Unterschied. Ich habe dir ja bereits gesagt, daß es hier Kreise gibt, die sich mit solchen Phänomen beschäftigen. Ihnen gehören zahlreiche kompetente Wissenschaftler an, die der Ansicht sind, daß solche Transferierungen nicht unbedingt zufällig sind, daß es durchaus Wesen in anderen Welten gibt, welche über die technischen Mittel verfügen gezielt in andere Welten hinüberzuwechseln. Wir verfügen nicht über diese Mittel, was aber noch lange nicht bedeutet, daß es sie nicht gibt und daß andere nicht darüber verfügen. Und du bist nicht zufällig ohne dein Zutun hierhergekommen."

„Wie kommst du darauf ?"

„Wie ich schon sagte, du hast dich verstellt, eine Verwirrung nur vorgetäuscht. Deine Geschichte von der Reise um die Welt kennenzulernen war doch völlig erlogen."

„Ja, das war aber eine Notlüge um nicht geistig verwirrt zu erscheinen. Aber das habe ich doch zugegeben."

„Das gehörte zu deinem Spiel. Du bist gekommen um unsere Welt auszuspionieren und um dann deine Leute herzuholen. Ihr wollt in unsere Welt eindringen, sie beherrschen und uns unterjochen. Und du bist vermutlich nicht der erste, der mit diesem Ziel in unsere Welt eingedrungen ist. Aber dich haben wir erwischt. Du warst ungeschickt. Warum haben sie eigentlich solch einen Trottel wie dich hierhergesandt?"

„Vielleicht um von Geschickteren abzulenken", entgegnete ich nicht ohne eine Portion Galgennumor, „aber auf was willst du hinaus?"

„Jetzt stelle dich doch nicht dumm. Du sprichst unsere Sprache, kennst unsere Schrift und hast ein Heftchen mit Arbeitswertmarken bei dir. Das zeigt doch, daß dein Besuch vorbereitet war. Schluß jetzt."

Sie wandte sich den Uniformierten zu.

„Nehmt ihn fest."

Ich handelte rasch, drückte die beiden Bedienungsknöpfe. Sofort verschwamm alles vor meinen Augen. Ich mußte mich setzen, spürte noch wie Hände mich packten. Dann verlor ich das Bewußtsein.

Als ich erwachte lag ich auf einem abgeernteten Feld. Es war feucht und kühl, ich fror. Den Rucksack trug ich noch auf dem Rücken. Ich nahm ihn ab, öffnete ihn, untersuchte den Inhalt. Das Büchlein mit den Arbeitswertmarken fehlte. Alles andere war vorhanden. Wo befand ich mich? Das Gelände fiel sanft zu einem Fluß hin ab. Es könnte der Main sein, dachte ich. Das konnte hinkommen, denn die Fahrt von Lengkrica nach Franckrida führte in nördliche Richtung, hatte eine gute halbe Stunde gedauert.

Zur anderen Seite hin verlief etwa hundert Meter entfernt eine Straße. „Ich könnte hingehen, ein Auto anhalten", überlegte ich, „aber wie würde das aussehen. Ich weiß nicht, wo ich mich genau befinde. Außerdem müßte ich erklären, weshalb ich irgendwo zwischen zwei Orten ein Auto anhalte. Das muß doch verdächtig erscheinen. Vielleicht wird man mich für geistig verwirrt halten."

Ich entschloß mich daher in Richtung Fluß zu laufen, in der Hoffnung, daß ein Fahrradweg am Ufer entlang führte. Ich wurde nicht enttäuscht. Ich marschierte ihn ein Stück flußaufwärts, gelangte nach etwa einer halben Stunde an einen Rastplatz; mehrere Bänke und Tische, ein großer Grill, einige Kinderspielgeräte, ein Fahrweg führte zur Straße hin. Das wichtigste für mich war allerdings ein Wegweiser: flußaufwärts waren es nach Frankinfort zwanzig Kilometer, nach Maynce zweiundzwanzig Kilometer. Ich atmete auf.

167

Alles klar !

Ich lief zur Straße hin, unterwegs dachte ich mir eine hübsche Geschichte aus. Nach einiger Wartezeit hielt ein Auto an.

„Wo möchtet Ihr hin ?" fragte der Fahrer freundlich.

„Eigentlich nach Darmundium."

„Das liegt nicht auf meinem Weg."

„Das macht nichts. Es genügt, wenn Ihr mich bis zur nächsten Ortschaft mitnehmt. Ich fahre dann mit dem Bus oder der Bahn weiter."

Er bat mich einzusteigen.

„Der nächste Ort heißt Maynberkheim. Ich lasse Euch am Bahnhof raus. Ist das recht ?"

„Allemal", antwortete ich, „das ist äußerst nett von Euch. Es mag seltsam erscheinen, wenn jemand mitten in der Landschaft ein Auto anhält. Ich hatte Pech. Ich wollte eine Zwei-Tages-Wanderung den Main entlang von Maynce nach Frankinfort unternehmen, habe mir leider vorhin den Fuß verstaucht. Ich bin dann vom Rastplatz aus zur Straße gelaufen um ein Auto anzuhalten."

„Schon gut", erwiderte der Fahrer, „Ihr braucht Euch nicht zu rechtfertigen."

Drei Stunden später erreichte ich Darmundium. Es war bereits Abend, es gab aber noch eine Verbindung nach Wiblesbach. Gegen halb zehn traf ich bei Margarethe ein.

„Na, wie siehst du denn aus ? Wo kommst du denn her ?" begrüßte sie mich.

„Ich war in X1."

„Und wie war es dort ?"

„Sie wollten mich liquidieren !"

Margarethe lachte.

„Dich liquidieren ? Da scheinen ja schlimme Zustände zu herrschen. Das kannst du mir ja dann bei einem Glas Wein ausführlich erzählen. Ich mache dir vorher etwas zu essen. Du hast doch sicher Hunger ?"

„Ja, eine kleine Stärkung kann ich vertragen."

„Und unterdessen kannst du dich waschen."

20. Heimkehr

Es war nun Mitte November. Ein trüber, regnerischer Vormittag. Margarethe war in der Schule. Ich arbeitete an einem Vortrag, den ich in drei Tagen in Frankinfort halten sollte. Die Arbeit ging nicht so recht voran. Ich hatte auch Kopfschmerzen und beschloß daher einen kurzen Spaziergang zu unternehmen. Das Haus lag nicht allzu weit vom Ortsrand entfernt und ich schlug den Weg Richtung Otzberg ein. Plötzlich kam mir eine Nebelwand entgegen. Ich ahnte Schlimmes, aber sie kam so schnell auf mich zu, daß ich ihr nicht mehr ausweichen konnte. Sie hüllte mich für einige Zeit ein. Ich kann unmöglich sagen für wie lange, denn meine Uhr war offensichtlich stehengeblieben. Nachdem sie sich verzogen hatte, blickte ich mich ahnungsvoll nach der Veste um. Und in der Tat, der Turm schien wieder seine alte Höhe zu haben. Bestürzt lief ich ins Dorf zurück, Margarethes Haus fand ich nicht mehr, mein Auto aber auch nicht, was mich nicht unbedingt entsetzte; es waren immerhin bereits sechs Wochen vergangen und es konnte mittlerweile abgeschleppt worden sein. Ich durchstreifte den Ort; er sah nun nicht mehr wie Klinga aus, sondern wie Nieder-Klingen. Das beruhigte mich allerdings nur halbwegs. Denn es gab ja mehrere Parallelwelten. War ich wieder in 'meiner' Welt ? Ich machte mich auf den Weg zum Bahnhof Wiebelsbach - Heubach. Links von mir lag ein Ort. Lengfeld ? Der Fahrkartenautomat akzeptierte meinen Zehn-Euro-Schein. Ich löste eine Fahrkarte nach Seligenstadt. Dort wirkte alles vertraut. Mit der Fähre überquerte ich den Main, lief dann nach Karlstein. Mein Auto stand in der Garage. Der Haustürschlüssel paßte. Es war kalt in der Wohnung. Ich drehte die Heizkörperventile auf. Die Wohnung sah noch genau so aus wie ich sie verlassen hatte; einige Lebensmittel im Kühlschrank waren allerdings verschimmelt. Ich warf sie in die Mülltonne. Ich hatte Hunger und Durst. Das Auto sprang auf Anhieb an. 'Deutsche Qualitätsarbeit' dachte ich, fuhr zum nächsten Lebensmittelmarkt, kaufte ein. Ich bereitete mir ein Essen, holte eine Flasche Bier aus dem Keller, setzte mich in mein Wohn – Arbeits – Zimmer, aß, trank, dachte nach. Es war der 18. November. Ich war also gute sechs Wochen abwesend gewesen. Mit Sicherheit hatte meine Tochter Vermißtenanzeige erstattet. Das Auto war gefunden und zurück gebracht worden. Das bedeutete aber, daß ich mich auf der zuständigen Polizeidienststelle, vermutlich in

Alzenau, melden mußte. Zweifelsohne wurde dann natürlich auch eine Erklärung verlangt. Was sollte ich da sagen ? Die Wahrheit ? Das glaubte garantiert niemand ! Man hielt mich dann höchstens für geistesgestört und wies mich in die psychiatrische Anstalt in Lohr ein. Also mußte ich mir etwas anderes überlegen. Und so kam mir die Idee eine Entführung vorzutäuschen. Das mußte aber gut überlegt sein, da ich mich in keine Widersprüche verwickeln lassen durfte. Ich legte mir ein Konzept zurecht.

Meine Tochter war natürlich überrascht mich anzutreffen als sie am Abend von der Arbeit zurückkam. Ich wimmelte sie ab, sagte ich hätte Schlimmes erlebt, würde auch morgen zur Polizei gehen, brauche allerdings heute Ruhe. Sie sah das ein.

Am nächsten Morgen fuhr ich zur Polizeistation, gab dort zu Protokoll möglicherweise entführt und nach etwa sechs Wochen freigelassen worden zu sein. Ich wüßte nicht, wer mich entführt haben könnte, ich hätte auch keinerlei Erinnerung an die Umstände der Entführung, mir sei auch keine Gewalt angetan worden, ich hätte auch nie einen 'Entführer' direkt zu Gesicht bekommen, wisse auch nicht, warum sie mich schließlich freigelassen hätten, ein Lösegeld sei jedenfalls offenbar nicht bezahlt worden. Ich verzichtete auch darauf Anzeige zu erstatten, wolle mich lediglich 'offiziell' zurückmelden, da ja Vermißtenanzeige aufgegeben worden war. Der Polizeibeamte nahm das alles zu Protokoll, fragte noch, ob ich beraubt worden sei, was ich verneinte. Er meinte dann, er könne nur den Sachverhalt aufnehmen und ich würde sicherlich zu einer ausführlichen Vernehmung geladen werden, sollte mich also bereithalten. Ich fuhr dann zu meiner Firma, meldete mich zurück, sagte dort auch, ich sei entführt worden, die polizeilichen Untersuchungen liefen noch. Unterlagen könnte ich nachreichen sobald sie mir zur Verfügung ständen. Der Abteilungsleiter meinte nur, die Zeit werde mir erst einmal von meinem Urlaub abgezogen, genügend Resturlaub aus 2014 sei ja noch vorhanden.

Die Kollegen zeigten sich erfreut mich wieder zu sehen, bei manchen war es aber offensichtliche Heuchelei, denn es wäre ihnen sicher lieber gewesen, wenn ich nicht wieder aufgetaucht wäre.

Am nächsten Vormittag erhielt ich dann einen Anruf von der Polizeidienststelle, wurde aufgefordert, am nächsten Vormittag um neun Uhr zu erscheinen.

Ich erklärte dem Vernehmungsbeamten, ich sei am 4. Oktober 2015 gegen 15:30 h auf dem Weg vom Bahnhof Wiebelsbach-Heubach nach Lengfeld in eine Nebelwand geraten, habe das Bewußtsein verloren und sei irgendwann in einer Zelle erwacht. Da man mir die Uhr abgenommen hatte, könne ich bis zu meiner Freilassung keine Zeitangaben machen. Die Gefängniszelle habe eine Ausdehnung von etwa vier mal vier Meter gehabt, sei ohne Fenster gewesen, das elektrische Licht habe ich aber jederzeit ein und ausschalten können. Das Zeitgefühl sei mir während meiner Gefangenschaft allerdings verloren gegangen. Die Zelle habe als Schlaf- und Aufenthaltsraum gedient, ein kleines Nebenzimmer habe eine Dusche und eine Toilette enthalten. Bezüglich der Behandlung könne ich keine besonderen Anmerkungen machen. Ich hätte regelmäßig Essen und Trinken über eine Art Speiseaufzug erhalten, Besteck und Geschirr seien aus Weichplastik gefertigt gewesen, so daß sie als Werkzeuge um zum Beispiel ein Loch in die Wand zu graben ungeeignet gewesen wären. Es hätten oft sogenannte 'Verhöre' stattgefunden, die aber offenbar über eine versteckte Mikrophon- und Lautsprecheranlage abgewickelt worden seien. Es sei auch ein Bildschirm hinter einer dicken Panzerglasscheibe installiert gewesen. Während der Verhöre sei auch stets eine verhüllte Person auf dem Bildschirm zu sehen gewesen. Bei den Verhören habe man mich nach meinen persönlichen Verhältnissen, nach meinen Ansichten über Staat und Gesellschaft befragt. Daneben sei ich auch zu naturwissenschaftlichen, historischen, kulturellen, philosophischen, musikalischen Themen befragt worden. Das habe irgendwie den Eindruck einer Prüfung erweckt. Im Zuge der Freilassung müsse man mich wohl betäubt und an eine Buschreihe am Weg von Nieder-Klingen zur Veste Otzberg gebracht haben. Ich könne aber nicht lange dort gelegen haben, denn vorgestern vormittag habe es leicht geregnet, ich sei aber weitgehend trocken gewesen als ich erwachte. Mein Rucksack lag neben mir und es fehlte nichts. Er enthielt auch meine Uhr. Ich hatte lediglich andere Kleidung an.

Der Vernehmungsbeamte nahm das zu Protokoll; ich hatte allerdings den Eindruck, daß er kein Wort von dem was ich sagte glaubte. Er fragte dann, ob ich irgend eine Ahnung hätte, wer mich entführt haben könnte. Vielleicht Außerirdische ?

Ich erklärte ihm, darüber könne man spekulieren, aber keine klare Aussage machen, da ich nur verhüllte Personen, über deren Identität ich ich keine Angaben machen könne, gesehen habe. Die Kommunikation sei ausschließlich in deutscher Sprache erfolgt, mein Gegenüber habe normales, akzentfreies Deutsch gesprochen. Das können natürlich auch Außerirdische bewerkstelligen, denn blecherne Robotersprache gebe es nur in uralten Science-Fiction Filmen und jeder, der ein Navi besitzt, kennt die freundliche Frauenstimme, die ihn auf den rechten Weg lenkt.

Weitere Aussagen machte ich nicht, ich vermied es auch so gut wie möglich Fragen zu Details präzise zu beantworten, wie zum Beispiel nach Essen und Getränken, die mir gereicht worden waren. Ich mußte damit rechnen noch öfters befragt zu werden und wollte unbedingt vermeiden in späteren Verhören andere Angaben zu machen, da ich mich dann vielleicht nicht mehr an alle Einzelheiten früherer Aussagen erinnerte.

Angebote zu psychologischen oder psychiatrischen Betreuungsbehandlungen lehnte ich mit der Begründung ab, das sei etwas für Weicheier, bei mir bestehe da kein Bedarf. Es gab auch keine gesetzliche Handhabung mich dazu zu zwingen. In Wirklichkeit war es natürlich so, daß ich diesen Spezialisten mißtraute und argwöhnte sie könnten mich durch irgendwelche Tricks zu Aussagen verleiten, die ich gar nicht machen wollte.

Ein anderes Problem war, daß ich davon ausgehen mußte, daß man meinen Aussagen keinen Glauben schenkte und daher die Sache nicht auf sich beruhen ließ. Mein Verschwinden für sechs Wochen war eine unbestreitbare Tatsache und wenn ich über mein Verbleib in dieser Zeit nur unglaubwürdige Angaben machte, mußte ich aus triftigen Gründen etwas verschweigen. Das konnte freiwillig geschehen oder auch aufgrund einer Drohung. Es konnte ja sein, das war damals sozusagen 'in Mode', daß ich Kontakt zu einer islamistischen Terrorgruppe hatte und mich in dem fraglichen Zeitraum im Irak oder in Syrien aufhielt und die Entführung als Tarnung vorgetäuscht sei. Darüber hatte ich keine Kontrolle, mußte allerdings in diesem Zusammenhang von Ermittlungen gegen mich und auch von einer Hausdurchsuchung ausgehen. Ich hielt es daher nicht für ratsam die Photos auf meinem Computer zu speichern oder gar auszudrucken, ich fertigte auch keine Niederschrift meiner Erlebnisse in der Parallelwelt an.

Ich kopierte den Speicherchip, dachte über ein gutes Versteck nach, deponierte den Originalchip schließlich im Gehäuse einer meiner Modelleisenbahnlokomotiven und die Kopie, gut verpackt, in einem nicht benutzten Abflußrohr.

Weniger Bedenken hatte ich nachzuprüfen, ob es in unserer Welt einen Frieder Williams und eine Lara Wagner gab. Ich recherchierte im Internet. Einen Frieder Williams fand ich nicht, was mich jetzt nicht unbedingt verwunderte, denn sicherlich hatte er Lara oder mir gegenüber einen Decknamen benutzt. Den Namen Lara Wagner gibt es in Deutschland häufiger. Eine Bundestagsabgeordnete ist allerdings nicht darunter. Ich verzichtete natürlich darauf Kontakt mit ihnen aufzunehmen. Das hätte ja ohnehin nichts erbracht, denn die 'richtige' Lara Wagner wußte ja wohl kaum, daß ihr Gegenstück in einer Parallwelt mich in einer anderen Parallelwelt getroffen hatte. Was hätte ich also mit ihr bereden sollen ohne in den Verdacht zu geraten geistesgestört zu sein ?

Etwa zehn Monate später erhielt ich ein Schreiben der Staatsanwaltschaft, in dem mir mitgeteilt wurde, es seien im Zusammenhang mit meinem mysteriösen Verschwinden im Herbst des vergangenen Jahres Untersuchungen gegen mich hinsichtlich eventuell begangener strafbarer Handlungen meinerseits in jenem Zeitraum eingeleitet worden. Es hätten sich jedoch keinerlei Hinweise auf gesetzeswidriges Verhalten ergeben und so seien die Untersuchungen mit Wirkung vom 15. Juli 2016 eingestellt worden.

Erst dann kramte ich die Speicherchips wieder hervor, kopierte die Photos auf den Computer und betrachtete sie genauer. Die vorliegende Niederschrift der Ereignisse fertigte ich im Zeitraum Oktober bis Dezember des gleichen Jahres an, entschloß mich allerdings erst fünf Jahre später sie an die Öffentlichkeit zu bringen. Da die Abfassung des Berichtes etwa ein Jahr nach den Erlebnissen erfolgte, sind daher manche Details vergessen oder auch nicht völlig korrekt dargestellt. Die Gesamtdarstellung ist dadurch aber nicht beeinträchtigt. Um den Bericht stilistisch nicht so steif zu gestalten habe ich oft die direkte Rede verwendet. Selbstverständlich wird darin nur der Inhalt der Gespräche, nicht aber der genaue Wortlaut wiedergegeben.

Margarethe ist natürlich die schönste Erinnerung an diese Zeit und wenn ich eines im Leben zutiefst bedauere, dann ist es der Umstand, daß ich sie wohl nie mehr wiedersehen werde.

Ein Photo von ihr hängt über meinem Schreibtisch.

Zur besseren Orientierung des Leser habe ich im Anschluß eine Zusammenstellung der Orte in der Parallelwelt und in 'unserer Welt' beigefügt. sofern die Namen unterschiedlich sind.

<u>Verzeichnis der Orte in der Parallelwelt und 'unserer Welt'</u>

Ascafaburg - Aschaffenburg
Autmundisstadt – Groß Umstadt
Cassel - Kassel
Cölln – 'Alt-Kölln', historischer Stadtteil Berlins
Darmundium – Darmstadt
Diechburch - Dieburg
Francinfort - Frankfurt
Giezzem - Gießen
Harzheim – Habitzheim
Hofgisemer - Hofgeismar
Klinga - Niederklingen
Maynce   - Mainz
Monacirum - München
Nuremberg - Nürnberg
Reginsburg - Regensburg
Rigisheim – Reinheim
Rotenuelse – Rothenfels am Main
Spechtshardt – Spessart
Vienna - Wien
Weltzheim – Großwelzheim (heute Ortsteil der Gemeinde Karlstein a. M.)
Weybersprunn - Weibersbrunn
Wiblesbach - Wiebelsbach
Wirzaburg - Würzburg